灰影人

馬克・格雷尼 Mark Greaney —— 著

李函、高霈芬、張韶芸、
陳柔含、游淑峰、聞若婷 —— 譯

序幕

清晨，遠方的天空出現一道閃光，吸引了越野休旅車駕駛的注意力。駕駛渾身是血，戴著奧克利偏光墨鏡，深色鏡片爲雙眼阻擋了猛烈的陽光，但他還是瞇著眼，好像非常迫切地想看穿反光的擋風玻璃。那架燃燒的飛機旋轉俯衝而下，在天空留下一道有如彗尾的黑煙。

那是一架大型契努克軍用直升機（Army Chinook）。機上的人員好似身在煉獄，但駕駛卻暗暗鬆了口氣。他預計搭乘俄國製的KA-32T直升機撤離，那架直升機會從土耳其邊境飛過來，上面的機組人員全是波蘭傭兵。現在想想，垂死的大型契努克直升機雖然令人遺憾，但如果他要搭乘的KA-32T出事，情況只會比那架大飛機更慘。

他看著直升機失控下墜，燃燒後的油廢料玷汙了前方的藍天。他駕駛越野休旅車，狠狠地將方向盤往右轉，加速朝東飛馳。渾身染血的他希望以最快的速度離開這個鬼地方。他也希望自己能爲契努克直升機上的美國人做些什麼，不過他知道自己無力改變別人的命運。

再說，他還得操心自己的事。他在伊拉克的西部平原疾駛了五小時，逃離那些被拋在後頭的骯髒事。二十分鐘內，他就要偷偷撤出這裡。一架直升機被打了下來，這代表武裝戰士在幾分鐘之內就會出現，他們會毀損屍體、拿著突擊步槍朝空中發射，蹦蹦跳跳地慶祝勝利，像一群他媽的弱智。

這是一場派對，渾身染血的駕駛卻不介意缺席，他唯恐自己也成了派對上的小禮物。

直升機往左側慢慢下沉，消失在遠處的褐色山脊之後。

駕駛牢牢盯住前路。那不關我的事，他告訴自己。他受過的訓練不是搜救，不是援助，更不是人質談判訓練。

他受過的訓練是殺人訓練。之前，他在敘利亞的邊界大開殺戒，現在是時候離開殺戮區了。

越野休旅車以超過一百公里的時速衝過煙塵。他開始與自己對話，他內在的聲音說想要回頭，想要趕到墜機的地點確認有沒有生還者。但他外在的聲音務實多了。

「繼續前進，詹特利，繼續前進就對了。那些傢伙完蛋了，你也幫不了他們。」

他說出來的話合情合理，但他內心的獨白就是不肯停歇。

1

率先抵達墜機地點的不是蓋達組織，而是四個手持卡拉什尼科夫突擊步槍（Kalashnikov）的當地男孩。這些男孩跟墜機無關，早晨直升機墜落在市區街道時，他們正在一百公尺外的地方設置簡陋的路障。當直升機衝進人群，圍觀的群眾、店家和孩童們連忙躲避，計程車也蛇行到馬路邊。這些男孩推開人群，即使不懂任何戰術技巧，他們還是小心翼翼地走近現場。熊熊烈焰中傳來巨大的聲響，一顆子彈因過熱走火，所有人立刻找掩護。經過一陣猶豫，他們探出頭，拿起步槍對著扭曲的金屬殘骸猛力射擊，直到將子彈用盡。

一個人爬出機艙，他身穿焦黑的美軍制服，迎面而來的是二十幾發子彈。當第一批子彈刮過他的背，他便不再掙扎。

男孩們在叫囂的群眾面前殺人，體內的腎上腺素飆漲，平白生出幾分膽量。他們離開了掩護，慢慢靠近直升機殘骸。男孩們換上新彈匣，準備朝駕駛艙裡身上著火的機組人員開槍。但就在他們開火之前，三台卡車從後方疾駛而來，車上全是武裝的阿拉伯人。

他們是蓋達組織的人。

男孩們識相地退開，跟平民站在一起誦經祈禱。此時，一個蒙面男子也在人群中，站在飛機殘骸的四周。

兩具破碎的屍體從直升機後方掉了下來。這是從第三輛卡車跳下來的半島電視台攝影師捕捉的第一批影像。

距離約一公里之外，詹特利（Gentry）的車駛離道路，開進乾涸的河床，隱身於河床上的棕色雜草之中。停車後，他跑到車尾，揹上背包，抓起駝色的長型手提箱。

他走動時才發現寬鬆的衣服上滿是乾掉的血跡。那不是他的血，不過話說回來，他身上有血也並不奇怪。

他知道這是誰的血。

三十秒後，他登上河床旁的小坡，以最快的速度推著裝備往前爬。詹特利在蘆葦和沙地上做好掩護，拿出背包裡的望遠鏡對準遠方升起的黑煙。

他繃緊了僵硬的下巴。

契努克直升機墜落在巴吉鎮（al Ba'aj）的街上，大批民眾湧向了殘骸。詹特利無法從望遠鏡看到更多細節，所以他打開駝色的長型手提箱。

裡面是巴雷特M107步槍，這把槍使用重型子彈，彈殼跟半個啤酒瓶一樣大，一秒可以飛過快九座足球場。

詹特利沒有裝上子彈，只是將步槍對準墜機地點，從上面的瞄準鏡看出去。十六倍的鏡頭下，他看到火光、卡車、手無寸鐵的平民，和武裝分子。

武裝者之中，有些人沒有蒙面，他們是當地的混混。

其他武裝者戴了黑色面罩或以阿拉伯頭巾蒙面，他們應該是蓋達組織的人。該死的，他們趁著這一帶的局勢不穩定占盡便宜，特意來這裡，就是爲了殺美國人。

一道反射自金屬的光線升起又落下，一把刀砍向地上的人影。即使用了強大的狙擊鏡，詹特利也看不清趴在地上的人在刀鋒落下前究竟是死是活。

他的下巴又繃緊了。詹特利並不是美國軍人，他也沒當過兵，但他是美國人。他對美軍沒有任何責任或關聯，但多年來他曾在電視上看過許多屠殺畫面，如今親眼目睹這個場景，感到既噁心又憤怒。即使自制力強大，他依然覺得受不了了。

直升機旁邊的人開始跳動。乾枯的地面湧出陣陣熱氣，讓他的視線模糊不清，他過了一會兒才弄清楚到底發生了什麼事。他發現那些屠夫在墜落的直升機旁歡欣鼓舞。

那群混蛋在屍體旁手舞足蹈地慶祝。

詹特利把手指從扳機護圈上移開，指尖扣住平滑的扳機。他用雷射測距儀測量距離，並從一片片迎風拍動的帆布帳篷判斷風力。

但他還不至於笨到扣下扳機。若是裝彈、扣下扳機，他的確可以殺掉幾個白痴，但對方馬上就會知道狙擊手在附近出沒。每一個有槍和手機的成年男子都會來追殺他，這樣他根本來不及退到撤離點八公里的範圍。如果無法及時抵達撤離點，撤退行動就會暫停，到時他得自己想辦法離開。

不，詹特利對自己說。報復的行爲或許出於正義，但也會引發意料之外的混戰。

詹特利不會放手一搏。他是私家殺手、槍手，他受僱於人，得按合約行事。雖然在綁個鞋帶的時間內他就可以幹掉六個混球，但他知道之後的後果太麻煩。

他吐口混著沙子的口水，轉身把巴雷特（Barrett）步槍放回手提箱。

一週前，蓋達組織從敘利亞邊境將半島電視台的人偷偷帶進來，這個攝影團隊唯一的任務就是在北伊拉克記錄蓋達組織的光榮事蹟。攝影師、收音師和記者兼製作人沿著蓋達組織的路線前進，他們跟著蓋達組織一起住在安全屋，並拍攝了發射飛彈、命中直升機，以及機身在空中燒成一團火球的畫面。

現在，他們又錄下將陣亡美國軍人斬首的儀式。一位中年美國軍人身穿防彈衣，衣服的姓名條上寫著「菲利浦斯，密西西比國民兵」。攝影團隊的人都不會說英語，他們都以爲這個美國人是中情局突擊隊的菁英組員，而他們拍到了中情局探員被殲滅的畫面。

他們開始讚美阿拉，一邊跳舞一邊對空開槍。雖然蓋達組織派來的小隊只有十六人，現在卻有超過三十名武裝分子在悶燒的金屬堆前共舞。攝影師把鏡頭對準村長，做爲當地的首領，他在人群中央跳舞，與殘骸一起入鏡的畫面非常完美。村長身穿飄揚的白色長袍，和身後竄起的黑煙形成了強烈對比。村長單腳跳過被斬首的美國軍人，他右手揮舞著沾血的彎刀。

這是最有價值的畫面了。攝影師露出笑容，努力保持專業，和攝影機一同從旁見證。他克制自己的身體，不要跟著慶祝的節奏起舞。

村長和大家一起大喊：「眞主至上！」他歡快地跟蒙面的外國人一起跳舞，時不時低頭看向腳下那具淌血的焦黑屍塊，濃密的鬍間露齒笑得開心。

半島電視台的人員也高興地瘋狂大喊，攝影師穩穩地拿著攝影機拍下一切。

他很專業，拍攝對象始終保持在畫面正中，拿著攝影機的手不曾晃動或瑟縮。

突然間，村長的頭往旁邊一歪，像被擠壓的葡萄一樣爆開，筋肉、鮮血和骨頭噴向四面八方。**在這個時候**，攝影師的手才抖了一下。

詹特利忍不住了。

他對著群眾裡的武裝者開槍，同時不停大聲咒罵自己怎麼這麼缺乏紀律，因為他知道這等於放棄了預定的時程和行動。不過他也聽不清楚自己的咒罵聲就是了。就算戴著耳塞，重型子彈發射時的聲響震耳欲聾。子彈一發接著一發，後座力捲起了地上的沙塵和碎屑，飛到臉上和手臂上。

他停下來裝第二個彈匣，趁這個空檔評估情勢。從間諜的角度來看，這根本等於向叛亂分子宣告敵人就在身邊，真是最愚蠢的行為。

但他還是覺得自己**應該**這麼做。他將步槍抵在因槍枝回彈而抽痛的肩窩，槍口瞄準墜機地點，繼續行使心中的正義。在步槍的瞄準鏡中，他看見大型子彈穿過蒙面槍手的軀幹，肉塊在空中橫飛。

這是一場小小的報復，如此而已。詹特利知道，這番舉動只會把幾個王八蛋打成泥，並不會造成太大的影響。他繼續對著鳥獸散的殺人犯開槍，但他的內心已經開始擔心接下來會發生什麼事。他不打算前往撤離點了，憤怒的倖存者一定不會放過附近任何一台直升機。詹特利決定要躲起來，找個下水道或乾掉的河道，用塵土碎屑覆蓋身體，不顧飢餓、蟲咬和尿意，在高溫下躺一天。

這一定會很糟。

但他還是不後悔。他一邊把第三個也是最後一個彈匣裝上冒煙的步槍，一邊這麼想著。那幾個他媽的笨蛋就是該死。

2

狙擊手射出最後一發子彈。過了四分鐘，來自蓋達組織的葉門人小心翼翼地探出頭，他剛剛躲在輪胎店，因此逃過了一劫。過了一會兒，他覺得現在情勢稍為穩定了一些，於是走到街上。沒多久，幾個人也走了出來，他們一起站在屠殺現場。現場沒有幾具軀幹完整的屍首，他數了數血泥中扭曲的下肢，推斷約七人死亡。

死者中有五個是蓋達組織的弟兄，包括資深成員和高級長官。另外兩個死者是當地居民。

那架契努克直升機依然在冒煙，他準備上前查看。躲在車子和垃圾桶後面的人瞳孔放大，他們飽受驚嚇，一位當地人甚至嚇得失禁，像瘋子一樣髒兮兮地在馬路上扭動。

「起來，笨蛋！」葉門人大喊，踢了地上的那個人，繼續走向直升機。他的同伙跟半島電視台的團隊站在卡車後方，攝影師把攝影機掛在側面，抽菸的手顫抖著，彷彿是帕金森氏症晚期患者。

「把沒死的人都給我帶上車，我們要去找狙擊手。」葉門人望向廣闊的田野、乾枯的山丘和向南延伸的道路。一公里之外的小坡上，沙塵飄揚。

「那裡！」他伸手一指。

「我們……我們也要過去嗎？」半島電視台的收音師問。

「這是眞主的旨意。」

此時，一個當地男孩向蓋達組織的成員呼喊，要他們過去查看。那個男孩躲進一間茶店，距離直升機不到十五公尺。他帶著兩個同伙跨過一具血淋淋的軀幹，這是他們的約旦籍長官。屍體的黑色上衣破損，但軀幹並沒有四分五裂。血從屍體倒下的地方噴到茶店的外牆和窗戶上，把整間店染成深紅色。

「什麼事，小鬼？」他又氣又急地大叫。

那孩子換氣過度，說話不清不楚，但還是努力回答：「我發現了一個東西。」他們跟著那個男孩走進小店。他踩過血跡，繞過翻倒的桌子，查看櫃台後面。地上有個靠牆坐著的年輕美軍，他快速眨眼，懷裡抱著一位非裔同袍，看起來沒有意識，可能已經死了。他們身上都沒有明顯可見的武器。

葉門人笑了，拍拍男孩的肩，轉身對外面的人大喊：「把車開過來！」

十幾分鐘後，三輛蓋達組織的卡車在十字路口兵分兩路：九個人乘坐兩台車開往南方，他們取得當地協助，準備掃蕩鄉野，尋找狙擊手；葉門人和另外兩位蓋達成員帶著受傷的美軍戰俘前往哈特拉城（Hatra）的安全據點。到了那裡，葉門人就能聯絡長官，看看如何利用他們新發現的「驚喜禮物」。

葉門人負責開車，年輕的敘利亞人坐在副駕駛座，一位埃及人坐在卡車後方，看守神經緊繃的士兵和他瀕死的同袍。

二十歲的瑞奇·貝里斯（Ricky Bayliss）從墜機的驚嚇中稍微回過神，他脛骨骨折，原先的隱隱抽痛已經演變成火燒般的劇痛。他低頭看著自己的腿，只見燒焦撕裂的長褲和倒向右邊的軍靴。另一位士兵躺在他的腳邊，貝里斯不認識這位大兵，但他的姓名條上寫著克里夫蘭（Cleveland）。克里夫蘭昏過去了，要不是他穿著防彈衣的胸膛微微起伏，貝里斯應該會以爲他死了。當時基於一瞬間的直覺和腎上腺素，貝里斯把他拖出直升機殘骸，爬進旁邊的店家。但是幾分鐘之後，他們還是被瞪大眼睛的伊拉克男孩發現。

他想起死在直升機裡的朋友，哀傷湧入心頭。可是看到卡車上的男人後，心中的哀傷馬上煙消雲散。貝里斯的朋友雖然死了，但死亡已經算幸運了。**他**才是那個倒楣的人，他和克里夫蘭（如果這傢伙醒來）會被砍頭，過程還會在電視上播出。

埃及裔的恐怖分子低頭看貝里斯，他把穿著網球鞋的腳放到貝里斯碎裂的腿上，慢慢往下踩，他笑得燦爛，露出一口爛牙。

瑞奇．貝里斯大聲慘叫。

卡車快速前進，爬上巴吉鎮外的山坡，很快又在小鎮外圍的路障減速通過。那是當地叛軍的標準設施，沉重的鏈條纏在兩根柱子上，低低地懸在馬路上。路障前有兩位民兵，一個慵懶地坐在塑膠椅上，頭往後靠著小學的遊樂場牆壁。另一個站在他旁邊，背上掛了一把槍口朝下的卡拉什尼科夫步槍，手裡端著一盤薄麵包和鷹嘴豆泥，鬍子上沾滿食物碎屑。一個年邁的牧羊人沿著路障另一邊的人行道催趕可憐的羊群。

蓋達組織的人咒罵，伊拉克西北部叛軍的做法實在沒有紀律。他們居然找了兩個懶鬼來看守嗎？

做得這麼爛，遜尼派乾脆把權力都交給庫德族和雅茲迪人算了。

葉門人減慢車速，他搖下車窗，向站著吃東西的伊拉克人大吼大叫：「解開鏈條，白痴！南邊有狙擊手！」

那位民兵放下午餐，刻意走向路中間的卡車。他一隻手放在耳朵旁邊，好像沒聽清楚葉門人喊了什麼。

「解開鏈條，不然我就——」

葉門人的目光移向靠牆坐著的人。那個人的頭已經垂到一邊，身體往前倒落到地上。那個民兵的頸椎後段被人折斷，他顯然死了。

卡車後方的武裝者也注意到這件事，他警覺地站起來，但仍搞不清狀況。他跟駕駛一樣回頭看著卡車邊的當地民兵。

蓄鬍男人舉起右手，飄拂的袖子裡有一把黑色手槍。

他以迅雷不及掩耳的速度開了兩槍，開槍時他毫無遲疑。卡車後方的埃及人就此倒下。

貝里斯仰躺在卡車上，看著中午灼熱的陽光。他感覺車子減速後停了下來，他聽到駕駛大喊了什麼，還有快得不可思議的槍響，站在他上方的蒙面男人倒地死去。

他又聽到旁邊傳來幾聲槍響、玻璃碎裂聲和夾雜阿拉伯語的哀嚎，接著回歸寧靜。

貝里斯一邊喊叫一邊拍打，想把血淋淋的屍體從身上推開。死掉的恐怖分子被拉走丟到地上，他也停止掙扎。一位穿著灰色長袍的蓄鬍男子抓住貝里斯的防彈衣，把他拉起來坐好。

毒辣的太陽下，貝里斯看不清陌生人的臉。

「你走得了嗎？」

對方說英文，還操著美式口音。貝里斯以為這是衝擊引發的幻覺。陌生人又大喊一次：「嘿！小子！你有聽到嗎？你能走嗎？」

貝里斯對著眼前的幻覺慢慢說：「我……我的腿斷了。這個人重傷。」

陌生人檢查貝里斯受傷的腿後說：「脛骨骨折，不會死。」接著他把手放在那個昏迷男子的頸部，之後無情地宣判：「他沒機會了。」

他快速查看周遭，貝里斯還是看不清楚他的臉。

陌生人說：「讓他留在卡車後面，我們可以盡量幫他。你去坐副駕駛座，把這戴在臉上。」蓄鬍的男人取下恐怖分子綁在頸部的頭巾，交給貝里斯。

「我的腿──」

「別叫了，走吧，我去拿裝備，你趕快起來！」陌生人轉身跑進暗巷。貝里斯把頭盔丟到駕駛座，他綁好頭巾，爬下卡車後他用沒受傷的腿支撐自己，但難以忍受的劇痛依舊從右小腿傳到大腦。街上有很多老少平民，他們都保持在一段距離之外，像是欣賞暴力演出的觀眾。

貝里斯單腳跳到副駕駛座，打開車門時穿著黑襯衫的蒙面阿拉伯人跌下車，他的左眼上有一個彈孔。另一個恐怖分子趴在方向盤上微弱地喘氣，嘴角滴下血沫。貝里斯剛關上車門，陌生人打開駕駛座車門，把人拖到柏油路上。他再度掏出槍，看都不看就對地上的人開了一槍。他的注意力又回到卡車上，他把駝色裝備袋、一把AK-47和一把M4步槍扔上車。他爬進駕駛座，卡車往前滑動，駛過放下的鎖鏈。

貝里斯輕聲說話，腦袋還在試著理解自己所遇到的事。「我們要回去，機上可能還有人活著。」

「沒有了，只有你。」

「你怎麼知道？」

「我就是知道。」

瑞奇遲疑了一下說：「把那些傢伙轟成碎片的狙擊隊……你跟他們是一伙的嗎？」

「也許吧。」

他們沉默了將近一分鐘，貝里斯隔著擋風玻璃望向前方的山脈，又低頭看自己顫抖的手。這位年輕士兵的注意力轉到駕駛身上。

陌生人馬上厲聲說：「不要看我的臉。」

貝里斯聽話地轉頭看前方的道路。他問：「你是美國人嗎？」

「沒錯。」

「特種部隊？」

「不是。」

「海軍？海豹部隊？」

「不是。」

「海陸偵查？」

「不是。」

「我知道了，你應該是中情局那邊的人。」

「不是。」

貝里斯又望向蓄鬍的男人，但他趕緊克制轉頭的動作。他問：「不然呢？」

「我只是剛好路過。」

「路過？開什麼玩笑？」

「不准再問我問題。」

他們又開了一公里，貝里斯開口：「你有什麼計畫？」

「沒有計畫。」

「沒有計畫？那我們在做什麼？我們要去哪？」

「我**本來**有計畫，但帶上你並不在計畫之內，所以別怪我走一步算一步。」

貝里斯安靜了一下，然後說：「知道了。有計畫其實也不一定好。」

又過了一分鐘，貝里斯偷偷瞄了一眼時速表，他發現速度接近時速一百公里。車子疾駛在路況極差的碎石路上。

貝里斯問：「你的袋子裡有嗎啡嗎？我的腿痛死了。」

「抱歉，小子，你必須保持清醒，待會還要開車。」

「開車？」

「等開進山區，我會停在路邊先下車，你帶著同袍繼續開。」

「那你呢？我們在塔阿法鎮（Tal Afar）有個前線基地，我們本來要去那裡，但直升機中途被襲擊。我們可以一起去基地。」前線基地雖然簡陋又孤立無援，但有很多裝備可以擊退敵人，比卡車安全多了。

「**你**可以去，我不行。」

「爲什麼？」

「說來話長。我說過不准問問題，你忘了嗎？」

「你在擔心什麼啊，老兄？你可是能因此獲得勛章什麼的。」

呻吟。

是塵土的椰棗樹林，他下車時帶上提袋和M4步槍，再攙扶大兵坐上駕駛座。貝里斯咕咕噥噥，痛苦

幾分鐘後，他們進入了新賈爾山（Sinjar Mountains）山腳的丘陵地帶。陌生人把卡車停到路邊滿

「想得眞美。」

陌生人接著檢查卡車後方的那位士兵。

「死了。」他不帶情緒地說。他匆匆脫下克里夫蘭的防彈衣和軍服，讓他穿著棕色四角褲和T恤坐在副駕駛座上。貝里斯對他處置陣亡士兵的方式不太高興，但沒有說什麼。這個人……無論他是誰，他之所以能在土匪之境生存下來，靠的是務實，而非溫情。

陌生人把衣服扔到椰棗樹旁的地上，他告訴貝里斯：「你得用左腳踩煞車和油門。」

「我知道了，長官。」

「你的前線基地在正北方十五公里，把那把AK放在腿上，備用彈匣放旁邊，盡量低一點。」

「低？」

「低調一點。別超速，別惹人注意，用頭巾把臉遮好。」

「收到。」

「如果一定得跟人接觸，看到不喜歡的就開槍，懂嗎？你要搞清楚，如果要活過接下來的半個小時，你肯定得做些骯髒事。」

「是。那你呢？」

「我早已做盡骯髒事了。」

因爲抽痛的腿，貝里斯表情扭曲。他望向前方，刻意不看和他說話的人，貝里斯說：「不管你是誰……謝了。」

「想要謝我，就給我滾回去，並忘掉我的樣子。」

「收到。」他一邊搖頭一邊嘀咕：「你只是個剛好路過的人。」

貝里斯駛離樹林。車子回到馬路上，他看向後照鏡，想看那個陌生人最後一眼，但熱氣和輪胎揚起的塵土遮蔽了後方。

3

倫敦的灣水路（Bayswater Road）上，六層樓的商務大樓俯瞰著海德公園（Hyde Park）和肯辛頓花園（Kensington Gardens）的風景。切爾騰罕安全服務公司（Cheltenham Security Services）的辦公室就位在這棟大樓的最高層，這是一間私人公司，以特約方式為英國和其他西歐公司提供各式服務，包括海外的戰略情報、要員保護和場域警衛等。切爾騰罕安全服務公司的發想、創辦和營運都由六十八歲的英國人唐納．費茲羅伊爵士（Sir Donald Fitzroy）一手包辦。

星期三早上，費茲羅伊通常在埋頭工作，但現在他暫時放下手邊的事，花了點時間放空思緒，肥胖的手指正咚咚地敲擊辦公桌。有個人帶著祕書禮貌地在外頭等待，他其實沒時間理會他們，因為他需要集中精神處理一件緊急的事——可是他又不能拒絕這位訪客，於是費茲羅伊只好暫時擱下眼前的危機。

這位年輕人一小時前打電話來，他說有一件非常緊急的事情要找費茲羅伊先生。對切爾騰罕安全服務公司的辦公室來說，這類電話稀鬆平常，但這一通電話非同小可，費茲羅伊先生也不能請這位堅決的年輕人改天再來，因為他是羅蘭集團（LaurentGroup）的人。羅蘭集團是一間法國的大企業，為石油、天然氣和礦業公司經營海陸運輸、工程與港口設備，羅蘭集團的業務遍及歐洲、亞洲、非洲和南美洲，是費茲羅伊最大的客戶。光是這個原因，無論其他的事有多緊急，他不能就此送客。

費茲羅伊的公司爲羅蘭集團的比利時、荷蘭和英國分部提供保全服務。跟其他企業相比，羅蘭集團的簽約金額很高，但費茲羅伊知道，在大企業的年度維安預算中，這筆錢只是九牛一毛。保全業的從業人員都知道，羅蘭集團的維安部門以分散的方式運作。羅蘭集團在八十幾個國家擁有地產，他們會聘僱當地人。維安工作的內容五花八門，包括審查吉隆坡分部的員工身家背景，但也有其他見不得人的業務，例如在孟買把一個不聽話的碼頭工人打斷腿，或在格但斯克（Gdansk）打壓引起麻煩的工會集會。

當然，羅蘭集團巴黎總部的高級主管有時也需要一勞永逸地解決某些問題，因此有人隨時待命，這一點費茲羅伊也知道。

多數跨國集團在治安混亂的地區都有見不得光的一面。在那些地區，比起受過教育、想要推動改革的人，爲了生存而工作的人更多。確實，多數跨國集團的手段不可能出現在董事長看的會議簡報或年度財報預算中，但只要跟第三世界的資產和資源扯上關係，羅蘭集團的應對方式就會特別強硬。

而且這完全不會影響股價。

唐納・費茲羅伊要自己放下心裡擔憂的事情。他按下通話按鈕，請祕書帶訪客進來。

費茲羅伊第一眼看的是這位帥氣年輕人的西裝。這是倫敦人的習慣，從一個人的裁縫師，就可以了解這個人。唐納爵士認出這是亨茲曼（Huntsman）的西裝，那是薩佛街（Savile Row）上的一間服飾店，他因此對訪客有了不少認識。唐納爵士是諾頓父子（Norton & Sons）的顧客，這間店的剪裁比較俐落，商務感也沒那麼重。不過，他還是很欣賞這位年輕人的風格。唐納爵士迅速又老練地瞥了一眼，他判斷訪客是律師，受過良好教育，且重視英國習俗和禮儀。

「先別說，洛伊（Lloyd）先生，讓我猜猜看。」帶著親切的笑容，費茲羅伊走到辦公室門口迎接。「你在英國念過法學院，對吧？我猜是國王學院（King's College），之前你應該先在美國念了大學，可能是耶魯大學，但我得先聽聽你說話才知道。」

年輕人露出笑容，向費茲羅伊伸出手，他的指甲修得工整又俐落。「確實是國王學院，先生，但我在美國唸的是普林斯頓。」

他們握手，費茲羅伊帶他到辦公室的會客區。「是，我聽出來了，普林斯頓。」

費茲羅伊坐在訪客對面的椅子上，兩人中間隔著茶几。洛伊說：「你眞厲害，唐納爵士。想必你在過去的工作中學到識人的功力。」

費茲羅伊挑起濃密的銀白眉毛，他從桌上的銀色容器倒出兩杯咖啡。「《經濟學人》在一兩年前有篇關於我的報導，你應該從文章中看到了我曾爲政府工作的趣聞。」

洛伊點頭，喝了一口咖啡。「被你說中了，你在軍情五處服務了三十年，大多待在阿爾斯特（Ulster）處理北愛爾蘭的衝突，後來才轉換跑道做企業保全。那篇恭維你的文章肯定幫了不少忙。」

「的確。」費茲羅伊熟練地微笑。

「我還要承認，我從沒見過貨眞價實的爵士。」

費茲羅伊大聲笑了。「我前妻到現在都還會拿這個頭銜跟朋友開玩笑。她強調這是一個文雅的尊稱，不代表高貴。我這個人顯然既不文雅也不高貴，所以她認爲這個稱呼一點都不適合我。」費茲羅伊並沒有惡意，只展現出友善的自嘲。

洛伊禮貌地輕輕笑了。

「我通常都跟倫敦分部的史丹利先生來往，請問你在羅蘭集團負責什麼業務呢，洛伊先生？」

洛伊把杯子放在淺碟上，「這麼唐突地要求和你見面，我必須請你見諒，也請原諒我直接切入重點。」

「不要緊，年輕人。我不像那些與我同齡的英國人，我很尊敬美國生意人的敏銳，每天吃著沒完沒了的茶和蛋糕，英國的生產力都因此降低了，我想這點應該沒人會反對。請你直說吧。」費茲羅伊喝了一口咖啡。

年輕人把身子往前一點。「之所以匆促來訪，並非身爲美國人的個性，而是因爲本公司迫切的需求。」

「希望我能幫上忙。」

「這點我很肯定，我是來談二十小時前在哈沙卡（Al Hasakah）發生的事。」

費茲羅伊歪著肥胖的腦袋，他笑著說：「這可難倒我了，小伙子，老實說我並不清楚這個地方。」

「它在敘利亞東部，費茲羅伊先生。」

唐納．費茲羅伊老練的笑容變得僵硬，他不發一語，慢慢把杯子放回淺碟，再放到面前的桌上。洛伊說：「我爲急促的發言再次向你致歉，但我們的時間不只是有限，而是根本沒時間了。」

「我在聽。」費茲羅伊十秒鐘前的溫暖笑容已經蕩然無存。

「當地時間昨晚八點左右，一位刺客殺死了亞薩克．阿布貝克博士（Dr. Isaac Abubaker）。或許你知道，他是奈及利亞的能源部長。」

費茲羅伊以不太友善的語氣說：「眞奇怪，奈及利亞的能源部長在敘利亞東部做什麼呢？那裡唯一的能源就是聖戰士的熱情，他們集結潛入伊拉克，在當地火上加油。」

洛伊微笑說：「這位博士是激進的穆斯林教徒，他可能是爲了提供物資而前往當地。但我不是要爲他的行爲辯解，我關心的是刺殺他的人。這個殺手還活著，他逃到了伊拉克。」

「眞不幸。」

「對殺手來說可不是這麼回事。他很厲害，超乎水準，能力頂尖，人稱『灰影人』。」

費茲羅伊蹺起二郎腿往後靠，「不過是個虛構人物。」

「他不是虛構人物，他是人，技術高超，但終究是血肉之軀。」

「那你來這裡的目的是？」剛才費茲羅伊的親和力已消失殆盡。

「我來這裡是因爲你是他的管理人。」

「他的什麼？」

「他的管理人。你審查他的合約，提供後勤支援，幫他取得情報，跟金主收錢，再將報酬轉到他的帳戶。」

「你從那裡聽來這些鬼話？」

「唐納爵士，如果我有時間，我會展現應有的禮貌，我們可以像擊劍一樣用言語過招，一來一往地在辦公室裡賣弄脣舌，直到一人成功使出必殺技。但很可惜，先生，我身上有非常大的壓力，我無法繼續客套下去了。」他又喝了一口咖啡，因爲苦味而皺起眉間。「我**知道**那個刺客就是灰影人，也知道他是你的人。你可以問我怎麼知道這些，但我只會說謊。我們之間是否能坦誠相對將會影響未來的幾個小時。」

「繼續說。」

「如我剛才所說，灰影人跑到伊拉克。但他並沒有成功撤退，因爲他在一場交戰中對人數占優勢的叛軍開火，造成十名以上的死傷，眞是愚蠢。他救了一個美國士兵，又帶回另一個軍人的屍體。現在，他正在逃亡。」

「你怎麼知道刺殺阿布貝克博士的是灰影人？」

「其他人不會被派去執行這種任務，除了他之外，沒有人能做到。」

「但如你所說，他犯了一個愚蠢的錯。」

「這更能證明我是對的。灰影人曾經是美國政府的間諜，但他出事了，變成中情局追殺的目標。雖然灰影人跟中情局總部的關係生變，但他還是一個愛國的美國人，他沒辦法無視墜落的直升機和十一個死去的美國人，也無法克制報復的衝動。」

「這就是你的證據？」

洛伊撫平西裝外套的下襬，「灰影人接受了刺殺阿布貝克的合約，這件事我們已經掌握一陣子了，既然現在博士被謀殺，我們就不必去猜凶手是誰了。」

「抱歉，洛伊先生，我年紀大了，你得幫我把事情串連起來。請告訴我，你來我辦公室做什麼呢？」

「如果你願意協助我們消滅灰影人，我們公司就加碼三倍的委託業務。奈及利亞總統請我們制裁殺死他兄弟的凶手，不過我們不必現在談論其他不必要的細節。」

「爲什麼總統找上了羅蘭集團？」

「這是不必要的細節。」

「如果你希望討論繼續進行，這個問題的答案非常有必要。」

洛伊猶豫了，他慢慢點頭。「好吧，有兩個原因。第一，我們公司的組織強大、觸角很廣，總統認爲我們有辦法幫他處理這個狀況。我們曾經幫奈及利亞人辦過幾次事，你懂的。」洛伊揮手，又加上一句：「優質的顧客服務。」

費茲羅伊的眉毛揚起，眉頭緊皺。

「第二，朱留斯．阿布貝克總統（Julius Abubaker）認爲他能指揮我們。我們有一份很大的合約等著他簽名，當你的人殺死他兄弟時，那紙合約就放在他桌上。再過不到一星期，阿布貝克總統就要下台了，他要我們在那之前幫他兄弟復仇。」

「什麼樣的合約需要他的同意？」

「我們無法承擔損失的那種合約。奈及利亞不只盛產石油，還有過剩的天然氣，你知道嗎，唐納爵士？這些天然氣每年光從油井飄進大氣層，就白白浪費了高達三百億噸，根本就是浪費能源和利益。」

「羅蘭集團想要天然氣？」

「當然不是，天然氣是屬於奈及利亞人民的自然資源，但我們可以提供技術，在油井裝控制閥，將液化天然氣輸送到拉哥斯（Lagos）的港口，再用我們的溫控雙殼油輪載到煉油廠，將天然氣提煉成石油。四年來，我們在這個計畫上花了超過三億元的研發資金，還造了船，甚至翻新造船廠來建造更多艘船，我們也為了建造輸油管多次和人談判土地所有權。」

「但你們卻沒有出口石油的合約？聽起來羅蘭集團需要新的律師啊。」費茲羅伊諷刺道。

身為羅蘭集團的律師，洛伊有點不高興。「我們原本跟阿布貝克簽了一份合約，但被他的人發現漏洞，我們已經修正了這令人遺憾的疏失，現在只需要他動動筆、批准文件，我們的計畫就可以開始進行。在這個時候，你的人殺了他兄弟。」

「我還是不覺得這兩件事有什麼關聯。」

「這兩件事的關聯就是阿布貝克總統是個爛人。抱歉，請原諒我的用語。」

費茲羅伊發現這位年輕的律師激動得有點不尋常。

「我好像懂了，你的部門要為合約中的漏洞負責，於是你老闆派你來收拾爛攤子。」

洛伊摘下單薄的眼鏡，慢慢按摩鼻梁。

「這只是一個小小的疏失，在任何一個文明國家的法庭上，這個疏失帶來的影響微乎其微。」

「但你們面對的是全世界最腐敗的國家。」

「是第三腐敗的國家，不過你說的有道理。」洛伊說。他喝了一口咖啡，又擠出微笑。「阿布貝克威脅我們，他說要把這項業務簽給我們的對手，但那間公司根本不曾投標。我們的對手要花十年才能趕上我們現在的設施和工程技術，在這段期間，奈及利亞會損失好幾十億。」

「羅蘭集團也是。」

「我不否認這一點。我們不是奈及利亞政府的社服部門，我們是利益導向的組織。我只是想提一下，如果我們的計畫成功，這些可憐的奈及利亞人就能獲得雙重的利益，但如果我不殺灰影人，他們就會蒙受損失。」

「奈及利亞每年靠著石油賺進了幾十億美元，但當地的可憐人還是很可憐。我不覺得幾條天然氣管線能幫他們改變命運。」

洛伊聳聳肩說：「我們好像離題了。」

「那合約的金主呢？爲什麼總統不去針對他？如果你的消息正確，就會知道灰影人不過是個打手。」

洛伊冷冷一笑。「你清楚知道，金主在幾個月前就死於墜機。灰影人大可拿了匯給他的錢就拍拍屁股走人，他也應該這麼做，但他卻選擇繼續執行任務，以爲自己好像在替天行道。」

「那我呢？如果你認爲我跟謀害亞薩克．阿布貝克有關，爲什麼不把我一起殺了？」

「我們知道金主找了中間人，那個中間人又找了另一位中間人跟你談條件。朱留斯．阿布貝克總統無法長期維持注意力，他聽不完這麼複雜的狀況，他要的是凶手的項上人頭，就這樣。」

「你說的人頭……應該只是比喻吧？」

「但願如此，唐納爵士。不，總統派了一個幕僚到我的辦公室確認任務成果，這個幕僚說他要把灰影人的頭裝進冰盒，用外交郵袋交給他老闆。該死的野蠻人。」洛伊的最後一句話似乎只是自言自語。

「你們沒辦法收買阿布貝克總統嗎？」費茲羅伊問，他知道第三世界公部門的簽約流程。

洛伊盯著牆上的某個位置，眼神變得疏離，看起來好像變老了。「噢，我們已經收買過他了，費茲羅伊先生。現金、妓女、毒品、房屋、船，眞是貪得無厭的王八蛋。爲了拉哥斯的合約，我們連天上的星星都摘給他了，他還是要跟我們的對手談。只有我們能送上凶手的人頭，這是我們唯一能做的事，也是他唯一能拿來威脅我們的事。」

「如果阿布貝克眞有這麼蠻橫，他怎麼會自願下台呢？」

洛伊揮揮手，答案顯而易見。「他有錢得可怕，既然掠奪完自己的國家，是時候享受成果了。」

「這就是你來訪的原因。」

「沒錯，原因就是這麼簡單，費茲羅伊先生。冒昧打擾，我再次向你致歉，但我們會委託給切爾騰罕安全服務公司的三倍業務，這一定能彌補你的損失。即使失去一位這麼優秀的殺手，這筆交易也不會讓你覺得划不來。」

費茲羅伊說：「洛伊先生，我用的人都……不太守法，他們仰賴的是忠誠、信任和榮譽感，雖然這些是錯誤的寄託，但他們依然勇往直前。你要我拿某個人的性命換取一張能讓我賺大錢的合約，賭上的還是我最優秀的手下，這實在不符合我的利益。」

「正好相反。這位殺手就跟任何產品一樣，有效期限很短，可能是六個月、一年，但絕對不會超過三年。時候一到，他會喪命或失能，無法為你賺錢，但我能給你的卻可以讓公司賺得盆滿缽滿。」

「我不會為了生意而犧牲手下。」

洛伊停頓一下。「我理解，我會跟巴黎那邊談談，或許我可以再提高價碼。」

「這不是價碼的問題。我不喜歡這種交易。」

洛伊向前傾，聲音裡夾雜一絲絲恐嚇的意味。「如果調高價碼也沒用，我就不得不來硬的了。我要除掉你的殺手，我想用紅蘿蔔解決，但我也準備好棍子了。」

「我建議你小心一點，小伙子，我不喜歡這話題的走向。」

兩個男人互看了幾秒。

洛伊說：「我知道你派了撤離小組，今晚會去接灰影人。我要你下令，叫撤離小組殺了他。只要一通電話和一點獎勵金，我想這件事應該可以盡快解決，且一乾二淨。」

費茲羅伊瞇起眼睛，「你又是從哪裡聽來這些的？」

「我不能隨意揭露我的情報來源。」

「你在唬人。你根本什麼不知道。」

洛伊露出微笑，「我可以簡單地告訴你我知道的資訊，你再自行判斷我是不是在唬人。我想，我說不定比你更了解你的手下。你這位殺手的眞名是寇特蘭．詹特利（Courtland Gentry），簡稱寇特（Court）。三十六歲，美國人，父親在佛羅里達州塔拉哈西（Tallahassee）附近開設特戰學校，詹特利在那裡長大，小時候每天都跟戰術教官一起訓練。十六歲時，他便開始指導特戰隊，教他們近距離戰鬥技巧。十八歲，他在邁阿密交了壞朋友，跟著哥倫比亞幫派混了一陣子，然後在勞德戴爾堡（Fort Lauderdale）射殺三個古巴藥頭，在西嶼（Key West）落網。」

「後來一個中情局大咖把他弄出獄。這個大人物曾在寇特父親經營的學校受訓，他要詹特利到行動處的祕密單位工作。入職後，他在世界各地執行了幾年的祕密行動，主要是非法潛入。九一一事件後，他被調到特種行動作戰單位（Special Activities Division）執行非常規遣返任務，正式名稱爲山嶺特遣隊（Special Detachment Golf Sierra），少數知情的人都稱之爲暴徒小組（Goon Squad）。」

「這些都是你編的。」

洛伊不予理會，繼續說：「那是一支臨時設置的特許作戰小組，用行話形容，小組成員的動作快、狠、準，他們是菁英中的菁英，不是詹姆士．龐德那種貨色。比起僞裝任務，這些人更著重在刺殺任務。幾年來，這個小組曾是中情局最優秀的暗殺單位，他們能殺掉不能交出去的人，能殺掉我們認爲沒什麼情報價值的人，也能殺掉恐怖分子中的大人物，讓其他小嘍囉心生畏懼。

「四年前，突生變故。有人說是受到政治介入；有人說是詹特利搞砸了某次行動，他在局裡已經沒有用處了；也有人堅信他變節了。不管出於什麼原因，他都被公開地列爲危險分子，中情局下令格殺勿論，他因此成了特種行動作戰單位的目標，被前同事追殺在後。但他也不是省油的燈，他殺了一些企圖擊斃他的隊友，然後消聲匿跡。他曾經待在祕魯、孟加拉和俄羅斯，也許還去過其他地方。但他不到六個月就花光了錢，因此他加入你的私人公司，這份工作依舊做的是他最擅長的事——用狙擊槍爆頭、用彈簧刀割喉。」

辦公室門口傳來輕輕的敲門聲，費茲羅伊的祕書探頭進來。「抱歉，先生，你的電話。」她接著關門離開。

費茲羅伊站起來，洛伊也跟著起身，他說：「我可以到外面等。」

「不用了，我們已經談完了。」

「讓我離開是一個大錯特錯的決定。我要你命令撤離小組殺掉灰影人，如果你對我開的條件不滿意，我可以打幾通電話、做些安排，但費茲羅伊先生，我不能空手而回。」

費茲羅伊忍無可忍。「你的公司錯了，我不會像沒用的非洲獨裁者一樣被收買的。」

年輕的美國人眼神嚴肅。「那麼我向你致歉。」他們跟對方握手，這動作卻改變不了兩人的冷漠。洛伊走向門口，他繞到左邊牆上那張裱框的《經濟學人》文章，標題是〈前諜報老大轉型成企業保全巨擘〉。洛伊指了指這篇文章，轉頭對他說：

「很棒的文章，資訊豐富。」

他接著凝視牆上的照片，裡面是年輕時的費茲羅伊、妻子和十幾歲的兒子。「你的兒子現在有兩個女兒，對吧？如果我沒記錯，《經濟學人》裡寫到他們住在倫敦薩賽克斯花園區（Sussex Gardens）的一間別墅。」

「《經濟學人》沒寫這個。」

「沒寫啊？」洛伊聳聳肩，「那我應該在別的地方看到了這個資訊。祝你有個美好的一天，唐納爵士，我們再聯絡，你應該會在一小時內收到一個包裹。」

他轉身走了，身影消失在門口。

費茲羅伊在辦公室裡呆站了一下。

他不是容易害怕的人，但他這時明顯感受到恐懼的顫慄爬滿全身。

5

日出前兩小時，廢棄的機場已經悶熱不已。為了不被遠方的人發現，一架笨重的洛克希德L-100運輸機熄了燈，在跑道盡頭怠速運轉。但機組人員還坐在位子上，手放在油門邊隨時待命。飛機的艙門降下，五個人站在柏油路上，轉動中的螺旋槳把乾燥的塵土和銳利的沙子吹向他們歷經風霜的臉龐和乾渴的喉嚨。所有人望向南方，視線越過小小的航站和鐵絲網圍籬，深入伊拉克西部無盡的黑夜。

這五人跟彼此距離不到三十公分，卻無法正常交談，因為即使飛機只是怠速運轉，艾利森四葉引擎也不斷發出震動大地的低鳴聲。如果沒有哈里斯獵鷹短距無線電和麥克風，他們的聲音就會像夜視鏡視線範圍之外的地景一樣消失不見。

馬克罕（Markham）用左手撥弄掛在胸前的黑克勒&科赫（Heckler & Koch）衝鋒槍，右手按著攜彈背心上的無線電發送鈕。「他遲到了。」

沛里尼（Perini）咬著繞過肩膀的吸管，從後背包裡半滿的水袋吸出溫水，再把水吐在簡易的飛機跑道上，右手拿著摩斯堡（Mossberg）散彈槍。「如果這混蛋真的這麼厲害，他怎麼會無法準時撤退？」

「他還行啦。如果灰影人遲到，那一定有很正當的理由。」杜林（Dulin）說，他雙手扠腰，短管衝鋒槍橫在胸前。「保持警戒，任務很快就結束了，我們只要接到人、當個保母，過了邊境之後，就忘了之前曾經見過這混蛋吧。」

「灰影人啊，」麥維（McVee）崇敬地說，「殺掉米洛塞維奇（Milosevic）的人就是他。他溜進聯合國監獄，毒死了那個王八蛋。」他的MP5衝鋒槍掛在槍帶上，粗粗的滅音器向下，槍托撐在他的手肘下。

沛里尼說：「不對，你說反了，他毒死的是殺了米洛塞維奇的人。米洛塞維奇本來要供出聯合國官員名單，那些官員幫他在波士尼亞和科索沃進行種族屠殺，結果聯合國派了一個打手毒死米洛塞維奇。灰影人殺的是那個打手。」他又喝了一大口溫水並吐掉，「灰影人是個狠角色，他壞透了，沒血沒淚，什麼都不怕。」

馬克罕重複一次剛才說的話：「他遲到了，就是這樣。」

杜林看看手錶，「費茲羅伊說我們可能要等他，也可能要開槍戰鬥。方圓五十公里內的穆斯林都在找灰影人。」

原本不發一語的巴恩斯（Barnes）開口了：「聽說他是在基輔下的手。」他在離飛機艙門最遠的位置踱步，用M4突擊步槍上的三倍夜視鏡掃視黑夜。

「鬼扯。」杜林說，另外兩人立刻表示同意。

但麥維贊同巴恩斯的說法，「我聽到的也是這樣。灰影人獨自完成任務。」

馬克罕說：「不可能，基輔可不是一個人就能去的，再怎麼樣也要一支十二人的精銳部隊。」

巴恩斯在黑暗中搖頭，「聽說就只有一個槍手，也就是灰影人。」

馬克罕回話：「我不相信魔法。」

就在此時，五個人的耳機同時傳出喀啦聲，杜林舉起一隻手要隊員安靜，並按下胸前的發話鈕。

「請重複發話。」

又是一陣喀啦聲，然後又一陣，最後從干擾聲中傳來幾個斷斷續續的字：「三十秒……動……追捕！」聲音難以辨識，但顯然很緊急。

「是他嗎？」巴恩斯問。

沒人能回答這個問題。

通訊裝置又傳來人聲，這次更加清楚，他們望向小機場前方敞開的入口。「我要衝過去！別開槍！」

杜林回覆：「訊號不佳，再說一次你在哪？」

一聲雜音後，「……西北方。」

這時北邊傳來碰撞聲和汽車喇叭聲，原本看著南邊的五個人轉頭，槍管對準北邊的聲音。一輛只剩一邊大燈的民用貨車撞進圍籬，從沙地彈跳到柏油路上，以飛快的速度衝向運輸機。

通訊裝置又傳來聲音，「還有別人！」

就在此刻，飛馳的貨車後方出現了車頭大燈，兩對、四對，愈來愈多車燈沿著寬廣的路面前進。

杜林花了一秒評估狀況，他壓過引擎聲，對機組人員大喊：「爬上艙門！」

五人全數上機，運輸機已經開始在跑道上滑行。一個身穿防彈衣、戴著手套的髒兮兮武裝男子衝上後艙門，麥維抓住他的手，把他拉上陡直的艙門斜坡。馬克罕猛力一扳液壓升降桿，關閉艙門。杜林用機艙對講機指示機師，四具渦輪引擎開始高速運轉，準備起飛。

艙門密閉後，穿著護膝的「貨物」跪在空蕩蕩的機艙中間。他的M4步槍掛在軍用胸帶上，槍裡的彈藥幾乎用盡，棕色的貼身上衣也有幾處破損。他戴著夜視鏡，臉上滿是汗水，僞裝用粉底油膏也糊掉了。他取下頭盔，丟在因爲起飛而傾斜的機艙地板上。熱氣從他濃密濕透的棕髮冒出，汗水也從鬍子滴落，好像漏水的水龍頭。

杜林把灰影人扶起來，讓他坐在機艙邊緣的長凳上，綁好安全帶，再坐在他旁邊。

「你受傷了嗎？」他問道。

灰影人搖搖頭。

「我幫你卸裝備吧。」轟隆隆的引擎聲中，杜林大聲說。

「我戴著就好。」

「隨便你。這趟航程只有四十分鐘，我們一到土耳其就前往安全屋，明天晚上費茲羅伊會給你進一步的指示，我們只會支援到那個時候。」

「謝謝。」髒兮兮的男人吃力地說，他盯著地板，雙手搭著掛在脖子上的黑色步槍。

另外四個人已經坐在機艙側邊的紅色長椅上並繫好安全帶，他們看著這個「貨物」，怎樣也不相信這位相貌平凡的人竟是個超乎常人的傳奇。

灰影人和杜林坐在甲板中央的棧板旁，棧板上頭的貨物用網帶穩穩固定住。

杜林說：「我去打給費茲羅伊，跟他說我們起飛了，順便拿水給你，馬上回來。」在急速爬升的飛機裡，他轉身走向機艙前方，同時掏出衛星電話。

凌晨三點剛過，倫敦灣水路上一棟白色辦公大樓的六樓裡，一位衰老的男人穿著發皺的細條紋西裝，用手指輕輕敲著辦公桌。他臉色蒼白，汗水滑下圓滾滾的脖子，滲進牛津布襯衫的埃及棉裡。唐納．費茲羅伊試著讓自己放鬆，讓他的聲音不要聽起來這麼擔憂。

衛星電話再度響起。

他又看了一眼桌上的照片，他已經看了不下二十次這張照片。他的兒子現年四十歲，照片裡的他坐在海邊的吊床上，身旁是美麗的妻子，兩夫妻的腿上各坐了一個雙胞胎女兒，照片裡一家人笑容洋溢。

費茲羅伊移開眼神，看著手中那疊零散的照片，這些照片他也看了二十次。照片裡也是那四個人，他們是同一個家庭，只是雙胞胎長大了一點。

這是典型的監視照片：全家人在公園、雙胞胎在格羅夫納廣場（Grosvenor Square）附近的學校、媳婦在超市裡推著推車。從照片的角度和距離來判斷，費茲羅伊猜測拍照的人想讓他知道，他完全可以走過去對任何一個人下手。

洛伊的意思很明顯：費茲羅伊的家人隨時都可能被抓。

衛星電話第三次響起。

費茲羅伊長嘆一口氣，把照片丟在地上，一把抓起煩人的電話。

「史丹提（Standstill）發話，訊號如何，福克（Fullcourt）？」

「非常清楚，史丹提。」杜林說，他的耳朵貼緊衛星電話，試圖隔絕引擎的噪音。「你那邊訊號如何？」

「非常清楚，回報狀態。」

「史丹提，福克發話，已取得貨物並撤離。」

「了解，貨物狀態如何？」

「看起來很慘，但他說沒事。」

「了解，請稍等。」費茲羅伊說。

杜林用戴手套的手抹抹臉，望向貨機後方的四位人員，接著看向長凳另一頭的灰影人。因爲夜視鏡、鬍子和粉底油膏，他的臉模糊不清，但杜林還是看得出來他累壞了。他靠在機艙的牆上，兩隻手搭在M4步槍上，眼神飄向遠方。杜林的隊員坐在灰影人右手邊，整齊劃一、全副武裝，但跟他保持了幾公尺的距離。

三十秒後，唐納．費茲羅伊回到線上。「福克，這裡是史丹提，任務有變，你跟隊員當然也會獲得應有的酬勞。」

杜林坐直一些，並皺起眉頭。「收到，史丹提，請更新指示。」

「我要取消送貨。」

杜林歪起頭，「不行，史丹提，我們不能回去機場，那裡敵人很多，而且——」

「不是那個意思，福克，我要你……銷毀貨物。」

一陣停頓。「史丹提，福克發話，請重複上一句話。」

衛星電話另一頭的語氣變了，變得沒那麼抽離，多了一點人性。「我……我遇上麻煩了，福克。」

杜林說話，他改變了說話的節奏，不再像無線電通話時的那般短促。「是啊，我想也是。」

「我要除掉他。」

杜林用戴手套的手撐著頭，手指輕敲臉頰。「你確定？他是你的人。」

「我知道。」

「我也是你的人。」

「這件事很複雜，老弟，這不是我平常的作風。」

「這樣不對。」

「我剛剛說過了，這跟原本說好的行動不一樣，所以你們都會獲得補償。」

杜林注視著貨物，他開口：「補償多少？」

五分鐘後，杜林看著隊員，伸手調整胸上掛著的無線電頻道旋鈕，發出幾個喀啦聲。

「不要說話。聽到就點頭。」巴恩斯、麥維、沛里尼和馬克罕抬頭張望，看到機艙隔板旁的杜林，他們便一起點頭。灰影人沒有察覺，茫然地盯著前方的棧板。

「聽好，史丹提要我們殺掉貨物。」明亮的機艙裡，杜林和隊員相隔十公尺，他看見大家臉上的驚訝後聳肩。「別問我原因，我只是領錢辦事。」

跟貨物一起坐在長凳上的四個人看了過去。灰影人離艙門最近，他繫著安全帶，胸前有一把M4步槍，蓄鬍的臉龐面向機艙地板。

他們回望隊長，一起慢慢點頭。

6

寇特．詹特利獨自坐在關閉的艙門旁，他聽著引擎聲，試著緩過氣息，控制自己的情緒。他的屁股坐在L-100運輸機後方的長椅上，但心思還在地面上、在黑暗中、在沙丘裡。

在那些鳥事裡。

右方，距離最近的小組成員站起來，繞過放置設備的棧板，坐到他對面的長凳上。詹特利懶洋洋地瞄向右手邊，他發現撤退小組的隊長正在調整裝備。他開始觀察其他人，眼神又回到隔板旁邊的隊長。

有點不對勁。

隊長的背挺得筆直，雖然不是在看什麼，但他的神情緊繃。他胸前掛了一把MP5衝鋒槍，並調整了右手的手套。

而且他的嘴巴在動。他在用短距無線電發話，向隊員下達指令。

詹特利低頭看他的哈里斯獵鷹無線電裝置，他本來也在同一個頻道上，現在卻收不到訊號。

怪了。

寇特再去看坐在旁邊的三個人。從他們的姿勢和表情來看，詹特利認爲他們跟隊長一樣，雖然離開殺戮區，卻並沒有因此解除壓力，動作和眼神還是像要隨時**出動**的樣子。詹特利有十六年的祕密行動經驗，十六年來，他靠著判讀表情和評估威脅程度餬口。他知道衝突結束後是什麼樣子，也知道準備衝突時會是什麼樣子。

他偷偷解開身上的安全帶，依舊坐在位子，轉頭面向旁邊的人。

隔板旁的杜林已停止發話，眼睛注視著詹特利。

「怎麼啦？」詹特利蓋過引擎聲大喊。

杜林慢慢起身。

詹特利在嘈雜的機艙裡大喊：「不管你想做什麼，你都——」

馬克罕迅速轉身面對灰影人，他已經舉起手槍。詹特利往下蹬了滿是沙塵的靴子，在機艙裡飛撲而過，用固定在地上的棧板作掩護。

戰鬥開始。詹特利不明白爲什麼前來救援的人會突然攻擊自己，但這已經不重要了，他不會浪費腦細胞思考其中的轉折。

寇特．詹特利是殺人的人。

他們五個是人。

這樣就夠了。

馬克罕用西格紹爾（Sig Sauer）手槍開了一槍，但子彈的路徑太高。詹特利躲到設備後方時，他看到馬克罕和巴恩斯迅速解開長凳上的安全帶。

麥維是唯一在詹特利左邊的人。詹特利蹲在設備後方，面向距離他九公尺的駕駛艙門。杜林在駕駛艙門附近的隔板，另外三人在他右前方。詹特利知道，如果他擊斃左邊的人，就可以消滅一個方向的火力。他用左肩翻滾，拿著M4步槍從棧板後現身，對著麥維連開好幾槍。戴著夜視鏡的麥維一頭撞上牆壁，衝鋒槍從指尖滑落。

他跌回長凳上，就這麼死了。

詹特利殺了他，而他完全不知道詹特利下手的原因。

後艙裡的每個人立刻開火，四把槍往詹特利的方向猛力射擊。

詹特利蹲在設備後方，身後的牆壁發出刺耳的聲音，十幾發子彈打穿機艙，艙裡加壓的空氣從彈孔往外流出，發出呼嘯聲。運輸機前方的機組人員聽不見機身破損發出的尖銳聲響，但他顯然聽見了後方傳來的槍聲，因為飛機開始俯衝，飛到大氣較厚的地方以減少壓力差，並希望以此避免飛機解體。

因爲這個俯衝，機艙出現了類似失重的現象，詹特利的身體飄離了相對安全的地方，他往後翻了兩圈，最後碰到機艙天花板，又快速往後滑到後艙門，也就是當時整架飛機最高的地方。

另外的兩個人也飄了起來，同時向目標開槍。

詹特利感覺到兩顆九毫米的子彈射進戰術背心裡的抗彈板，衝擊的力道讓他一時失去平衡，但因爲頭上腳下的姿勢，他剛好看見有人沒解開長凳上的安全帶，被固定在右邊的牆上，腳在空中狂踢。

這傢伙簡直就是待宰的鴨子。

詹特利用M4步槍擊中沛里尼的頭，沛里尼的身體癱軟，四肢因爲飛機急速下降而晃蕩。

接下來的十秒鐘，機艙裡還活著的四個人就像烘衣機裡的襪子一樣旋轉。隊長杜林的位置比較低，他設法抓住前隔板上的網子，用手臂緊緊勾上去，並準備用衝鋒槍瞄準在他頭上十公尺的詹特利。但馬克罕和巴恩斯撞到了詹特利，他們在空中旋轉，完全失控。目標一旦太近便無法射擊，那麼槍托、靴子和拳頭這時就能派上用場。

雖然感覺像失重，但他們其實正往地面直衝，以最快的速度墜落，只不過是跟飛機一起墜落，所以他們不覺得自己正像石頭一樣落下。

在尖銳的風聲和失重的慌亂之中，詹特利再度往後翻滾。他抓不住步槍的握把，槍帶滑過他的頭，他怎麼都搆不到。他拔出格洛克19手槍（Glock-19），沒有瞄準就開槍，卻感覺子彈穿進他的右大腿，衝擊的力道像槌子一樣把腿往後彈。他不理會右腿的傷口，伸出腳在後艙門上找尋著力點。他抬頭時發現了杜林。杜林一隻手勾住隔板的網子，另一隻手把衝鋒槍高舉過頭，槍口往上對著灰影人。詹特利連開六槍，子彈打進杜林的鼠蹊部和下半身。

詹特利接著瞄準最後兩人：巴恩斯和馬克罕，但麥維的屍體這時飄進他的射程。就在此時，機師顯然認為擋風玻璃上的沙塵夠多了，突然停止俯衝，後方機艙中所有死人和活人都重重摔在飛機底部，像保齡球一樣滾向機艙前方的隔板。撞擊之下，詹特利的手槍掉了出來，他往前彈，每一次的顛簸都讓大腿上的槍傷劇痛不已。

飛機恢復水平的同時，詹特利滾向前隔板，差一點就抓住隔板的網子，但機師又讓飛機慢慢爬升。衝力讓他前進了一些，但隨著地板愈來愈斜，慢慢超過了四十五度角，慣性也逐漸消失，他的指尖最後只能勉強觸及杜林屍身旁的尼龍網。

灰影人往後倒。他先向後仰，然後倒在地上翻滾，最後騰空墜落機艙後半部。他屁股著地，大腿的疼痛因此加劇，但這點痛實在算不了什麼，因為馬克罕整個人撞上詹特利的胸膛。馬克罕面朝另一邊，此時他比詹特利更加驚訝，灰影人的手臂輕易地繞住馬克罕的頭頸，他的手無情地一扭，馬克罕的脖子應聲折斷。馬克罕脊椎斷裂，當場死亡。

馬克罕的槍帶掛在脖子上，就像一條項鍊，只是將武器當作了飾物。詹特利試圖取下槍，但槍帶卡在攜彈背心上，於是他把槍拉到馬克罕的肩膀，想快速瞄準最後一名倖存的成員——巴恩斯正利用長凳的椅腳爬向位在前隔板的廚房。

詹特利扣下扳機，但槍枝只發出空洞的喀啦聲，彈匣裡沒有子彈了。他在馬克罕的胸前找出新的彈匣，卡進MP5裡準備朝目標開槍，但巴恩斯已經躲進了廚房。飛機再度恢復水平，重力也回歸正常。他在後艙口附近的棧板後方壓低身子等著巴恩斯。

一聲巨響毫無預警地傳來，詹特利感覺後方的艙門在動，狂風不斷呼嘯。

巴恩斯從機艙前方打開了艙門，此時飛機急速爬升。

詹特利匆匆抓住把棧板固定在地上的網子，這時全身黑衣的巴恩斯已經揹好降落傘，出現在隔板邊，他似乎是認爲這架飛機已經嚴重受損，也可能擔心機師已經被流彈射死，無法繼續航行。巴恩斯用盡全力抓住隔板上的網子，單手拿著M4步槍朝詹特利不斷開槍。此時灰影人身後的艙門已完全開啓。

詹特利向後伸出空出來的手，取下馬克罕脖子上的槍，馬克罕的屍身滾下飛機，墜入夜空之中。飛機繼續爬升，沒多久麥維的屍體也從詹特利身旁滑過，掉入黑夜。沛里尼的屍體依然繫在長凳上，杜林的屍體也依然固定在隔板的網子上。

現在只有詹特利和巴恩斯活著。

詹特利的右手拿好衝鋒槍，左手緊抓網子。但他右手上的手套正慢慢滑掉，他沒辦法堅持太久。這時，飛機爬升的角度愈來愈大，他在艙底亂踢，雙腳試圖尋找施力點。

他快要掉出艙門了。

但詹特利還有最後一次機會。他舉起馬克罕的槍，越過棧板朝巴恩斯連續發射，正中他胸前的抗彈板。巴恩斯的頭往後撞擊隔板，衝擊的力道之大，讓他就這樣失去意識。飛機的傾斜角度已達四十五度，受傷昏迷的巴恩斯鬆開手中的網子，跪著往後艙門滑去。

飛機已經受損，詹特利也要下飛機，他可不想錯過這次機會。沒有能力反抗的巴恩斯滑過時，詹特利果斷放開棧板，腳和膝蓋向右用力一蹬，抓住對方身上的降落傘背帶。兩人一起掉出打開的艙門，飛向夜空。

詹特利抱緊巴恩斯，雙腳勾在他背後。L-100運輸機消失在他們上方，咆哮的引擎聲很快地被怒吼的風聲取代。

詹特利一邊掙扎喊叫，一邊使勁地抓緊。他不敢伸手去搆降落傘的拉繩，要是沒抱緊，他不會再有生存的機會了。他合理推斷這個降落傘有CYPRES自動開傘裝置，會在自由墜落到兩百多公尺的高度打開備用傘。

詹特利和試圖殺他的人在冰冷的夜空中翻滾墜落。

詹特利用一隻手牢牢抓著降落傘肩帶，另一隻手鬆開，試圖尋找類似的抓握點。就在鬆手時，不到一秒的嗶聲響起。

接著備用傘打開。

詹特利繼續用一隻手抓著降落傘。這個降落傘是給單人使用的設備，但現在承載了兩人，其中一人還又踢又拉，拚命想抓緊，以至於落下的速度過快，像陀螺一樣不斷旋轉。

這種狀態持續了幾秒，詹特利因爲暈眩而開始嘔吐。距離地面已經不遠，噁心感變成了乾嘔，接著兩人一起重摔到地上。

詹特利摔在巴恩斯身上，衝擊的力道因此抵銷了不少。著地時巴恩斯面朝下方，詹特利落在他背上。詹特利檢查了巴恩斯的狀態，已經摸不到脈搏了。

著陸後，詹特利嘔吐過的胃開始恢復，他抱住大腿，疼痛的傷口讓他翻滾了一會兒，才慢慢坐起身。太陽從他的左手邊慢慢升起，他因此得知那是東方。

他現在有了方向感，便開始評估周遭環境。他在平地上，位於一座不深的山谷底部，溪流聽起來就在不遠處，更遠的地方能聽見山羊的叫聲。破損的屍體癱在地上，屍體後方的備用傘在黎明前涼爽的微風中不斷拍打。詹特利搜了搜巴恩斯身上的裝備，最後在他的腰際找到野戰急救包。

他坐在草地上，摸黑處理傷口，他猜想應該要走很長的一段路才能到邊境，所以要包好受傷的腿，撐過這段長途跋涉。子彈貫穿的傷口很整齊，沒有傷到大血管或骨頭，只要及早妥善處理，不介意痛上幾天或幾週的話就不用太擔心。詹特利又吐了一點膽汁。他的身體和腦袋才剛消化好過去五分鐘的混亂。

接著他站起來，慢慢往北走向土耳其。

辦公室裡，費茲羅伊坐在洛伊對面的沙發上，即使他正在講衛星電話，憤怒的眼神也不曾從這位年輕人身上移開。

「我知道了，」費茲羅伊對電話說，「謝謝。」他結束通話，輕輕把電話放在面前的桌上。

洛伊回望他，眼神充滿期待。

費茲羅伊把眼神移開，看著地毯。「看來他們全死了。」

「誰死了？」洛伊問，聲音始終帶著樂觀。

「機組人員以外的所有人。他說飛機上有陣騷動。寇特．詹特利不是容易倒下的人，這完全不讓人意外。機師在後面找到兩個手下的屍體，另外四個人不見蹤影，地上、牆上、天花板都有血，機身有超過五十個彈孔。」

「我的公司會補償你的損失。」洛伊不帶情感地說，他清清喉嚨：「但他們找到詹特利的屍體了嗎？他會不會還活著？」

「應該不會，飛機的艙門開著，還飛了很遠，很多東西都不見了，包括一個降落傘。但我們也沒理由推測——」

洛伊打斷他：「如果目標跟降落傘都從飛機後方消失，那我很難讓奈及利亞人相信任務完成。」

「他們是五打一，撤離小組的人全都是前加拿大特種部隊的一流人才。我已經履行協議了，現在請你也履行你的部分，不要再威脅我的家人。」

洛伊揮手表示不以爲然。「阿布貝克要證據，他要親眼看到詹特利的人頭裝在冰盒裡。」

「可惡！」費茲羅伊說，「我已經照你說的做了！」費茲羅伊很生氣，但他已經不再擔心家人了。在洛伊抵達前不久，唐納爵士已經打給兒子，要他帶著妻小趕到聖潘克拉斯車站（St. Pancras Station），搭早上第二班的歐洲之星列車前往法國。這時候，他們應該已經在諾曼第海灘南邊的避暑別墅安頓好了。費茲羅伊有信心，洛伊的手下找不到那裡。

「沒錯，你乖乖照做了，並且會繼續做下去。我辦公室裡有個安靜但看著很晦氣的奈及利亞人，光憑口頭保證，我無法讓他離開。我要你確認機師的飛行路線，我要派一組人馬去調查——」

費茲羅伊辦公桌上的電話響起特別的鈴聲，是兩聲短短的羊叫聲。唐納爵士轉過頭去看，再望向洛伊。

「是他。」洛伊對受到驚嚇的費茲羅伊說。

「那是他的鈴聲。」

「去接電話，打開擴音器。」

費茲羅伊穿過辦公室，按下辦公桌上的控制鈕。「切爾騰罕安全服務公司。」電話另一端的聲音很冷淡，吃力地說：「這就是所謂的救援？」

「很高興能聽到你的聲音，發生什麼事了？」

洛伊迅速從公事包裡拿出筆記本。

「我才要問你這個問題吧。」

「你受傷了嗎？」

「不會死，多虧了你派來的撤離小組。」

費茲羅伊看著洛伊，這位年輕的美國人舉起筆記本，讓費茲羅伊閱讀他匆匆寫下的字：**奈及利亞**。「孩子，機組人員跟我說了那場混戰，他們不是我平常用的人，只是我僱用過一次的傭兵，原本預定的波蘭人臨陣脫逃，這些人是我情急之下湊出的人馬。」

「因爲伊拉克的事嗎？」

「對，你昨天小露身手之後那裡就成了禁區，波蘭人拒絕前往。我派去的那組人說只要有錢能拿，他們什麼都做，無論風險。顯然有人找上他們，買通他們殺你。」

「是誰？」

「我得到的消息是朱留斯·阿布貝克，奈及利亞的總統。他要你的人頭。」

「他怎麼知道是我殺了他兄弟？」

「因爲你的名聲啊，毫無疑問。有些任務太高調，或是太困難，只有你才做得到，你的名聲已經這麼響亮了。」

「該死。」那個聲音說。

費茲羅伊問：「你在哪？我派人去接你。」

「才不要，不用了。」

「聽著，詹特利，我可以幫你。阿布貝克再過幾天就要下台了，他很有錢，富裕得令人無法想像，可是一旦成爲平民，他的權力和人脈都會下滑，對你的威脅很快就會消失。我可以把你帶回來，提供保護，直到他下台。」

「我可以自己躲好，等你有更多關於對方的情報再打給我，別想要找我，你找不到的。」

對方說完這句話之後就立刻掛斷電話。

洛伊拍起手來，「演得眞好啊，唐納爵士，表演得很不錯，你的手下一點也不懷疑你。」

「他信任我。」費茲羅伊生氣地說，「四年來，我幫他做了那麼多，他理應把我當作朋友。」

美國律師無視唐納爵士的憤怒，他問：「他會去哪呢？」

唐納爵士坐回沙發上，摸著他的光頭思考，接著猛然抬頭。「用替身！你不是要把人頭放進冰盒嗎？那我就弄一個人頭給你！阿布貝克哪裡知道有什麼不一樣？」

洛伊搖搖頭，「幾週前，總統尚未下令要我們殺他，他跟我們要了灰影人的情報資料，我剛好有灰影人的照片、牙醫病歷、背景描述等等，我把這些都給了他。我以爲那個王八蛋會在自己兄弟被殺之前先幹掉詹特利呢。阿布貝克知道他的長相，我們不能用替身，或『替頭』。」

費茲羅伊慢慢歪起頭，「你怎麼弄到這些資料的？」

洛伊思考了很久，他摳出膝蓋上的線頭。「在我搬到巴黎、加入羅蘭集團以前，我跟灰影人是同事。」

「你是中情局的人？」

「曾經是，但只有愛國心是賺不了錢的。」

「而追殺愛國的人就賺得了錢？威脅要傷害小孩就賺得了錢？」

「還眞的能賺很多錢，這世界眞奇怪。我在局裡時複製了一份員工檔案，打算以後如果被追殺就用這個當籌碼，結果那些文件剛好在我這份工作派上用場了呢。」洛伊站起來，在費茲羅伊的辦公室裡踱步。「我要知道詹特利現在在哪裡、他要去哪裡，還有他躲藏的時候都會做些什麼。」

「他躲藏的時候就是人間蒸發。跟天然氣說再見吧，灰影人幾個月之後才會現身。」

「我不接受。我要你告訴我一些關於詹特利的事，一些我不知道的事。他在局裡工作的時候就是個機器，沒有朋友，也沒有在乎的家人，完成任務之後也沒有情人一起度過漫漫長夜。他在特種行動作戰單位的檔案大概是我讀過最無聊的東西。當時的他沒有劣跡，沒有弱點。但現在他老了，肯定結交過幾位朋友，或展現出一些傾向，我們能從中算出他的下一步。你一定有東西可以告訴我，無論是多小的事都沒關係，讓我把他逼出來吧。」

費茲羅伊微微一笑，他察覺到洛伊的絕望。

他說：「沒有，什麼都沒有。我們都用無法追蹤的衛星電話和電子郵件聯絡，就算他有祕密的房子、女友或家庭，我也不知道他們在哪裡。」

洛伊走向辦公桌後方的窗戶，費茲羅伊繼續坐在沙發上，看著不請自來的訪客在辦公室裡踱步，這時彷彿費茲羅伊才是訪客，而洛伊是切爾騰罕安全服務公司的老闆。

洛伊突然轉身，「你可以指派任務給他呀！一個簡單又好賺的任務，他肯定不會拒絕出了高價又沒什麼危險的任務。你指派新任務給他，我再派人過去埋伏。」

「見鬼了，他在外面活了這麼久，你以爲他很笨嗎？他現在根本沒興趣賺錢，正在忙著僞裝呢！你本來有機會可以做掉他的，但你搞砸了，趕緊滾回你的辦公室療傷吧，離我跟我的家人遠一點！」費茲羅伊發現洛伊的臉抽動了一下，但漸漸被笑容取代。

「既然你不幫我利用詹特利的弱點逼他出來，那我就不得不利用你的弱點。」他從口袋掏出手機，一邊對費茲羅伊微笑，一邊講電話。「去接菲利浦．費茲羅伊（Phillip Fitzroy）一家，他們在諾曼第的避暑別墅，帶他們到羅蘭莊園（Château Laurent）。」

費茲羅伊站了起來，「你這卑鄙的傢伙！」

「沒錯，」洛伊嘲弄這位英國人：「羅蘭集團在諾曼第有間與世隔絕的房子，我同事會讓你兒子一家待在那裡，他們會好好照顧你家人，直到這件事順利解決。請你聯絡灰影人，把他們的位置告訴他，並跟他說奈及利亞人抓了你唯一的兒子、他可愛的妻子和兩個小可愛。記得跟他說，那些野蠻人會在三天之內強暴孩子的媽咪，殺光其他人，除非你抖出他的位置。」
「這樣做有用嗎？」
「我了解詹特利，他像一條忠心的狗，雖然被拋棄過幾次，但總是會誓死保護主人。」
「他不會的。」
「他會的，他會一肩擔起拯救世界的責任，他知道警察沒用，所以會竭盡全力前往法國。」
「唐納爵士，寇特．詹特利走的從來都不是正途，他是職業殺手，但無論在中情局和私人公司裡，他做的所有事情都是去對付那些他認爲該用法外方式處理的人，像是恐怖分子、黑手黨、毒販，以及各種窮凶惡極的垃圾。詹特利是殺手，但他覺得自己是伸張正義的利器，他認爲自己正在矯正世上的不法行爲，**這**就是他的罩門，他會因此一敗塗地。」
費茲羅伊對寇特．詹特利的了解也是如此。洛伊的邏輯很合理，不過費茲羅伊懇求洛伊：「你不需要把我家人扯進來，我會照你說的做，這點我已經向你證明過了。你不必眞的抓住我的家人，我也會跟詹特利說他們被抓了。」
洛伊的手一揮，否決了唐納爵士的提議。「我們會好好照顧你的家人。要是你耍花招，想要出賣我之類的，那我就需要有對付你的籌碼，不是嗎？」
費茲羅伊站起來，以威嚇的姿態穿過辦公室，慢慢走向洛伊。他比洛伊至少老了三十歲，但曾經在軍情五處服務過的費茲洛伊骨架顯得更大。洛伊退一步大喊：「里瑞（Leary）先生、歐尼爾（O'Neil）先生！請進來好嗎？」
費茲羅伊讓祕書放一天假，辦公室裡只有他一人；而洛伊帶了同事，兩名健壯的男子走進辦公室站在門邊，其中一位紅髮男人皮膚白皙，年紀不到四十歲，他身穿簡樸的西裝，腰際的隆起看起來像是槍托。另一位年紀比較大，看起來快要五十歲，他的白髮剃得很短，像軍人一樣，身上寬鬆的外套可以藏起武器。

費茲羅伊看了一眼就知道他們是保鑣。

洛伊說：「他們是愛爾蘭共和軍，你的老敵人。不過我想應該不需要勞駕他們吧，這幾天我們會經常見面，應該保持友好的關係。」

克萊兒·費茲羅伊（Claire Fitzroy）今年夏天剛滿八歲。現在是十一月底，她跟雙胞胎姊妹凱特（Kate）本來會在倫敦度過濕冷又陰暗的秋天，過著平凡的日子：星期一到星期五要早早起床，走到北奧德利街（North Audrey Street）的小學，放學後克萊兒要去上鋼琴課，一週三次，凱特則要去上聲樂課。週末她們會跟媽媽一起逛街、跟爸爸待在家，或去足球場玩耍。每隔兩週，姊妹倆的其中一人可以邀請朋友到家裡過夜。等倫敦陰鬱的秋天轉變成乾燥但更加陰鬱的冬天，克萊兒就會開始期待著聖誕節。

他們的聖誕節總是在法國度過，爸爸在貝約（Bayeux）有一間度假別墅，就在英吉利海峽對面的諾曼第。比起倫敦，克萊兒更喜歡諾曼第，她常常想像自己未來住在莊園裡的生活。所以星期四早上點完名後，校長走進來叫克萊兒和凱特到辦公室時，她既驚喜又振奮。校長說：「請帶課本過來，兩位。很好。抱歉打斷你上課，維琳（Wheeling）老師，請繼續。」

爸爸在校長辦公室裡等著女孩們，他兩手各牽了一個女兒，帶她們走向等在外面的計程車。爸爸跟媽媽都沒有開自己的車，所以她們猜不到全家要坐車去哪裡。媽媽坐在計程車寬敞的後座，她看起來跟爸爸一樣嚴肅。

「孩子們，我們要去度個假，搭歐洲之星去諾曼第。不，沒什麼事，別傻了。」

女孩們在火車上根本坐不住，爸媽依偎在一起說話，克萊兒和凱特在車廂瘋狂地跑上跑下。克萊兒聽見爸爸用手機打給唐納爺爺，他說話的聲音很小，但很生氣，她從沒聽過爸爸這樣跟爺爺說話。就在她們準備單腳跳到車廂的另一端時，她不想再跟凱特玩了。她望向爸爸，他的表情看起來很擔憂、語氣聽起來很尖銳，雖然聽不見他說了什麼話，但明顯很憤怒。

爸爸掛上電話，開始跟媽媽說話。

克萊兒之前只見過一次這麼生氣的爸爸。那時他罵了到家裡修理水槽的工人，因爲工人對媽媽說了一些話，那時媽媽的臉跟草莓一樣紅。

克萊兒開始啜泣，但她沒有讓人發現。

一家人在里爾站（Lille）下了火車，再搭另一班往西的列車來到諾曼第，中午時抵達避暑別墅。凱特在廚房幫媽媽洗新鮮的玉米，這是他們的晚餐，克萊兒坐在樓上房間的床，往下望著車道上的爸爸。他在碎石車道上一邊走來走去，一邊講手機，偶爾把手放在院子邊的木籬笆上。

爸爸的怒氣與驚恐讓她糾心。

樓下的凱特既不知情也不擔心，但克萊兒本來就覺得凱特是兩人中比較不成熟的那一個。

最後爸爸把手機放進口袋，在寒冷中發抖，再轉身沿著車道走回來。沒走幾步就有兩台棕色車子開到他後面，他轉過身去，車上的人紛紛下車。克萊兒數了數，共有六個彪形大漢，各自穿著不同顏色和款式的皮夾克。離爸爸最近的人笑著伸出手，而爸爸也跟他握手。

其他人在爸爸旁邊排成一排，從車道走向別墅。爸爸看著經過他面前的這幾個人，克萊兒看到他的表情從困惑變成驚恐。房間裡的克萊兒立刻跳下床。

當六個男人同時把手伸進外套，拿出黑色和銀色的槍時，八歲的克萊兒．費茲羅伊開始尖叫。

8

五十二歲的庫爾特．里格爾（Kurt Riegel）高大魁梧、一頭金髮，外型與他的日耳曼名字十分相稱。十七年前，他從德國國防軍退伍，之後立刻加入羅蘭集團。他曾經六度被外派到第三世界國家，職位從漢堡分部的安全部副部長開始一路晉升。每次升職，職務內容往往更加骯髒，也更加危險。現在，他在巴黎總部工作，擔任安全風險管理行動部副總，這個頭銜很長，但只是個花俏的職稱，職務內容其實很單純。

如果想要搞破壞，像是不留紀錄的專案、地下交易，或是需要重量級人物出面的人資問題，找里格爾就對了。他還會非法潛入、入室竊盜、組織諜報團隊、製造假訊息，甚至殺人。如果里格爾的探員來到你的辦公室，就代表他們要來幫你處理棘手的問題，或者你本人就是他們受託處理的棘手問題。

因爲帶領所謂的「不擇手段部門」，里格爾也不可能再往上爬，因爲沒人希望他在光天化日之下主導事情。但里格爾不介意這樣的職場天花板，他反倒認爲這是一份終身職，因爲他得以建立自己的團隊。在他擔任安全風險管理行動部副總的四年中，他的探員已經除掉三位非洲國家的政界候選人、三位亞洲人權領袖、一位哥倫比亞將軍、兩位調查記者，還有將近二十位羅蘭集團的員工，因爲某種原因，這些人無法完成重要的任務，因此面臨處置。羅蘭集團裡，只有一個人知道他所有的行動。里格爾一向將下屬的職責清楚地區隔開來，而職位比他高的人都很清楚他的手段，他們實在不想知道任何關於行動的詳細情況。

當問題出現，就打給里格爾。當問題消失，大家會默默感謝里格爾。

確實，里格爾因此成了一個非常有權力的人。

他在巴黎總部的辦公室位於羅蘭集團園區的南棟，競爭情報部門和資訊科技部門也進駐在那棟大樓。辦公室的裝潢用了柚木，很適合這位高大的德國人，柚木和他本人的氣質相似，金黃色的木材霸氣、堅固，也安靜謹慎。辦公室牆上掛著許多打獵的戰利品，他常去非洲狩獵或去加拿大探險，再將狩獵的成果交給蒙馬特的動物標本師傅製作，標本師傅光是接他的委託就能維持生意。犀牛、獅子、駝鹿和麋鹿的標本高高掛在辦公室四周的牆上，眼神空洞。

每天下午五點，他會在辦公室運動。這天，正當他在運動時，外線電話響起，此時他正要完成第一百次爆汗如雨的屈膝動作。有些電話他不必立即接起，可以等做完運動再說。但這通電話來自加密號碼，是特別專線的來電，為了這通電話，他已經等了大半天了。

他抓起毛巾走向辦公桌，打開擴音器。

「我是里格爾。」

「午安，里格爾先生，我是法務部的洛伊。」

里格爾喝了一口維他命水，坐在辦公桌邊緣。

「法務部的洛伊，我能幫你什麼嗎？」里格爾曾經做過砲兵官，退伍後聲音依舊有力。

「聽說你在等我的電話。」

「執行長馬克・羅蘭（Marc Laurent）已經親自交代，要我放下所有事情，全力完成你交給我的任務。他還說要支援一些保鑣和一位通訊專家。希望我派去的技師和白俄羅斯的準軍事人員有所幫助。」

「謝謝你。技師已經在我這裡了，保鑣在法國，正依我的吩咐行事。」洛伊說。

「很好，這其實是馬克．羅蘭第一次親自打來要我特別關照的行動，我很好奇，法務部的人捅了什麼婁子呢？」

「嗯，爲了公司，這件事必須迅速解決。」

「那就別浪費時間了，除了我已經派過去的人，你還需要什麼嗎？」

洛伊停頓了一下，接著說：「我實在不願意說這麼嚇人的話，但我需要盡快殺死一個人。」

里格爾不回話。

「先生，你還在嗎？」洛伊問。

「我在等你說那句嚇人的話。」

「你之前做過這種事情嗎？」

「我們風險管理行動部常說，處理問題的方式有兩種，一種是姑息，一種是解決。如果你的問題可以姑息，那我的電話就不會響了，洛伊先生。」

洛伊問：「你知道拉哥斯的天然氣合約嗎？」

里格爾馬上回答：「我猜應該跟奈及利亞那件事有關。聽說法務部的蠢貨律師忘記檢查合約，奈及利亞人決定毀約，那可是百億元的案子，我們也已經投資了兩億元。一聽說這件事，我就有預感這件事會找上我。」

「是的，不過事情比這個還複雜。」

「聽起來沒有很複雜，只要告訴我那個犯錯的律師住哪裡就好，我們會弄成自殺的樣子。那個蠢貨應該把公司的利益擺在第一順位，自己死死算了。不過話說回來，我們也不該期待一個律師會有這種忠誠度就是了。無意冒犯，法務部的洛伊。」

「不！不，里格爾，你弄錯了，我們要殺的是別人。」

里格爾清清喉嚨，「繼續說吧。」

洛伊說了關於亞薩克・阿布貝克被刺殺的事，還有總統簽署修正合約的條件：殺死他兄弟的凶手被擊斃。

庫爾特・里格爾哼了一聲，「我們跑去招惹那些獨裁者，但一被他們掐住要害就驚訝得不得了。」里格爾的英文說得無懈可擊。他坐到辦公椅上，拿起一支筆，再越過皮革吸墨板將記事本拉到面前。「所以我們要查出殺手是誰，然後解決他，是嗎？」里格爾問道。

「已經知道殺手是誰了。」

「所以只要除掉他就行了？我以為會有更棘手的事情，畢竟羅蘭先生都親自打電話來了。」

「對，不過這個殺手可不好對付。」

「處理私家殺手最麻煩的就是調查身分，如果你知道他是誰，那我就會在二十四小時內上門解決他。」

「那太好了。」

「除非你說的是灰影人，這傢伙太厲害了。」

洛伊不回話。

他遲疑了好一陣子，里格爾便知曉了，說：「噢，我知道了，你說的就是灰影人吧？」

「這會是個問題嗎？」

現在換里格爾沉默了。最後他說：「確實不好處理……但不算是個問題。他很會躲藏，所以才有這樣的稱號。他很難找，但他不可能知道我們要找他，這倒是對我們有利。」

洛伊再次沉默。

「還是他知道了？」

「昨天晚上，我安排刺殺他的行動，但沒成功。他還活著。」

「他殺了幾個人？」

「五個。」

「白痴。」

「里格爾先生，灰影人可不是白痴，他的事蹟——」

「我說的白痴不是**他**，是**你**！你不過是個笨蛋律師，竟然想攻擊全世界最強的殺手？你肯定計畫不周、隨便找人動手，又草率執行。你應該馬上過來找我，現在他有了戒心，知道想殺他的人會再次下手。」

「我不是白痴，里格爾，我現在掌控了他的管理人（handler），還說服他幫我們取得詹特利的位置。」

「誰是詹特利？」

「灰影人，他的本名是寇特蘭．詹特利。」

里格爾挺起身子，他的身形和面前的辦公桌一樣又大又寬。「你怎麼知道他的身分？」

「我不能告訴你。」

「他的管理人是誰？」里格爾憤怒握拳，他不喜歡扮演接收訊息的角色，他有自己的情報網，也不會像這個美國來的笨律師到處散播情資內容。

「他的管理人叫唐納．費茲羅伊，是個英國人，在倫敦經營公司，還偶爾幫我們——」

里格爾的拳頭又握得更緊了。「法務部的洛伊，拜託告訴我你沒有**綁架**唐納．費茲羅伊爵士！」

「除了爵士本人，我還把他兒子一家帶到羅蘭集團在諾曼第的房子。」

里格爾垂下寬闊的肩膀，把臉埋進手裡。幾秒鐘後，他望向擴音器說：「他們清楚地告訴我這項行動由**你**主導，我只負責提供人手、物資、情報和建議。」

「沒錯。」

「那我就先給你一些建議吧。」

「太好了。」

「法務部的洛伊，我建議你向唐納爵士道歉，說你搞錯了，並釋放他和他的家人。然後你給我打包回家，把槍放進自己嘴裡，扣下該死的扳機！跟費茲羅伊作對是天大的錯誤。」

「我看建議的部分就省了吧，你只要派更多人手給我就好。我現在不知道灰影人在哪裡，但我知道他會去哪裡。費茲羅伊會叫他到諾曼第，他會從歐洲大陸的東邊跑到西邊，我不知道他從哪裡出發，但如果你給我足夠的支援，我會派他們到歐洲各處追捕。」

「他爲什麼要去諾曼第？去救費茲羅伊的家人嗎？」

「沒錯，他聽到的說法是奈及利亞人綁架了他們，等費茲羅伊把他交出去才會獲釋。他會覺得自己應該要去解決這個問題。」

里格爾的手指在辦公桌上輕敲，「我認同你的推測。我也聽說過他很有騎士精神，他也不信任法國警方。」

「正是如此，我需要你派出監控小組和攻擊小組，你從明斯克（Minsk）派來的人馬正在法國看守費茲羅伊的家人，但我希望詹特利尚未抵達諾曼第就先被殺了，因爲我們現在得分秒必爭。」

「他是灰影人，你還需要其他的幫助。」

「那除了要我自殺之外，你有什麼建議？」

里格爾望向辦公室另一端的牆壁，一隻野豬標本回望著他。他慢慢點頭，「如果要在有限的時間裡殺了他，你需要一百個監視者。」

「你手上有一百個監視者？」

「我們都叫他們街頭藝術家（pavement artists）。」

「叫什麼名字都行，你可以把他們分派給我？」

「當然。而且你需要十幾組獵殺者，分頭部署在每一條可能的路線上。這十幾組人馬統一由中央指揮部調動，每一組都要有幹勁地找尋目標並殲滅他。」

里格爾建議的規模之大，洛伊聽完後驚訝地問。「十幾組？」

「當然不會用上公司的人馬。如果是公司的人，公司可能會因此遭到報復。我們也不找當地人，因為警察會認識當地人，追獵計畫會因此出錯。我們需要來源不明的外國人員，也就是你們美國人說的『打手』，也就是別無他法時被派去幹苦差事的人，你懂我的意思嗎？法務部的洛伊。」

「你指的是傭兵。」

「當然不是，以前曾經有人僱用殺手去殺灰影人，但不是被他躲過就是被他幹掉，所以傭兵這一招行不通。保險起見，我們需要能實地作戰的小組，像是政府的特攻小組。」

「我不懂，你說的是哪個政府？」

「我們在八十個國家設立了集團的分部，我和許多第三世界國家的治安部門高官關係甚好，他們養了大批人手，平時負責在國內控制人民、牽制敵軍。」

里格爾停頓了一下，思考計畫。「沒錯，我會聯絡第三世界的官員，如果在這些地方找打手，我們比較不會有顧慮。我會聯絡他們，從現在起，半天以內就會有十幾架私人飛機出發，載著最壞的傢伙和最厲害的武器前來。每一個小隊的任務都一樣，就是爭取殺掉灰影人的機會。」

「就像比賽？」

「沒錯。」

「眞是妙計。」

「我們之前就曾經讓幾組人馬追殺同一個目標，不過規模沒這麼大就是了。」

「但我想不透，這些政府爲什麼會幫我們？」

「不是政府，而是他們的情治單位。如果將兩千萬美金放進特定單位的金櫃，對這些國家的安全和穩定會有什麼影響呢？像是阿爾巴尼亞的祕密警察、烏干達軍隊，或印尼的內政情報局。當情況符合這些組織的目標或是長官的利益，他們會繞開國家領導人，自主行動。我知道哪些國家的內政機關會同意派手下收錢殺人。」

洛伊停頓一下後回話：「我懂了，這些情報單位不擔心美國會報復，因爲他們知道中情局不會追查殺死灰影人的殺手。」

「洛伊，勝出的小組說不定還會自己告訴中情局，並找他們領取獎金呢。多年來蘭利（Langley）一直追捕灰影人，甚至爲此殺了四個人。」

「對，我知道。我喜歡你的計畫，里格爾，但我們能低調行事嗎？我的意思是，我們能避免爲公司帶來負面影響嗎？」

「我們開了幾間空殼公司，可以用來甩鍋。我們會派出羅蘭集團的機組人員，以空殼公司的名義把獵殺小組和武器送往歐陸各地。這會花很多錢，但馬克．羅蘭已經下了指示，我們可以用盡所有必要手段，只爲達成這個目標。」

里格爾和公司高層的關係不容否認，但洛伊的政治直覺告訴他要重申自己的地位。「這項行動仍然由我負責，我會指揮監視者和殺手的行動，你只要給我人力就好。」

「我同意，我會安排小小的獵殺比賽，讓大家各就各位，但我會讓你指揮人馬。你要讓我了解進度，也可以儘管找我商量。我是個獵人，洛伊，在歐洲街頭獵殺灰影人會是我生涯裡最偉大的冒險。」他停頓一下後說：「我只是希望你少去招惹費茲羅伊。」

「他的事情交給我。」

「喔，我一點都不想碰他的事。唐納爵士和他家人是你的問題，不是我的問題。」

「當然。」

9

詹特利發現自己的運氣似乎愈來愈好。他一拐一拐地往土耳其邊境走，不到一小時，就搭上庫德族警察的巡邏便車。伊拉克北方的庫德族很喜歡美國人，尤其是美軍，他們從他破損的制服和腿傷推斷他是美軍特種部隊，而詹特利並不阻止他們的聯想。他們載他前往摩蘇爾（Mosul），讓他清理自己，並在美國政府設置的診所重新包紮腿傷。七小時之前，這個美國殺手沒背好降落傘就從飛機上掉了下來，但現在他已經換上了整燙過的長褲和亞麻襯衫，搭上飛往喬治亞首都提比里斯（Tbilisi）的飛機。

處境的好轉也不完全是因爲運氣。詹特利制定了眾多撤退計畫，其中一個就是爲了獨自逃出伊拉克的可能局面。他事先準備好了假護照、假簽證、現金和必要文件，縫在褲管裡。這些東西可以讓他安全抵達土耳其和喬治亞。

詹特利偶爾也會走運，但他不仰賴運氣這種東西，因爲他永遠都會做好準備。

他拿著加拿大護照，以自由記者馬丁·鮑德溫的身份通過喬治亞海關，接著購買前往捷克布拉格的機票。這趟五小時的航班上乘客不多，晚間十點過後，飛機降落在機場。

他對布拉格瞭若指掌，因爲他曾經在這裡出過任務，且經常藏身在附近的郊區。

他搭乘計程車和地鐵，穿過布拉格老城的鵝卵石街道，住進一間小旅館的閣樓，這裡距離伏爾塔瓦河約四百多公尺。他好好地沖了澡，坐下來重新包紮大腿。這時，背包裡的衛星電話響起。

詹特利看了一眼，是費茲羅伊打的，他繼續處理槍傷，打算早上再跟對方聯絡。

詹特利很生氣撤退小組突然對他下手，這股怒氣不難理解。

他知道根本不可能是唐納爵士本人下令要殺他，他之所以生氣的原因是因爲這代表費茲羅伊已經被掌控到某種地步，導致奈及利亞人能夠介入他正在進行的行動，甚至差點就成功把派來的幫手變成劊子手。金主死去後，費茲羅伊曾經強烈反對詹特利繼續刺殺阿布貝克的計畫，現在詹特利懷疑費茲羅伊是不是故意找了一群半調子來支援他，藉此表示不滿。

費茲羅伊的後備支援組織叫做「聯絡網」（Network），這是詹特利在戰場上唯一的命脈。聯絡網裡有會包紮傷口但不會多問的合法醫生、就算有人偷渡上機也不會往機艙看一眼的合法貨機機師、僞造文件的印刷業者……等等，隨著時間過去，這份名單愈來愈長。詹特利盡量不使用聯絡網的資源，他用得比誰都少，因爲灰影人執行任務一向講求快狠準。但這一行的人或多或少都會需要幫助，詹特利也不例外。

詹特利曾是中情局最有經驗、最成功的殺手，當中情局不再需要他，他在幾個月後便開始爲費茲羅伊工作，至今已經四年了。詹特利回想起那天晚上，中情局發布消息後，一顆炸彈馬上就出現在他的車裡，同時攻擊小組來到他的公寓，美國司法部也發出國際逮捕令，透過國際刑警組織傳送到全球每一個執法單位。

那時候，詹特利急需一份工作，因爲躲避美國政府的追殺帶來極高的開銷。所以他聯絡了唐納．費茲羅伊爵士。費茲羅伊看似光明正大地經營事業，但之前詹特利還在中情局特種行動作戰單位工作時，爲了某次刺殺和遣返任務，他曾經跟切爾騰罕安全服務公司進行檯面下的交流。因此，作爲一位剛失業的殺手，到那裡求職是很正常的事。

從那時開始，他就成了私家殺手界裡的名人。雖然沒人知道他的眞名，也沒人知道他爲費茲羅伊工作，但灰影人成爲了西方世界中祕密行動領域的傳奇。

灰影人的事蹟跟世上其他傳奇一樣，其中有許多細節被誇大、加油添醋或憑空杜撰。不過有一個傳聞倒是眞的：他只願意刺殺那些他認爲要以法外方式懲罰的對象。在私家殺手中，這是前所未見的事，雖然他的聲譽因此提高了，但他也相當挑剔。

詹特利挑的都是難上加難的任務。他隻身前往那些土匪國家，樹立眾多敵人，但在這低調的行業裡，他打下的名聲和戶頭裡的數字無人能及。四年來，他已經執行了十二次令人滿意的任務，打擊恐佈分子、恐佈分子背後的金主、奴隸奸商、毒品和非法武器營運商，還有俄羅斯黑手黨的大人物。謠傳他賺的錢根本多到這輩子都花不完，所以有人認爲他接任務都是爲了端正社會、保護弱者。他要用手中的槍讓世界變得更好。

這個說法很夢幻，但不是事實。與大部分的故事不同，這個傳說裡的主角確實存在，他的動機很複雜，不像漫畫人物那樣簡單明瞭，在他的內心深處，他的確認爲自己是個好人。

他不需要那些錢，也不想送死。寇特．詹特利之所以成爲灰影人，單純是因爲他認爲這世上總有該被除掉的壞人。

洛伊和兩位來自北愛爾蘭的爪牙把費茲羅伊押進羅蘭集團的加長型禮車。車輛在下著大雨的城市裡穿梭，車上無人交談，費茲羅伊沉默地坐著，拿帽子的手放在膝蓋上，失魂落魄地望著窗外的雨夜。洛伊忙著打一通又一通的電話，不斷跟里格爾聯繫。里格爾正在全世界找人，試圖將匆促定下的計畫付諸實行。

凌晨一點剛過，加長型禮車抵達羅蘭集團位在富勒姆（Fulham）的英國分部。車子載著乘客穿過大門，通過兩組帶槍的警衛，駛向一間平房，平房旁邊有個直升機停機坪。

「這裡暫時是你的棲身之所，唐納爵士。很抱歉，這裡不像你平時習慣的高檔旅館，但至少你不會寂寞，因爲我跟我的人會寸步不離。等一切事情都解決完畢，我們再將你送回灣水路，讓你回到我們剛見面時和藹可親的樣子。」

費茲羅伊什麼都沒說。他跟著隨從穿過大雨，走進平房長長的走廊。廚房裡有兩個穿西裝的男人，他立刻認出他們是便衣警察。費茲羅伊頓時有了一線曙光，帶著希望的表情顯露在臉上。

但洛伊看穿了他的心思。「抱歉，唐納爵士，他們不是你的人，是我們在愛丁堡辦事處的小混混。這些蘇格蘭人聽命於我，不是你。」

費茲羅伊繼續往前走，咕噥道：「這種人我見多了，他們才不會聽命於誰，他們的目標是賺錢，只要價碼夠高，就會變節。」

洛伊停在走廊最後一扇門，他在感應器前揮了揮門卡。「幸好我給的錢夠多。」

這是一間大型會議室，有橡木桌和高背椅，牆上都是螢幕和電腦，一台大型液晶螢幕上播放西歐的地圖。

洛伊說：「考量到你的爵位，你就坐主位吧。不過很抱歉，我們無法爲爵士你擺出圓桌，頂多只能弄到橢圓形的桌子，無法讓你當圓桌武士了喔。」洛伊對自己的笑話暗自偷笑。

兩位蘇格蘭守衛在門邊就定位，北愛爾蘭人則站在角落。一個身穿棕色西裝的清瘦男人走了進來，他坐在桌前，面前放了一瓶水。

「這位是菲利克斯先生，他的老闆是阿布貝克總統。」洛伊說明，但這實在算不上什麼介紹。

「他來確認我們是否成功殺掉了灰影人。」

坐在桌子另一邊的菲利克斯先生向費茲羅伊點點頭。

洛伊接著和一位綁馬尾、戴鼻環的年輕人說話，桌上的電腦光線反射在年輕人的粗框眼鏡上。年輕人抬頭看洛伊，低聲和他說話。

洛伊轉身對唐納爵士說：「一切都準時就緒，這位會負責監視所有人員、殺手和我之間的通訊。我們都叫他技師。」

那人起身並禮貌地朝費茲羅伊伸出手，彷彿完全不知道對方被綁架了。

費茲羅伊不予理會。

此時技師接起一通電話，並用英國口音跟洛伊輕聲說話。

洛伊回道：「太好了，馬上派人過去，確定他的位置。」

洛伊對費茲羅伊微笑。「好運總算降臨。有人在提比里斯看到詹特利搭飛機前往布拉格。這班飛機已經降落，所以沒辦法從機場開始跟蹤，但已經派人去搜索旅館了。希望會有一組殺手過去叫他起床。」

一小時後，洛伊坐在費茲羅伊對面。室內燈光昏暗，技師在洛伊身後布置了光源。天花板上的監視器轉過來對著他，洛伊的剪影接著出現在一台螢幕上，但非常不清楚，洛伊揮了揮手，才能確定那是自己的即時影像。

接下來，對面牆上的螢幕一個個亮了起來，每個螢幕下方都寫了不同的地名和當地時間。第一個上線的是盧安達（Luand）和波札那（Botswana），四個男人坐在一間會議室，他們也從背後打燈，以剪影示人；接下來是印尼雅加達（Jakarta），六個人影並肩坐在桌前；再來是利比亞的黎波里（Tripoli）；一分鐘後，位於委內瑞拉的卡拉斯卡（Caracas）、位於南非的普利托利亞（Pretoria）、位於沙烏地阿拉伯的利雅德（Riyadh）同時亮了起來；在接下來的五分鐘內，阿爾巴尼亞、斯里蘭卡、哈薩克和玻利維亞的訊號陸續傳了進來；技師又花了一分鐘解決賴比瑞亞自由城（Freetown）的通訊狀況；最後是韓國，螢幕上只有一個亞洲男人坐在桌前。

這些就是里格爾安排的刺殺小組，他已經跟每一個小隊的長官談過，同時他也避免跟這些人員直接通話，因爲那是洛伊的職責。正如里格爾所說，他只幫忙安排和提供建議。

開啓音訊之前，洛伊對會議室另一頭的技師大喊：「韓國的其他人呢？」

技師馬上確認桌上的文件。「他們只派了一個人，應該不影響，畢竟已經有十二組人，加起來超過五十位。」

接著技師向洛伊保證，視訊時會用硬體和軟體進行變聲，別人認不出他的聲音。

技師跟鏡頭外的各國翻譯人員做完最後的音訊確認之後，洛伊清清喉嚨。剪影上，一隻手放到嘴巴前，接著放下。

「各位，我知道你們已經簡單了解過我們的任務，任務非常簡單，眞的。我要找一個人，但那不是你們的任務內容，我手下現在有將近一百個街頭藝術家，他們不是在等通知，就是已經出動前往搜索。一旦找到人，你們就要除掉他。這正是你們的任務。」十二個遠端連線的螢幕畫面改變，一張寇特．詹特利身穿運動夾克、戴金屬框眼鏡的彩色照片出現在螢幕上，那是洛伊從中情局檔案裡的假護照弄來的。「這就是灰影人，寇特．詹特利。各位看到的這張照片是五年前拍的，我不知道他現在有什麼改變。大家千萬別被他平凡的長相給騙了，他是中情局史上最厲害的殺手。」

有人用西班牙文咕噥了一陣，洛伊只聽得懂一個字：「米洛塞維奇。」

「沒錯，應該有些人已經聽過他這個人。關於他的傳聞很多，有人說他殺了米洛塞維奇、有人說他沒有；也有人說去年基輔的事是他搞的……有點腦袋的人都知道那根本不可能。不過，我了解他做過的每一個任務，無論是美國政府還是私人公司派的。我可以告訴你們，詹特利先生將會是你們這輩子遇過最難對付的獨行殺手。」

一個不知道從哪兒傳來的聲音說：「他看起來像個死娘炮。」根據腔調，洛伊立刻望向南非的螢幕。

洛伊變聲後的聲音穿過喇叭，迴盪在會議室中。「這個死娘炮會走到你面前，把冰鑿插進你的肋間，刺破你的肺，踩在你身上，等你嗆血窒息而死。」洛伊非常憤怒：「等你殺掉他，再來說他有多可笑。在那之前，這種屁話就省了吧。」

南非的訊號安靜了下來。

洛伊繼續說，他依然怒瞪著螢幕上南非人的人影。「灰影人擅長於長距離狙擊、近距離作戰、鋒利器械和以色列特種部隊的格鬥術。他可以用長槍和短槍殺人，就算不用槍，他也能殺人。他可以從幾公里外將你擊斃，也可以讓你聽著他的呼吸聲死去。他受過很多關於爆裂物的訓練，下毒也包含在內。中情局裡曾經有傳言，據說他在巴基斯坦的拉合爾（Lahore）某間餐廳裡，用一支吹箭就殺死了目標，完全沒有被目標的維安人員發現。」洛伊刻意停頓，製造效果。「目標倒地時，詹特利還在隔壁桌專心地吃飯。」

「本次通話結束後，在四十八小時內，你們就會搭上飛機，前往我們預測的路徑地點。我會在這裡監控並指揮整個行動，也會提供所有我們獲得的情報。參與獵殺並活下來的小組會得到一百萬美元，我們還會貼補所有支出費用。如果殺掉詹特利，小組會得到加碼的兩千萬美元。」

「如果我們殺掉他，美國政府會怎樣？」很有衝勁的非洲腔調問。

洛伊轉向顯示著賴比瑞亞的螢幕畫面，但他不太確定。「你們的長官也問過同樣的問題，美國政府已經下令追殺這個人，中情局也批准了格殺勿論的命令。他沒有朋友，沒有密切往來的家人。就算他死了，也不會有人爲他流淚。」

接著有人說了來自亞洲的語言，他說完後，翻譯便幫忙轉達：「他現在在哪？」

「他昨天晚上飛到布拉格，我們已經派人到旅館查探了，但我們不曉得他是否還在那裡。」

「哪一隊會被派去布拉格？」有人問道。

「阿爾巴尼亞。他們離那裡最近。」

「這不公平！」一位南非人大喊。

洛伊將眼鏡拿下，揉揉鼻梁。「阿爾巴尼亞，我無意冒犯，但我不認爲他會被第一組人馬殺掉。」

阿爾巴尼亞的螢幕傳來一陣埋怨，但很快就因爲噓聲而平息。

「我們會在兩天之內殺掉詹特利，但這可能會是一場消耗戰，你們之中很多人會死。」他停頓一下，假裝自己相當在乎這件事。「不過，我們不知道阿爾巴尼亞小組會不會有第一次下手的機會，因爲你們降落時他很可能已經往西走了。如果我們發現他離開了布拉格，那你們就要再搭飛機，前往下一個離預測路徑終點更近的埋伏點。我向大家保證，愈靠近東邊，不見得愈有利。」

洛伊坐直了一點，他的剪影看似單薄，其實身材相當健壯。「總之，你們要不計一切完成任務，我不在乎你們間接造成多少的損失，如果你們無法忍受幾個孩子、老人或小狗因此而死，那就不要搭上飛機。你們的任務是殺掉寇特·詹特利。若是成功，就能爲自家單位賺進好幾百萬，並收到中情局的感謝；若是失敗，你們大概會死在他的手裡，也就不必擔心其他事了。」

「還有問題嗎？」

無人發問。

「那麼，各位……獵殺開始。」

凌晨四點半，羅蘭集團一位在捷克布爾諾（Brno）的農場保全來到布拉格老城一間小旅館，他將詹特利的照片拿給睡眼惺忪的櫃檯人員。櫃檯裡的老先生盯著照片看了很久，說他不確定，但當目光銳利的陌生人付給他五百克朗後，老先生立刻改口。他很肯定地說，照片中的男人鬍子雖然刮得乾乾淨淨，但他就是閣樓房間裡那位留了鬍子的觀光客。

這位保全立刻打給洛伊。因爲保全是羅蘭集團的員工，而洛伊被嚴格規定不能讓集團的人直接參與行動，所以洛伊叫他回家。

「已經有人在路上了。」洛伊說。

「如果要殺他的話，我願意只拿十萬克朗當作酬勞。」

洛伊在電話裡笑了起來。「不，不用了。」

「你的意思是說我對付不了——」

「對，我就是那個意思。」

「死美國佬。」

「我這個死美國佬可是救了你的小命呢。回家去吧，並忘掉這件事，你會拿到獎金的。」

「我恨美國人。」

電話掛斷，洛伊放聲大笑。

10

早上五點，詹特利醒了過來，大腿上的槍傷灼熱抽痛，讓他整晚都睡不好。他痛苦地慢慢坐起來，往前伸展下背和膝蓋後方的肌腱，再站起來左右側身伸展。他不想停留在此，雖然他還沒決定自己的目的地，但愈早離開旅館愈好。

他匆匆到浴室小便，檢查一下腿上的包紮。他穿上昨晚的衣服，查看窗外是否有人監視。他沒發現不對勁，於是下樓，在五點二十五分離開旅館。

他已經在腦海裡列出今日的待辦事項。首先，他要去布拉格的祕密基地拿一把小手槍。他不會再搭飛機了，昨天他雖然搭乘了飛機，但這並不是他常做的事。如果搭飛機，就不能攜帶武器在身上，他不喜歡這種感覺，因此搭乘班機是萬不得已的辦法。過去四年裡，他只搭了不到十二次。現在，他走過布拉格陰暗無人的街頭，身上沒有武器，他總覺得有些赤裸。唯一能給他帶來安慰的是腰帶上的蜘蛛牌小折刀（Spyderco），這是他從一個庫德族警察那裡買到的。雖然有比沒有好，但這終究比不上一把槍。

離開祕密基地後，他打算出城，用現金買一台便宜的摩托車，一路騎出布拉格，也許在捷克或斯洛伐克的幾個村落躲上一週。他希望這樣可以確保自己的安全，等到奈及利亞總統下台之後，就不會再來煩他。

他總是能快速地把足跡清理乾淨，無人能比。詹特利正走向地鐵站，途中他決定在待辦事項加入一件更重要的事。一陣咖啡香從剛開門的咖啡廳飄了出來，那一刻他太想喝咖啡了，對咖啡因的渴望不亞於想要一把槍。

但他錯了。

咖啡廳外的暗街上濃霧瀰漫，詹特利才剛踏上階梯，走進這間小店，外頭就開始下雨。現在才早上五點三十分，他覺得自己應該是這間店今天的第一位客人。詹特利會說一點捷克文，他問候站在櫃檯後面的年輕女子，並指了指冒著蒸氣的咖啡桶和一大塊麵包。他看著膚色蒼白的女孩用保麗龍杯裝滿濃郁的黑咖啡，再把早餐麵包放進袋子。

此時，他身後響起門鈴的叮噹聲，三個男人走了進來，收起雨傘後拍掉大衣上的雨水。他們看起來像當地人，但詹特利無法肯定。詹特利把食物拿到小桌子上，並在咖啡中加入牛奶和糖，就在這個時候，一個男人抬頭看了他一眼。

隔著玻璃，詹特利看著牆上推廣讀詩的宣傳單，再慵懶地往右望向窗外陰暗下雨的街道。

幾秒後，他走出店外，無視早晨冰冷的陣雨，走向地鐵站。清晨又濕又冷，附近沒有其他行人，詹特利並不在意冷颼颼的天氣，甚至相當感謝，因為這樣的天氣為他疲憊的肌肉和大腦注入生命力。附近有幾台送貨的卡車，行經詹特利身邊時，他仔細查看每一道濕漉漉的擋風玻璃。他來到地鐵入口，走下陡峭的樓梯，疲勞的眼睛慢慢適應著刺眼的燈光，冰冷的白色磁磚反射著光線。

根據站內標示，他沿著蜿蜒的地下道走向月台，手扶梯帶他潛入這座昏睡的城市。轉彎後，他繼續前進，走進燈火通明的地鐵站深處。

他轉彎之前經過垃圾桶，把碰都沒碰的咖啡和麵包丟進去，接著他右轉，走兩步後停了下來。

他馬上繃起肌肉，手臂、背、腿、頸部和下巴都緊緊繃住。他的手伸向腰帶，拿出並彈開折刀，動作熟練，絲毫不拖泥帶水。

他轉身，往回走了一步，接著他跳起來，以最快的速度往前撲，把近八公分長的折刀捅向第一個跟過來的人，刀刃深深插入對方的喉嚨。

那個人長得高大、壯碩又結實，滿是筋肉的右手握著自動手槍。詹特利抓住他拿槍的手腕，讓槍口朝下，以免他的肌肉抽搐而向前開槍。

詹特利並沒有浪費時間去看這男子的眼睛。對方一開始的震驚與困惑，許久之後才轉變成驚慌與劇痛。灰影人把他往後推到地下道的角落，用他的肉身去撞翻第二個準備下手的人，這人才轉彎到一半，正要掏出槍。詹特利右手握著折刀的刀柄，刀刃還卡在第一人的喉嚨裡，因此他揮出右手，連著刀把第一人推向第二人，左手再去搶第一人的槍。第一人雖然快死了，但仍不放下槍。詹特利看到第二人倒下的身影後方還有一個人，第三人正舉起槍，準備開火。

詹特里把頭藏到第一人的胸前，越過那個跌倒的白痴，朝著最後一人前進。

震耳的槍聲撼動了地下道，低矮的天花板和狹窄走道放大了刺耳的爆破聲，詹特利感覺子彈彷彿打進他手中血淋淋的身軀裡面。第二聲響起，子彈再度打中詹特利的人肉盾牌。詹特利繼續推著這具身體，使出最大力氣，將血淋淋的屍體往第三人的方向扔過去。同時，他拔出第一人喉嚨裡的刀，再次試圖搶奪屍體右手裡的槍。刀是拿回來了，但屍體撞上第三人時，手裡依然緊緊握著槍不放。

現在詹特利站在兩個殺手之間，兩人都有武器，跟他的距離都只有短短幾公尺。詹特利身後是那個跌到地上的傢伙，但此時他差不多爬了起來，隨時要開槍了。

站在詹特利面前的人把噴血的同伴推開，重新舉槍瞄準目標。詹特利把刀翻過來，握住刀鋒，迅速將刀子丟向站著的殺手。刀鋒完美刺入那人的左眼窩，血噴了出來，槍也掉到地上，那人兩手握著眼窩中的刀，跪倒在地。

詹特利並不回頭看背後的危機，他兩手往前撲，就爲了拿到手槍。在他落地前，走道又響起一聲槍響，他沒有中彈的感覺。那個還活著的人可能想朝他的背開槍，但因爲他往前撲，子彈並沒有擊中他。

詹特利摔在冰冷的磁磚地上，他迅速舉起第三人的手槍。這個人眼睛插著刀跪在地上，但他還沒死，還在大喊『該死的殺人兇手』。詹特利滾到他旁邊，準備對最後的敵人開槍。那人原本有機會開槍，可是他猶豫了，因爲詹特利就在他的同伴旁邊。

但灰影人沒有猶豫。他俯臥在地，屈起大腿，開了一槍又一槍，他看著那個人因爲中彈而扭動身體，逐漸死去。

詹特利確信，三人中只有自己身旁這個眼睛插著刀的人還活著，他用槍管抵住對方的太陽穴，毫不猶豫地扣下扳機。

三具屍體攤在明亮的白色走道上，噴濺的血弄髒了牆壁，地上的血跡正在蔓延。詹特利站在他們旁邊，有點耳鳴，腿上的傷口燒灼疼痛。

詹特利在咖啡店就識破他們了。當這三個男人走進店裡，詹特利只花了一秒就確定他們是殺手，因爲第一人看見他時，臉上閃過認出他的表情，這絕對錯不了。

他確定這三個人會帶來威脅，之後就從讀詩廣告、咖啡店窗戶和街上車輛的擋風玻璃倒影觀察他們。他下樓梯前往地鐵站，並感覺他們正在接近，在地下道時又更靠近了。在抵達月台前的最後一個轉彎處，他知道下手的時機已到。

詹特利速度更快、受過更好的訓練，也更加無情。但當他站在三具屍體旁邊，他心裡相當清楚，這些人之所以變成屍塊，而他心臟狂跳，新鮮血液依然打進全身，原因只有一個。

就是他媽的運氣。

這些殺手只是決定先喝杯咖啡，再到旅館外就定位，而當他們進去買咖啡時，詹特利也剛好在咖啡店裡。

接下來，一切都如他的預期進行。

詹特利很幸運。

他知道幸運是好事，但運氣可以在一瞬間轉變。運氣轉眼就走，隨機且無常。

詹特利很快地搜索屍體，不帶一點情感。很快地，通勤族會經過這個轉角，可能是要去搭車或是剛下車。開完最後一槍後不到三十秒，灰影人已經拿到屍體身上的捷克製CZ手槍和一小疊歐元與克朗鈔票。又過了一分鐘，他回到街上，穿著其中一人的帆布夾克。早晨的雨打濕衣服，幫忙掩蓋掉深棕色褲子上的血跡。他走在霧中，帶著幹勁卻不倉促地前往查理大橋（Charles Bridge）附近的公車站。他的步伐有點跛，但除此之外，他看起來跟街上的人潮一樣，只是在進行每日的通勤。

費茲羅伊原本可以在一個鋪了折疊床的小房間休息，但他基於原則拒絕了這個提議。他坐在會議室的椅子上，斷斷續續地打著瞌睡。技師坐在他附近，不斷地移動、工作。洛伊用手機打了一通接著一通的電話，門內和門外的安全人員站了一整晚。六點半，唐納爵士醒來，小口小口地喝著黑咖啡。此時，技師從會議室的另一邊呼喊洛伊。「長官，阿爾巴尼亞人沒有回報。」

洛伊坐在費茲羅伊對面，他一邊喝咖啡，一邊看布拉格的地圖。他抬頭看手下，聳聳肩後噘起嘴唇。「他們死了的話當然沒辦法回報啊。」

技師依然抱持希望。「我們還不知道——」

洛伊不聽，自言自語說：「掛了一組，還有十一組，速度挺快的。」

費茲羅伊在咖啡杯後方露出笑容，卻被洛伊發現了。他站起來，繞著桌子走到唐納爵士面前蹲下，他輕柔地說：「我們也許是敵人，但其實目標一致。如果你偷偷慶祝灰影人的勝利，最好記得這件事：他離目標愈近，風險就愈高。他愈快倒下，對你、你兒子、你媳婦，和兩個寶貝孫女就愈好。」

唐納爵士的笑容漸漸消失。

一個多小時後，費茲羅伊的衛星電話響了，洛伊和手下立刻進入靜音模式。電話響了第三聲後，唐納爵士按下擴音鍵。

「寇特？我一直在聯絡你，你還好嗎？」

「到底是怎麼回事？」

「什麼意思？」

「又有一組人來殺我了。」

「你開玩笑的吧？」

「我會開玩笑嗎？」

「你不會。他們是誰？」

「我非常肯定他們不是奈及利亞人，是三個白人，看起來像中歐人，但他們來不及給我看身分證。話說回來，就算他們很厲害，也不會隨身帶著身分證就是了。」

「阿布貝克一定找了打手，這不意外，畢竟他口袋很深。你受了傷嗎？」

「是，但不是這些蹩腳的傢伙弄的。昨天早上，我在飛機上挨了一槍，大腿受傷。」

「你中槍了？」

「不嚴重。」

洛伊迅速拿下記事本，記下這個新資訊。

「孩子，情況變得更複雜了。」

「複雜？你的聯絡網有漏洞，所以我得在兩天內撂倒八個人，當然複雜了！」

「奈及利亞人知道我是你的長官。」

衛星通訊安靜了一陣子，最後詹特利開口：「可惡，唐納，怎麼會這樣？」

「就像我說的……變複雜了。」

「那你跟我一樣危險，他們遲早會找上你。」他的聲音很擔憂。

「他們已經找上我了。」

一陣停頓。「發生什麼事？」

「他們抓走了我的家人，我的兒子、媳婦和兩個孫女。」

「那對雙胞胎。」詹特利溫柔地說。

「對，他們被關在法國。這些人要我放棄你，不然就殺掉我的家人。半小時前，他們又要我在四十八小時內把你交出去，無論是死是活。他們派人去追殺你，還要我說出你的下落。」

「顯然你已經告訴他們了。」

「不，我什麼都沒說。你在伊拉克被攻擊是我的錯，但你在提比里斯搭飛機時，剛好被一個奈及利亞探員看到。這次我什麼都沒說，也不打算說。」

「那你兒子一家怎麼辦？」

「我不會背叛自己人，你也是我的家人。」

費茲羅伊的表情痛苦扭曲，爲自己說的話感到噁心。但洛伊瞪大眼睛，讚嘆地看著費茲羅伊玩兩面手法，一邊誘騙、一邊背叛他最厲害的殺手。費茲羅伊將灰影人僅存的情感玩弄於股掌之間。

洛伊把詹特利的檔案讀得滾瓜爛熟，他知道他接下來會怎麼說。

「他們被關在哪裡？」

「法國諾曼第的一個莊園，貝約鎮的北邊。」

「四十八小時？」

「再扣掉三十分鐘吧。期限是星期天早上八點。他們在法國警方那裡佈了線，如果報警，他們就會大開殺戒。」

「警察沒用，我自己去比較有機會。」

「寇特，我不知道你怎麼想，但你這樣太危險——」

「唐納，你要相信我，我能做的就是去那裡收拾爛攤子。我要你全力提供他們的武力和情報，而且不要再透露關於我的消息。我會把你的家人救回來。」

「你要怎麼救他們？」

「我就是有辦法。」

這次換唐納爵士停頓，他用粗胖的手指揉揉眼睛，緩緩地說：「這份人情我會永遠記得，小子。」

「我們走一步算一步吧，老闆。」電話掛斷。

洛伊在空中揮舞勝利的拳頭。

費茲羅伊轉頭對洛伊說：「我會交出你要的人頭，但你也要履行承諾。」

「唐納爵士，我現在最想做的就是撤掉手下，讓你和家人自由。」

11

寇特・詹特利當私家殺手已經四年了，在此之前，他是山嶺特遣隊的成員，又稱暴徒小組。在那之前，他在中情局執行過多次單人任務，是個絕無僅有的優秀特勤人員。成年之後，他大多是一個人獨自生活。進行臥底時，爲了確保任務情資，他會與人發展關係，但這些關係都很短暫，也多半是充滿謊言的激情。

他沒有任何個人生活。

過去十六年裡，他曾經短暫放下殺手的身份，在那段不到兩個月的時間裡，他不當間諜，也不是某個地方來去無蹤的身影。兩年前，費茲羅伊要灰影人做一件他完全沒做過的事：當貼身保鑣，保護費茲羅伊的兩個孫女。

雙胞胎的父親，也就是唐納爵士的兒子，是倫敦一位成功的不動產開發商。他並沒有隨父親的腳步進入幽暗的情報界，而是個有誠信的商人，一切都按照規矩來。不過，因爲公司反對一項市政提案，菲利浦・費茲羅伊跟一些巴基斯坦的黑社會起了衝突。如果這項市政提案通過，就會有更多不合規定且能力不足的勞工到工地上工作，菲利浦・費茲羅伊認爲，讓受過良好訓練的工人建造公寓住宅和購物中心才是最好的決定。但巴基斯坦的犯罪集團敲詐非法移民多年，他們覺得如果讓更多移民取得高薪的工作，就可以從他們身上榨取更多錢。

一開始他們打來恐嚇電話，要菲利浦別碰這件事，並退出遊說陣營。接著，菲利浦的太太愛麗絲在信箱裡發現假的炸彈。倫敦警察廳展開調查，不苟言笑的警探們摸著下巴，說會加強巡邏。菲利浦也因此繼續和這項勞工法案對抗，於是他收到更多恐嚇。警察廳因此派了一輛車和嗜睡的警官，在他們位於薩賽克斯花園區的住所前待命。

某天下午，愛麗絲在整理凱特的書包，那時孩子們只有六歲，她們正在看電視。愛麗絲從孩子的書包外口袋翻出一張摺好的紙，她以爲是老師留的紙條，便打開來看，紙條上寫了幾個字，全是大寫字母。

「我們隨時都能動她們。少管閒事，菲利浦。」

愛麗絲激動地打給菲利浦，菲利浦也激動地打給唐納爵士。七小時後，唐納爵士帶著一個美國人來到兒子家門口。

這個美國人身材中等，話很少，也不太跟人對視。愛麗絲覺得他大概三十歲，菲利浦覺得他快四十歲。他穿著牛仔褲和寬鬆的毛衣，從沒放下過肩上的小背包。菲利浦認爲那件毛衣下一定藏了不可告人的可怕武器。

唐納爵士、愛麗絲和菲利浦一起坐在客廳，美國人在玄關等待。唐納爵士跟憂慮的兩人說他叫吉姆，只有名字沒有姓氏。吉姆是這個領域裡最優秀的人。

「那是什麼領域，爸？」菲利浦問。

「這樣說吧，你跟他待在一起，會比跟整條街的警察和警車還要安全，我說得一點也不誇張。」

「他看起來沒那麼厲害，爸。」

「這也是工作的一部分，他要表現得很低調。」

「那我們要怎麼跟他相處？」

「每天留幾個三明治給他，在廚房留一壺熱咖啡，然後忘掉他的存在。」

但愛麗絲不願把吉姆當作沒有生命的物品。她對他以禮相待，他也會友善地回應。他從來不看她，她先生問起時，她也會強調這點：「他從窗戶望向外面的街道和後花園，也會看著兩姊妹的房門，但他從來不看我。這點你們兩位倒是很像，菲利浦。你們應該很合得來。」

家裡多了一個男人，難免爲夫妻倆帶來一些摩擦。

克萊兒和凱特很喜歡吉姆，經常模仿他的美式口音，而他也覺得有趣。他每天都開車送兩姊妹上學，愛麗絲也會一起。有一次，凱特揶揄他是個差勁的司機，他大笑，承認自己平常都搭地鐵或騎摩托車，把母女三人都嚇了一跳。但他馬上又板起臉，將視線收回到鏡子和前方的馬路上。

將近兩個月的時間，每天女孩們起床後，他就寸步不離。她們睡覺時，他就在門外走廊的折疊床上休息。這八週裡，他們唯一遇到的驚險時刻是某個週日。前往市集途中，因爲遇到一場車禍，路被堵住，車流停了下來。吉姆強行把車開上人行道，當他掀開運動夾克時，愛麗絲看見吉姆的手臂下方綁了一把槍。他用左手開車，穿過人行道上擁擠的人群，右手按在槍套裡的手槍上。十秒鐘後，他們就離開了車潮。他不發一語，彷彿剛才只是去買了牛奶和蛋糕，和尋常週日的行程一樣。接下來的路程，母女三人都瞪大眼睛看著他。

然後某個早晨，他消失了。他摺好被子，放在折疊床上，枕頭堆在最上面。報紙上說那些巴基斯坦的流氓被警察廳不苟言笑的警探抓了，他們成功度過了危機，所以唐納爵士就讓他離開了。

看到危機解除後，菲利浦和愛麗絲大大鬆了一口氣，那條荒謬的法案也被駁回了。

當菲利浦告訴女孩們，吉姆叔叔已經回美國，可能不會再回來時，她們都哭了。

跟費茲羅伊通過話後，不到一小時，寇特就買了一台一九八六年產的本田CM450摩托車。車子引擎跟輪胎都不錯，能耐得住幾天的狠操。

賣家是當地的男孩，他在瑟貝洛夫路邊的加油站工作，這座小鎮就在布拉格東南邊。交易不用塡單子，全額現金付清，寇特再加了幾百克朗，購買安全帽和地圖後便上路了。

掛上電話後，寇特．詹特利一刻都不曾猶豫，因爲如果要去諾曼第，就得整天趕路。他可以一邊前進，一邊思考計畫，並在路上跟費茲羅伊確認狀況。他還有九百多公里的路要趕，沒有時間坐在公園的長椅上沉思。

買好摩托車之後，他去了市中心以南六公里多的一間租賃套房。他沒有鑰匙，所以直接翹開門鎖。如果有人查問，他可以背出繳房租的信用卡號，不過目前旁邊一個人也沒有。近三年前，他安排了這個祕密基地，但只回來過一次。這個窄小又沒有燈的房間裡充滿了灰塵、黴菌與寒氣，幾公尺的空間裡只有四個疊在一起的旅行袋，每個旅行袋外面都包了覆滿灰塵的白色垃圾袋，他在這裡藏了手槍、步槍、子彈、衣物、眞空包食物和醫療用品。他把在地鐵站拿到的CZ手槍放進其中一個袋子，然後拿出一支華瑟（Walther）P99小型手槍和兩個備用彈匣。槍很乾淨，上了潤滑且狀況良好，但他還是檢查了彈藥、滑套跟擊錘的運作。他不帶其他槍，畢竟他不可能揹著武器越過邊境，前往歐盟國家。

他只能帶手槍了。

接著，他撕開急救包、脫下褲子，坐在又冷又髒的地板上。老鼠在鋁製隔板上抓出不少痕跡，由此看出這裡的衛生條件眞的很差。他查看一天前的槍傷，他的視線出神又專業。詹特利從沒中過槍，但因爲工作受過其他的傷。他的腿痛得要命，不過他以前因工作而受的傷更嚴重，例如嚴重燒傷和骨折，他的脖子也曾被砲彈碎片打中過。

他在子彈造成的傷口上倒了很多碘酒，然後撕開幾包紗布和消毒藥膏，在陰暗的屋裡盡量把傷口重新包好。他將所有備用物品塞進一個小袋子，放進口袋。他在第二個旅行袋找到禦寒衣物，於是他把身上輕薄的衣服換成燈芯絨長褲、沾了油漬的棕色棉襯衫和一件厚厚的帆布外套。他戴上工業用手套，手指馬上暖和了起來。另外他還穿上皮革登山鞋，並戴了一頂可以拉下來當滑雪面罩的黑色毛帽。他拉上行李袋拉鍊，把東西放回原處後關上門，回到摩托車上。

幾分鐘後，他已經來到城市南邊的一個十字路口。再往西騎幾個小時，就會抵達德國邊境，再來是法國邊境，然後是諾曼第。

引擎聲蓋過了他的嘆息，他的氣息穿透嘴上的滑雪面罩，從纖維間傾洩而出。

要是這麼簡單就好了。

不，他必須在途中加幾次油，抵達諾曼第之前，他還得去取一些裝備。他知道自己需要的東西在哪裡，但得多花半天的時間。

詹特利第一個需要的是新的「脫逃工具」，也就是新的身份證件。他入境捷克時用的護照還在，這可以讓他在歐洲中部活動，因爲這裡的入境程序尚未完全電腦化及整合。但他已經用馬丁．鮑德溫這個假身份騙了一次海關，只有走投無路的樂觀人士或是蠢蛋才會繼續用它進入歐盟，而詹特利兩者都不是。除了歐盟的入場券，他還需要足夠可靠的「脫逃工具」，才能在殺戮結束之後離開歐洲。等到他在諾曼第做完事之後，他得躲到遙遠的地方，而乾淨的身份證件能讓他輕鬆達成這個目標。

詹特利知道有個人可以快速提供這些證件，那人就在匈牙利。有了製作精良的文件，他可以便利又快速地進入歐盟地區；萬一在途中因爲某些原因需要出示證件，他也可以安心使用。等到行動結束，他可以處理掉所有槍枝和裝備，立刻跳上飛機前往南美洲或南太平洋；但要是他依然像前兩天一樣被人猛烈追殺，該死，那他就得去南極了。

從諾曼第離開之後，他不會有時間去僞造文件。但如果沒有這些文件，他就不可能離開歐洲。

十一月的寒風從西邊吹來，詹特利騎著車上了E65公路，這條路可以帶他離開布爾諾，到斯洛伐克的布拉提斯拉瓦（Bratislava）附近，再從那裡往南騎到匈牙利邊境。如果從那裡去布達佩斯，路程會快得多。這段行程大約是六小時，包含幾次短暫加油，以及通過兩道看守不那麼嚴格的邊境。

他催起油門，挺進寒風，他得好好思考接下來的四十八小時。思考未來的計劃並不有趣，但非常必要，而且總是比繼續糾結過去的四十八小時好太多了。

12

下午三點，詹特利抵達匈牙利首都布達佩斯，這座四百萬人口的城市被多瑙河一分爲二，河流以東是佩斯，以西是布達，圓鼓鼓的山丘頂端是低垂的灰白色積雨雲。詹特利上次來布達佩斯是四年前，爲了執行費茲羅伊派給他的第一個任務。那是個簡單的行動，目標是一名塞爾維亞殺手，這個殺手爲了殺死某個犯罪集團的軍火走私販，在當地的餐廳放了一個炸彈，但一個美國人也因此喪命。死者的哥哥很有錢，跟黑社會也有關係，所以找上費茲羅伊雇用打手，對他來說並不難。這項委託對費茲羅伊來說也是相當簡單，他派出新來的手下，要他去布達佩斯找出犯案的塞爾維亞人，將他灌醉後把刀插進他的脊椎，再讓屍體無聲無息地滑進漆黑的多瑙河。

在那之前，詹特利也來過布達佩斯，那時他爲中情局服務。在將近十年的光陰裡，他每隔幾年就會進出這座城市，不是跟蹤外交官，就是到豪宅或旅館監視可疑的俄羅斯商人。他也曾經幫助當地一位中情局的長官趕跑一個塔吉克殺手，因爲當時沒有其他人手可以處理這件事。

在這裡工作時，詹特利跟當地的詐騙分子拉斯茲洛．斯札波（Laszlo Szabo）交過幾次手。斯札波是毫無道德可言的卑鄙人渣，只要拿到他面前的鈔票夠厚，他會爲任何人做任何事。他的專長是僞造和買賣身份證件，爲那些有緊急需求的人改造身份。他曾經趕在國際法庭動作之前幫一票被通緝的塞爾維亞戰犯逃出中歐，並靠清理戰爭殘局和其他事宜大賺一筆。二〇〇四年，他跟詹特利有次立場衝突，因爲他答應幫一個車臣恐佈分子製作文件，這個人從車臣首都溜了出來，擺脫俄羅斯的掌控，一路往西走，途中來到布達佩斯。詹特利和暴徒小組前往斯札波在郊區的倉庫追捕車臣人，結果鬧出大事。混戰之中，一桶沖洗照片的化學物質爆炸，炸死了恐佈分子。詹特利跟隊友得在消防車抵達之前閃人，斯札波也自此逃脫。之後詹特利馬上被派去刺殺更大的人物，但他記住了斯札波，也一直注意這個詐騙犯，因爲他說不定哪天就會需要這個人的協助。詹特利通常使用唐納爵士的聯絡網製作文件，但只要價碼對了，在布達佩斯有一個人能讓他變成任何身分，雖然只是在紙上的身分，但那也是件好事。

拉斯茲洛．斯札波是個惡貫滿盈的人渣，這點詹特利非常清楚，但斯札波也是技術一流的高手。

現在時間是三點半。詹特利把油箱加滿，在街上跟土耳其小販買了捲餅和檸檬汁。他把車停在距離萊茵河岸約一公里的地方，隔一個路口就是斯札波在佩斯的巢穴。冰冷的雨水傾盆而下，但詹特利不去躲雨，漫長的一天讓他肌肉痠痛，大雨淋濕了他的頭髮、鬍子和衣服，但也讓他保持警覺。

斯札波就住在艾沃斯烏卡街（Eotvos Utka Street）上的一間石造樓房裡，門口用鉸鏈安裝了一塊生鏽鐵板，高度不到一百三十公分，上面貼了許多被撕毀的發黃傳單。這好像一道假門，感覺二戰之後就沒有人走過這裡了。但是詹特利才剛吃完包著羊肉塊和黃瓜醬的軟爛皮塔餅，門就吱吱嘎嘎地打開，兩個瘦削的黑人從裡面走出來。詹特利猜他們是非法入境歐洲的索馬利亞人，因爲能夠取得合法文件的人根本不會來找斯札波。現在非洲人和中東人可以輕易以合法管道踏上歐陸，這兩個從他身邊走過的笨蛋不知爲何不能入境，這表示他們是極爲可疑的混蛋。

灰影人突然意識到，這世上沒有多少人會像他一樣被追殺，所以他得承認，自己可能是比那兩個索馬利亞人更可疑的混蛋。

詹特利用左手拍打那道小鐵門，右手懸在夾克底下的華瑟手槍上。沒人應門。一分鐘後，他又敲了一次門。最後詹特利在門口左上角找到小小的對講機按鈕。「斯札波？我需要你的幫忙，我會付錢。」

對講機傳來細小的回應聲。「你怎麼找過來的？」他的匈牙利腔很明顯，但他英語說得很流利，語氣還帶著十足的厭煩。他就像五金行的店員，有很多人在櫃檯前排隊要詢問商品，詹特利不過是下一個他得接待的客人。

「我是唐納．費茲羅伊的人。」雖然斯札波不是聯絡網的人，但他肯定聽過唐納爵士。

接下來是一陣很長的沉默，詹特利不禁開始擔心，但一陣嗶聲後，遙控鎖應聲開啓。詹特利謹慎地用膝蓋推開鐵門，走進陰暗的門廳，循著細微的光線走了十五公尺。光線從一道門後方傳來，門後是一間很大的工作室，算是實驗室、書房和攝影棚的綜合空間。斯札波坐在靠牆的辦公桌前，轉身面對訪客。斯札波長長的灰髮披在肩上，他穿著匈牙利軍裝襯衫和一件黑色牛仔褲，襯衫的扣子只扣了一半，露出乾扁的胸膛。他今年六十歲，是前東歐共產國家的那種六十歲，臉上看起來有八十歲，體格卻和三十歲男人一樣健碩。他的人生既艱苦又消磨體力。在詹特利眼裡，斯札波就像個雖然老邁卻依舊自認很有魅力的搖滾明星。

他久久盯著詹特利。「你看起來很眼熟。如果去掉臉上的鬍子和雨水，說不定我認識你。」

詹特利知道斯札波不曾看過他的臉，二〇〇四年他帶著暴徒小組攻進斯札波的巢穴時，臉上戴著蒙面頭套，而且當時光線很暗、行動時間短暫，場面也十分混亂。

「我不這麼認爲。」詹特利說，他四處張望，檢查可能的威脅。掛在牆上的電線纏在一起，桌子和架子擺滿了器材、書本和箱子，牆邊有一排上鎖的檔案櫃，角落有配備完全的攝影棚，相機放在腳架上，對準平台上的椅子。

斯札波上下打量他：「美國人，三十五歲，身高一百八十公分，體重七十七公斤。看起來不像軍人或警察。很好。」蘇聯人以前教導斯札波做電子監控、僞造資料和其他不危害性命的非法技能。他曾經被俄羅斯人利用來刺探自己同胞，但他兩面通吃，一邊把同胞的訊息帶給莫斯科，一邊爲有錢的匈牙利人提供假身分證件，協助他們逃離冷戰的鐵幕。

他跟同胞交換條件，要他們提供假情假意的小幫助，恰好讓他能因此在蘇聯垮台後免於一死。不過詹特利記得也曾有人因爲斯札波跟莫斯科的關係而對他進行報復。

「我需要你做的文件，立刻就要。」詹特利說。

斯札波拾起靠在桌邊的拐杖，他把身體大部分的重量靠在拐杖上，走到訪客面前。斯札波身體衰弱，且嚴重跛腳，五年前他並沒有這些舊傷，應該是之後才有的。

斯札波花了很久的時間才走到詹特利面前，他湊近詹特利，手抓住對方的下巴，左右轉動他的頭。

「你要什麼文件？」

「護照，要乾淨的，不要假的，馬上給我。附帶的麻煩我會一起包了。」

斯札波點點頭。「諾里斯還好嗎？」

「諾里斯？」

「就是唐納爵士的兒子。」

「啊，你說的是菲利浦。」

「對，唐納爵士在布萊頓有個避暑山莊，他還常去嗎？」

「我哪會知道。」

「老實說，我也不知道。」斯札波不好意思地聳聳肩。

詹特利說：「我知道你想了解我的底細，但我趕時間。」

斯札波點點頭，一跛一跛地走向小椅子。房間裡有很多椅子，每一張擺滿電腦、顯微鏡、紙張、相機等裝置的桌子前面都放了椅子。「費茲羅伊有自己的組織和人力可以幫忙製作文件，爲什麼你要來這個垃圾堆裡找老拉斯茲洛呢？」

「我要技術好、速度又快的人，你是業界公認最厲害的高手。」

斯札波點點頭。「這或許只是客套話，不過你說得一點也沒錯，拉斯茲洛的確最厲害。」他放鬆下來。「我會幫你打點好的，或許你可以跟費茲羅伊聊聊我的服務，幫我美言幾句，你懂的。」

詹特利覺得以第三人稱稱自己的人都很討厭，但因爲有求於人，他必須保持禮貌。「如果你可以在一小時內讓我帶著乾淨的文件離開，我會跟他說的。」

斯札波似乎很滿意，他點點頭說：「我最近剛好有個比利時護照，序號是新的，還沒掛失，完全合法。」

詹特利斷然搖頭。「不，市面上被偷的護照中，約三分之二都是比利時護照。如果用比利時的護照身分，一定會被嚴格檢查，我要低調一點的。」

「你做過功課呢，佩服。」斯札波起身，拄著拐杖走向另一張桌子，手指輕敲一本小筆記本，裡面都是淩亂的鉛筆字跡。他抬頭說：「對了，你可以裝成紐西蘭人，這幾本紐西蘭護照在我這裡很久了，我最近的客人大部分都是非洲人或阿拉伯人，他們沒辦法冒充成紐西蘭人。這些護照雖然已經很久了，但我可以竄改序號，在不破壞雷射立體圖像的情況下植入你的資料，這樣就不會被發現了。」

「可以。」

斯札波坐下，大大呼出一口氣，走動讓他很累、很不舒服。「這樣是五千歐元。」

詹特利點點頭，他拿出袋子裡的錢給斯札波看，但並沒有把錢交給他。

「那你的照片呢？可以用你現在的樣子，或是可以打理一下再拍照。」

「我想先梳洗。」

「這裡有淋浴間和刮鬍刀，還有西裝外套和領帶，你應該穿得下。你去準備吧，我要製作文件。」

詹特利穿過門廳，尋著體臭和霉味來到浴室。淋浴間有肥皂、刮鬍刀和大剪刀，這些工具能讓特殊人員、非法移民和罪犯暫時掩飾醜態，拍張看起來像乖乖牌的照片，讓警察和邊境管控人員以爲他們是好人。詹特利已經三個月沒有刮過鬍子了，他把華瑟手槍放在擺洗髮精和刮鬍刀的小架子上，洗完澡後，槍身上沾了一堆泡沫。

詹特利把刮下來的鬍子清理乾淨，因爲每一根毛髮都能當作DNA證物，所以他花了比刮鬍子更長的時間來收集掉下來的毛髮。

他照著鏡子，把棕髮向右邊梳成旁分，頭髮乾了之後，分線就會消失。他的面容看起來更老了，陽光、風霜和人生深深地嵌進他的肌膚。他看起來比敘利亞任務開始前更瘦了，眼睛下方也有了暗沉的眼袋。

二十六歲那年，他曾有四天不曾睡覺，當時他在莫斯科追蹤一個敵方的探員，準備循線追去鄉間小屋，但他破爛的汽車卻在雪中拋錨，他只好不斷走動，以免被凍死。

後來，撤退小組抵達現場，把凍僵的他從雪地裡拉上直升機。今年，他已經三十六歲了，雖然這次也是四天的高強度行動，在這次任務結束之後，他深怕自己的狀況只會比那次更慘。

他擦乾身體，穿回那條淋濕的褲子，小心地將腿上沾濕的包紮繃帶維持在原位。他拉緊皮帶，穿上襪子和鞋子，並套上斯札波留給他的白色正式襯衫，但襯衫領口太緊。他仔細地打上那條廉價的領帶，大大的領帶結蓋住敞開的領口。藍色西裝外套質料很僵硬，緊緊裹住他的肩膀，他根本扣不上。

詹特利把手槍放在腰際，備用彈匣和小材料包塞進口袋，之後回到了斯札波的實驗室。

斯札波坐在繪圖桌前，拿著刀片湊近一本打開的護照，他抬頭久久看著這位客人。

「眞是煥然一新。」

「是啊。」

「請坐，我要幫你拍照。」平台上有一張小塑膠椅，藍色的背景布從天花板垂下來，腳架上的相機連著幾公尺外的桌上型電腦。

詹特利走上木製平台，坐上椅子並整理外套和領帶。斯札波坐在旋轉椅上，滑到照相機後方。

「我們要想個名字，一個好聽的紐西蘭人名字。」

「你決定吧，都可以。」

照相機的閃光燈亮了又暗去，詹特利準備起身。

「我要再多拍幾張，麻煩你坐好。」

他坐回位子上。

「我想到了一個名字，不知道你喜不喜歡。」

「什麼名字都——」

「這個名字很炫，引人注意，又很神祕。」

「我不需要——」

「就叫灰影人如何？」

詹特利傻傻地望著相機，閃光燈亮起。

該死。

斯札波死死瞪著他。

詹特利準備起身。

他感覺椅子在動，雖然把重心放回腳上，但感覺腳跟正往下掉。他還來不及反應，雙臂飛了起來，借來的外套拱在脖子，膝蓋往上抬起。他向後倒去，塑膠椅一起往後滑下。燈光不見了，他掉進一片黑暗，最後側身著地，底下有個濕軟的東西，緩和了落下的衝擊。

雖然有道緩衝，但落下時的衝擊讓他一時無法呼吸。他反射性地站起來，拔出放在腰際的槍，他轉了一圈，一邊準備開火，一邊弄清楚自己身在何處。

那是一個磚造的地洞，大概是個儲水槽。他抬頭查看情況，他似乎剛從突然打開的平台洞口掉了下來，跌進了超過三公尺深的儲水槽。在他還來不及反應時，椅子騰空飛了上去，椅腳上連著一根細細的鏈條，從平台邊緣慢慢把椅子拉回去，消失在他的視線中。一道防彈玻璃蓋（Plexiglas）在上方關閉，把他困在這個潮濕的空間裡。

斯札波慢慢地走近洞口，從防彈玻璃蓋往下看著他的俘虜，臉上露出笑容。

「你在開什麼玩笑！」詹特利洩氣地大喊。

「我想你應該帶了槍吧，你們這種畜生通常都會帶槍，不過開槍之前你最好先三思。」斯札波用拐杖敲敲洞口的蓋子，「這是五公分的強化玻璃，可以防彈。如果開了槍，記得躲開自己射出來的子彈。」他用枯瘦的手指輕敲額頭，「別做蠢事。」

「我沒時間搞這一齣，斯札波！」

「恰恰相反，你只能再活這麼一點時間了。」說完後，斯札波消失在洞口。

13

詹特利脫掉外套、領帶和襯衫，他四處張望這個約兩公尺寬的空間。這裡似乎是某種老舊汙水槽，圓柱形的磚牆垂直地面，上頭還長滿滑溜的黴菌，無法攀爬。接住他的墊子發臭腐爛，這裡肯定有漏水的問題。他發現軟墊底下有一條老舊的鐵水管，用手一抓之後，他發現水管是熱的。觀光客相當喜愛布達佩斯的溫泉，這條水管裡的水可能是流動的溫泉水，水管嵌入牆壁的地方透出些許熱氣和水滴。

詹特利看向上方和四周，如果死在這裡，感覺似乎特別淒慘。

十分鐘後，斯札波回來了，他站在洞口微笑。

詹特利說：「不管你想做什麼——」

「我記得你，你以為我忘得了你嗎？二〇〇四年，中情局派來的精銳特遣隊。」

二〇〇四年那次行動中，詹特利確信斯札波肯定沒看到他的臉，他大聲說：「沒錯，我的隊友都知道我就在這裡。」

「真可悲，你早就不是中情局的人了。」

「你從哪裡聽來的消息？」

斯札波離開了一下，很快又回到洞口，他把一張紙貼在防彈玻璃蓋上，讓俘虜看清上頭的內容。

詹特利抬頭，紙上印了自己的照片，那是以前在中情局為了製作不法文件而拍攝的大頭照，照片上方寫著「國際刑警組織通緝要犯」。上面只有照片和關於長相的描述，沒有名字。

「整整一年來，美國政府的人每天都在外頭堵你，不對，是要了結你跟局裡的關係。他們以為你會來找我幫忙，所以在這裡守株待兔。他們天天等在這裡，這樣讓我實在很難做生意啊，灰影人先生。」

「斯札波，這件事很重要。聽著，我了解你，我知道你會讓我付錢了事。所以你直接開價吧，我可以打電話請人匯款——」

「就算是唐納爵士，他也買不了你的人身安全。我不要他的錢。」

詹特利抬頭看著上方的人，他小聲地說：「我不想傷害跛腳的人。」

「你就是害我跛腳的凶手！」

「你說什麼？」

「你當時在我的暗房中開槍，不是嗎？你以為我忘得了這件事嗎？」

「我不是對你開槍。」

「你的槍並不是對著我，而是對著那個車臣人。結果子彈射到裝過硫酸銨的容器，硫酸銨的粉末掉進含鋁的溶劑裡，然後……砰！車臣人被炸個粉碎，可憐又無助的拉斯茲洛被燒傷，同時吸入了有毒氣體，他的下半身因此神經受損。」

可惡。詹特利聳聳肩，說道：「那要怪誰？你還幫助許多恐佈分子潛入歐美，中情局應該派我回來解決你的。」

「也許他們眞該這麼做。但自從那次事故之後，我跟中情局的人變成朋友。聯邦調查局找我談過之後，中情局就來了，他們跟我說你當時帶領了一群人炸掉倉庫，同時毀掉我的腿。或許你不相信，但現在中情局的布達佩斯分駐點跟拉斯茲洛的業務關係還不錯。」

「我怎麼會懷疑呢？你一向知道如何討好各方。」

「我想我們的關係還會變得更好，因爲我已經打電話通知他們，我把你關在這裡。他們已經整裝出發，準備來接你了。」

詹特利的臉抽動了一下，「拜託告訴我你在開玩笑。」

「我已經這麼做了。我打算把你交給中情局，緩和一下緊張的關係。我和中情局的關係不算太好，但如果交出他們的頭號要犯，拉斯茲洛可以因此好過一點。」

「他們還有多久會到？」

「不到兩小時。局長叫了架直升機，從維也納載了一堆大塊頭來拘捕你，我跟他們說你完全名過其實，拉斯茲洛又老又弱，但我一個人就抓到你了。他們還是不敢大意，派了很大的陣仗來迎接你，那你自己在下面找點樂子，一邊——」

「拉斯茲洛，你聽我說。」

「哈！你怕了，灰影人竟然怕得像——」

「他們不是來接我的，他們派的是特勤隊，這些人要來殺死我，因爲他們已經對我下過格殺令。等他們解決了我，他們絕對不可能留下你這個目擊證人，這可不是他們的作風。」

拉斯茲洛歪頭，似乎在認眞思考，之後便開口：「他們不會動我的，中情局需要我。」

「你打完那通電話之後他們就不需要你了，你這蠢貨！」

斯札波開始面露不安，他大叫：「夠了！要是你覺得死期快到了，那就向神祈禱，請祂原諒你的罪過吧。」

「你也一樣。」

拉斯茲洛・斯札波滿布皺紋的臉露出懷疑的表情，從詹特利上方消失了。

三點鐘，唐納・費茲羅伊爵士的手機響起，來電號碼並不是詹特利的衛星電話，但洛伊接聽時還是按下擴音鍵。

「切爾騰罕安全事業。」

「午安，唐納爵士，我想跟你談談一門重要的生意。」

「我認識你嗎？」

「我們不曾見過面，你可以叫我伊格。」

費茲羅伊有點惱怒，他手上的鳥事已經夠多了，沒必要禮貌地對待這個腔調很重的掮客。「我沒興趣。我現在很忙，如果你有正事要談，去找我的祕書約時間。」

「好……不過灰影人覺得他自己就是所謂的正事，他要我打給你，還強調你會花大錢讓他安全回去。」

「灰影人在你手上？」

「沒錯。」

「你是哪一隊的？」

「哪一隊？我只有一個人，先生。」

費茲羅伊和洛伊互看一眼，洛伊按下靜音鍵說：「他應該不是我們派的殺手。」

唐納爵士輕觸按鍵，跟對方說：「讓我跟他說話。」

「現在恐怕沒辦法。」

洛伊再度按下靜音鍵，他轉向螢幕牆旁邊的技師。年輕的技師說：「這通電話是從布達佩斯打來的，準確來說是佩斯。他用了加密軟體擾亂訊號，我會試著找出確切的位置。」

洛伊抬頭看著螢幕牆上的大型地圖，「詹特利跑去布達佩斯做什麼？」

費茲羅伊不理他，他按下桌子中間的擴音鍵，再次取消電話靜音。

「我……我非常想要滿足你的條件，伊格，但是我要確認我的人眞的在你手裡。」

「這個世界太缺乏信任了。好吧，唐納爵士，稍等一下，我不像以前那麼靈活了。」擴音器傳來腳步拖曳的聲音，將近一分鐘後，電話那頭說：「好了，費茲羅伊先生，你可以說話了。」

「小子，是你嗎？」

詹特利的聲音聽起來很遠，或是被某個東西蒙住了。「他打給中情局了，再過不到九十分鐘，一組中情局的殺手就會抵達。唐納！我在——」

擴音器傳來更多摩擦聲和腳步聲，接著那個腔調很重的聲音再次出現：「唐納爵士，一小時內匯五十萬歐元給我，事成之後，我會讓你的人在別人出價之前活蹦亂跳地離開。我可以念帳號給你，你有筆嗎？」

一分鐘後，通話結束。費茲羅伊和洛伊都望向技師，帶著鼻環的技師搖搖頭。

「布達佩斯第六區，我只能知道這麼多，沒辦法取得詳細定位。第六區有二十五萬支電話，我沒辦法確定他用哪一支電話。」

洛伊不太高興，他急著發洩情緒，於是對著費茲羅伊說：「他在布達佩斯有沒有認識的人？」

費茲羅伊摸著額頭，聳了聳肩。

「該死，趕快想啊！詹特利能去那裡找誰？」

唐納爵士猛然抬頭，「斯札波！他是做假身分的老手，但不是聯絡網的人。他以前幫——」

洛伊打斷他：「有地址嗎？」

「我可以弄到。」

「位置最近的獵殺小組在維也納，他們不可能在時限內趕到。我們得買通斯札波，不能讓詹特利落入中情局手裡。」

費茲羅伊搖搖頭，「別想了，斯札波是個卑鄙小人。他通知中情局是為了討好他們，他打給我是因為詹特利跟他說我會付錢要他放人。拿了我的錢之後，拉斯茲洛・斯札波一樣會把人交給中情局。他會先從我這裡大賺一筆，再從中情局手中拿些報酬。」

「中情局會帶走詹特利嗎？還是會殺掉他？」

「不重要，如果要殺他，他們也會掩蓋痕跡，就算找到屍體，也是好幾週以後的事了。就算我們跟阿布貝克說詹特利死了，阿布貝克也不會就此簽約。到時候，你一樣會殺了我家人。無論他在別的地方死去，還是依然活著，我的家人都得面臨一樣的結局。」

「我們只有一小時的時間能派殺手過去，必須搶在中情局之前下手。」

詹特利望著上方的玻璃板，這個姿勢讓他的脖子很痠。他聽見洞口傳來聲音，於是大喊：「在中情局殺掉我們之前，你要我們怎麼做，才會好好讓我出來？」

斯札波滿布皺紋的臉出現在上方視野。「等我拿到唐納爵士的錢，我會是唯一活著走出這裡的人。」

「如果出賣費茲羅伊，他會殺掉你的。」

「哈，我在東邊有朋友，我也一直在想辦法離開。如果成功取得五十萬歐元，這筆錢足夠我開始新生活了。」

「聽我說。」詹特利懇求道，「這件任務還有很多你不知道的危機。有一家人被綁架了，兩個八歲的雙胞胎女孩被抓走。如果我不及時趕到法國，她們會被殺死。你如果讓我出去，我保證你一定會拿到錢，要多少都——」

「兩個小女孩？」

「對。」

「她們會被殺？」

「如果我去的話，她們就不——」

斯札波殘酷地大笑。「你居然以爲我有靈魂？那東西在三十五年前就被俄羅斯人取走了，我眞的一點都不在乎兩個女孩。」他消失在詹特利的視線之外。

洛伊打給里格爾。里格爾正在巴黎辦公室裡，在第一聲鈴響結束前，他立刻接起電話。洛伊問：

「你在布達佩斯有人嗎？」

「我到處都有人。」

「一流的殺手？」

「不，只是幾個街頭藝術家。我應該可以安排一些打手，但他們不怎麼樣。你問這個做什麼？這幾個小時裡，我給你這麼多一流殺手，這樣還不夠嗎？難道灰影人已經把他們全部殲滅了嗎？」他的語氣流露出對洛伊的揶揄。

「我們把人都派到西邊，但詹特利往南去了匈牙利，爲了準備之後要逃離歐洲的護照。」

「眞精明。過於樂觀，但很精明。」

「是啊，不過他不太順利，在布達佩斯做假文件的傢伙出賣了他，還把他關起來。剛才那人打電話給唐納爵士，跟他索要贖金。」

「讓我猜猜，是拉斯茲洛．斯札波？」

「你怎麼知道？」

「當一個句子裡同時出現『布達佩斯』和『出賣』，接下來一定是斯札波的名字。」

「你可以派人去他在佩斯的住所嗎？」

「當然，斯札波是一個人嗎？還是有其他保全？」

「情況比這更複雜。斯札波還要把詹特利交給中情局，他們已經派人馬過去了，大概一小時之後抵達。」

里格爾嘆一口氣，語氣中帶了點屈服：「如果他落到中情局手裡，拉哥斯的合約就別想了。如果他被帶走，我們沒辦法在星期天之前向阿布貝克證明他的死活。」

「所以我們要阻止這件事，對吧？」

「你要派人去跟美國的情報機關對戰？你瘋了嗎？」

「中情局會以爲他們是詹特利或斯札波的人，如果你派的人夠聰明，他們可不會傻傻地跟對方解釋前因後果。」

里格爾思考了一下。他再度開口時，洛伊覺得他好像是腦子一邊擬定計畫，嘴巴一邊迸出話語。

「印尼小組正在飛往法蘭克福，現在應該到了中歐南部，我們說不定可以讓他們轉向，一小時之內飛機可以落地，讓他們進入市區。這樣做很冒險，但這是我們唯一的機會。」

「他們可靠嗎？」

「可靠，他們是印尼陸軍特種部隊司令部（Kopassus）的第四團，是雅加達最優秀的殺手。好，我要來幹活了。」

✧

機長伯納德．基爾澤（Captain Bernard Kilzer）確認了無線電高度計上的高度，他正以三萬六千英呎（約一萬一千多公尺）的高度往西北西方向飛行。他對這款高度計不算熟悉，因爲這架飛機是租來的，不是他常飛的機型。這架龐巴迪挑戰者605（Bombardier Challenger 605）是最先進的機種，搭載了線傳飛控系統（Fly-By-Wire）。他是個飛行紀錄良好的機師。這趟航程預計九小時，一路從新德里到法蘭克福。航程已經來到了第七個小時，他跟副機師除了保持清醒、留意機艙系統和查看午後的天空，就沒有什麼要做的事情了。

兩位機師已經飛行了十六個小時，中間幾乎不曾休息。印尼時間凌晨兩點，他們從雅加達開始往西飛，在新德里暫停加油後，飛機立刻再次起飛。

基爾澤機長和李副機長（First Officer Lee）通常都在東南亞幫老闆開飛機，也會載送羅蘭集團的研究人員、資訊科技的重要人員，或是任何需要飛往某個據點的人。羅蘭集團共有十五個據點，從日本最南端到印度東邊都有。

除了工作相關的飛行，兩位機師也會接送公司高層和他們的太太去跳島旅行，或是載著他們到汶萊，跟汶萊國王一起參加奢華派對。基爾澤甚至載送過公司客戶和菲律賓的應召女郎前往一座與世隔絕的熱帶小島，在法國大廚和瑞典按摩師的服務下，讓那位客戶度過了慵懶且縱欲的一週。

基爾澤載過羅蘭集團各式各樣的員工，但不曾載過機上這些乘客。

機艙裡有六個印尼人，看起來像是年輕的軍人，但衣著平凡，且大部分時候都很安靜。離開駕駛艙上廁所時，基爾澤看了一下約八公尺長的客艙，飛機的貨艙裡有很多綠色帆布背包，黑暗中有幾道手電筒的光，有人在微弱光源中研究地圖，有人在睡覺。

他們看起來很有紀律，好像在準備執行一個重要的任務。基爾澤完全不知道自己為什麼會被派來飛這一趟。

禿頭的基爾澤機長剛拿起放在後面的餐盒，多功能顯示器開始閃爍，副機長說：「地面對空呼叫。總部打了安全連線找你。」

「收到。」基爾澤放下食物，打開中控台的某個開關，訊號傳進耳機。

「這裡是ND30W，請說。」

「我是里格爾，訊號如何？」

基爾澤知道里格爾是羅蘭集團安全風險管理行動部的副總，是個作風非常強硬的混蛋，這點人盡皆知。突然間，基爾澤對後面那些人的任務有了一點了解。「訊號很清楚，里格爾先生。很榮幸為你效勞，長官。」

「你現在距離布達佩斯多遠？」

「請稍等。」基爾澤望向亞裔副機長。「是里格爾，他想知道我們離布達佩斯有多遠。」

李副機長在飛航管理系統上確認了飛機位置，並在左手邊的小鍵盤上打字，幾秒後便操著一口英國腔回覆機長：「我們在布達佩斯南南東一〇七公里處，目前的飛行高度約四萬英呎。」

基爾澤幫忙轉達了這項資訊。里格爾說：「計畫有變，我要你盡快降落在布達佩斯。」

基爾澤脖子後方的冷汗刺痛肌膚，他得讓長官失望了，他因此覺得不太舒服。「抱歉，長官，這不可行。我們並沒有提出到匈牙利的飛行計劃，這樣在出入境和安檢上會有嚴重的問題。」

「不要跟我說會怎樣。讓飛機降落，把裝備發給印尼人，然後你們就離開吧。」

基爾澤機長並沒有馬上妥協。「我們要怎麼離開？如果沒有許可就降落，我們會被抓去關，要是——」

「那就發布緊急狀況，你們一定可以找到理由緊急降落。如果你被拘留盤問，我會付錢把你弄出來，跟匈牙利政府擺平這件事。你不用擔心這些，你只要確保印尼人在飛機降落時先下機就好。」

「布達佩斯費里海吉機場（Budapest Ferihegy airport）的維安人員太多了，飛機會被包圍，我們會——」

「那就不要在那裡降落，在附近找一個小機場降落，並讓印尼人下飛機，這樣清楚了嗎？」

機長在多功能顯示器上瘋狂翻找，滑過一長串機場列表。

「托克爾機場（Tokol）距離市中心開車四十分鐘，這裡的跑道夠長。」

「太遠了！我要他們在一小時內抵達市中心！」

基爾澤繼續找，「布達厄爾什機場（Budaörs Airport），車程只要二十分鐘，但那裡不僅沒鋪跑道，現有的降落空間也太短。」

「有多短？」

「這架飛機和載重需要至少一千公尺鋪設好的跑道，但是布達厄爾什的跑道剛好一千公尺，但雨很大，跑道又沒鋪，一定是一片爛泥！」

「那在跑道用完之前減速就沒問題了，趕快在那裡降落！」

「我們會因此墜機，長官！這樣非常不安全！」

「機長，你想保住小命嗎？想保命的話，就降落在布達厄爾什機場，聽清楚了嗎？」

基爾澤咬牙切齒。

里格爾說：「我會派巴士和司機去接印尼人。」

「長官，我必須再次強調，這樣會引發事故。」

「交給我處理。」

「收到，長官。」

基爾澤關閉通訊，他沮喪地捏了握著駕駛桿的手。

副機長問：「怎麼回事？」

「李副機長，顯然我們倆要幫助印尼人入侵匈牙利了。」

副機長頓時面無血色。「里格爾眞是個混蛋。」

「沒錯。」基爾澤用德語說。他接著打開中控台上的幾個開關，關閉自動駕駛，慢慢把駕駛桿往前推。他對著耳機說：「求救，求救，求救。這裡是ND30W——」

14

接下來的一小時，拉斯茲洛．斯札波每十五分鐘就用電腦檢查他給費茲羅伊的瑞士銀行加密帳戶。趁著頻繁登入銀行帳戶的空檔，他在行李箱裝滿重要物品，爲永久的「公路旅行」做好準備。他還打電話給當地的汽車服務公司，指定一台加長型禮車於四點半在他的房子前待命。這趟車程的目的地是布達佩斯費里海吉國際機場。他買了一張飛往莫斯科的頭等艙機票，之後他打電話給住在那兒的一位熟人，讓他安排抵達後的交通接送。

即便有這麼多事要做，他依然三不五時走到平台，一跛一跛地檢查他的戰利品。冰冷的地下空間內，上身赤裸的灰影人坐在床墊上，後背靠在黏膩的牆壁上，雙眼緊盯前方。

斯札波沒想過讓這個年輕人留下來等死；他也沒想過從「胖唐納爵士」（Sir Donald the Fat）那兒收下五十萬歐元後再違背他們的約定；他更沒想過，兩個可憐的女孩命懸一線，是死是活全部取決於他匆忙想出的計畫，這著實荒唐。他並非天生的反社會人格，但他摸索出自己的行事之道，精準地執行自己的宗旨——混亂，他僞造護照時也展現出對細節的高度關注。

斯札波說俄羅斯人抹去了他的靈魂，實非虛言。他爲政府當了很久的線人，也與當地的反抗軍合作。他幫助異議人士逃離俄羅斯，再把這些人的逃亡路線交給俄羅斯當局。多年來，斯札波玩弄兩邊的陣營於股掌，對他而言，是非對錯早已不復存在，只剩下能夠獲益的道路，以及需要談判的障礙。

一小時之後，斯札波又一次檢查銀行帳戶。錢還是沒有匯進來。他打給費茲羅伊，才知道是他自己的銀行延誤了，幾分鐘之後錢就會進來。斯札波覺得有鬼，他威脅如果再不快點匯錢進來，就要把子彈射進灰影人的腦袋。他又警告唐納爵士，中情局會從這個頂尖殺手的口中挖出關於切爾騰罕安全服務公司的眞相，以及任務的每個細節。等到斯札波把坑洞裡的灰影人交給美國，只需一兩天，費茲羅伊就得上斷頭台。

最後，斯札波在費茲羅伊的強力說服下，決定再給他十五分鐘。斯札波一面檢查洞裡的囚犯，一面打給等在外頭的司機，告知自己有事耽擱，但是車子不必熄火。

斯札波這輩子都在鬼門關前徘徊。如果中情局在他離開前抵達，他可能會被殺，但如果他們沒那麼快到達，他就能在俄羅斯展開新生活。

伯納德．基爾澤機長把頭緩緩轉向李副機師，因爲轉頭的動作，他額上的汗水滴入雙眼。李副機師回望基爾澤，眨了眨眼，抖掉眼裡的汗珠。

兩人的臉色一片慘白。

這台龐巴迪挑戰者依然矗立在泥地中。透過擋風玻璃，兩人只看到了青草與圍欄。因爲滂沱大雨，他們的視線變得模糊不清。降落時，他們便運用了每一寸跑道，以及八公尺長的濕滑曠野。所以這下他們已經沒有其他空間可以使用了。

基爾澤機長的心臟怦怦直跳，血液也開始沸騰。都是里格爾把他們逼到這個處境。飛機才進行降落三秒，情況就變得非常糟糕。雖然最後飛機沒有爆炸，他老婆也不會收到保險理賠金，但機長覺得自己肯定得在匈牙利的監獄中待一陣子。

但是他們活下來了。這台飛機搭載了防滑碳片煞車系統（anti-skid carbon brakes）與砂石防護套件（Gravel Kit），「砂石防護套件」是裝在起落架上的裝置，降落時可以用來保護飛機不被碎石摧毀。但兩位飛行員都明白，這台租來的龐巴迪挑戰者飛不出匈牙利了。起落架和引擎肯定都已經受損，另外還得用上強而有力的牽引設備，才能將這台價值兩千萬美金的飛機拖出黏膩的泥坑。

基爾澤機長花了幾秒才擺脫降落帶來的壓力與疲勞。他關掉所有系統，這是機上起火時的標準程序。現在，他們唯一能聽到的只有打在機身上的雨聲。

向布達厄爾什機場塔台發送的求救訊息中，基爾澤機長聲稱自己在駕駛艙中聞到煙味。如果有更多的時間，他們肯定能想出更有說服力的說法，但接到里格爾的電話後，他只花了三十五分鐘，就讓位於空中十幾公里、速度四百節的飛機降落在這個陌生的機場。機場的跑道粗糙，不僅被雨打濕，長度又太短，飛機一路就滑到了跑道尾端。這三十五分鐘內，他的腦袋完全負荷不過來。

基爾澤機長降落得非常出色，他自己也很清楚這點。降落後，體內的腎上腺素高漲，心情輕飄飄的。他甚至樂觀地想，如果自己真的那麼幸運，或許能避開牢獄之災。但擋風玻璃外的動靜讓他回到現實，白日夢瞬間灰飛煙滅。一台黑色廂型車直接衝過面前的圍欄，六名印尼人出現在龐巴迪挑戰者的右舷，從貨艙取出的背包後，就又迅速爬回車裡。基爾澤機長和李副機師沉默地坐著，目睹眼前發生的一切。黑色廂型車掉頭，駛過泥濘土地與青草，在另一側道路上因地面濕滑而打滑，接著加速開走，朝原路返回。

基爾澤機長知道，他身後的塔台肯定注意到了這樁戲劇化的事件。他也知道，這件事會害他們坐牢，直到里格爾那個混蛋付了錢，他們才能出獄。

基爾澤機長戴上帽子，離開了飛機。雨水打在他的臉上，耳邊是逐漸逼近的尖銳警笛聲，這時他才想到：里格爾今天得處理其他麻煩事，所以他和李副機師得做好準備，可能會被遺忘一陣子。

斯札波憤怒地給費茲羅伊打第三通電話時，匯進來的錢就出現在他的戶頭裡。不到十分鐘，中情局就會抵達，他把時限押得太緊了，但既然收到了錢，就可以離開了。費茲羅伊一接起電話，斯札波就立刻掛掉。他去檢查灰影人最後一次，向他道別並祝他好運。斯札波打包完行李，蹣跚地走出他的套房兼實驗室兼工作室，拖著殘缺的身軀準備盡快離開。

就快到門邊時，電話響了起來。斯札波以爲是中情局情報站長來電告知探員的位置，決定接起電話。如果探員即將抵達，對方就不會打來。

斯札波拿起電話聽筒。「我已經完成我的承諾，你該履行你的責任了。」費茲羅伊說。

「我很佩服，唐納爵士。我的電話號碼經過了加密，你怎麼……」

「我有我的管道，斯札波。在他們來抓灰影人前，快放了他！」

斯札波的背上冷汗直流。費茲羅伊知道他是誰，斯札波明白，這輩子都得小心提防這個狡猾的英國人。

「我會立刻釋放那小子。」

「你該不會是想玩兩面手法吧？打算耍我和中情局呀。」

「君無戲言。」

「很好，斯札波，好好享受那筆錢吧。」電話掛斷了。

斯札波本想踏上平台，再去看最後一眼，但他現在決定不這麼做了。於是他拿著行李箱，跛著腳沿走廊迅速行進，走向小鐵門。

當他正要伸手開門，門就猛地從外面打開。外頭下著雨，原該一片漆黑，刺眼的亮光卻突然射進斯札波雙眼。他驚訝地往後跳，卻因腿不良於行而絆倒，摔在地上。他瞇起眼，遮住部分的光線，他看到一組戴著兜帽的黑衣人，六個槍手將槍械舉到眼前，每把槍上都裝了一個強力手電筒。其中一人戴著黑色護膝走向他，接著單膝跪下，抓住他的脖子。

「你想去哪兒啊？」他用英語輕柔地說。是中情局的人。斯札波幾乎無法從護目鏡後面看到對方的雙眼。

「我……我在等你們。我只是要把行李放進車裡。等你們完事，我就要出門了。」

「好的。目標在哪裡？」

對方扶起斯札波。狹窄的走廊上，所有人依然將武器對準前方。

「在客廳，走廊盡頭那裡。走上平台後往下看，他在底下大概三公尺深的坑道，身上蓋著一層厚重的……」

「帶我們去看。」聽對方的口氣，斯札波明白這事沒得商量。他轉身，一跛一跛地跟著探員回到走廊上。

昏暗的房間內，特種行動作戰單位的隊長要五名手下靠著牆壁，緩緩踏上平台。斯札波催促著隊長前進，他說沒什麼好怕的，三分鐘之內，他就提到情報站長的名字，讓中情局的探員明白他是「自己人」。全副武裝的隊長踏上平台，小心翼翼地往下看。

斯札波依然試圖巴結對方，他說：「他可能有槍，但只要蓋子關著，他就無法用槍反擊，因爲子彈會四處彈飛，底下空間這麼窄小，他很難躲過四處彈飛的子彈。你老闆答應了會照應我，還是要我打給他，讓你們好好談談，這樣你才會明白我爲你們做的一切。他總是稱我爲『忠誠的拉斯茲洛』。」

隊長傾身，向外探看。他單膝跪在透明的防彈玻璃蓋上，接著緩緩轉向斯札波：「這他媽是什麼情況？」

斯札波不明白。「你在說什麼？那就是要給你們的灰影人……」

「你殺了他？」美國探員問道，他站起來，轉身面對拉斯茲洛．斯札波。

「當然沒有。你爲何這樣問？」僞造大師斯札波拄著拐杖，蹣跚走向平台，想看看到底出了什麼差錯。

過去的七十分鐘內，寇特．詹特利並不像斯札波預料的呆坐在原地。等斯札波一離開，詹特利就取下項鍊，拔掉上頭的薄皮革，露出一條鋼絲鋸。床墊下有一條暴露在外的水管，他先用鋼絲鋸切開兩處，之後只要用鋼絲的鋸齒再割幾下，就能劃開水管，這樣在短短幾分鐘之內，儲水槽便能灌滿熱騰騰的溫泉水。

完工後，詹特利取出手槍的子彈，再從褲子裡拿出備用彈匣。他用瑞士刀的鉗子拆解子彈，把火藥倒進防水靴中暫放。他身上攜帶了三十一顆子彈，卻只收集了三十顆子彈的火藥，他拆開一個彈匣，移除彈簧後重新接上底板，裝滿火藥後，再裝回托彈板，讓火藥緊緊地塞在彈匣中。最後，詹特利用彈匣中的彈簧將托彈板緊緊纏好。

斯札波不時過來查看。瘸腿的老人走上木製平台時會發出不少噪音，因此詹特利總能及時將這些東西藏到床墊下，不讓對方發現。

接下來，詹特利脫掉一隻襪子，在裡頭裝滿空彈殼，如果少了子彈中的底火，火藥就無法點燃。他把裝滿火藥的彈匣塞進襪子，再用鞋帶綁緊。

他把那隻龐大笨重的襪子握在手中，這東西的破壞力和手榴彈不相上下。

詹特利火速從床墊上扯下幾條布料，綁在一起做成一條約三公尺長的細繩。他把剩下的那發子彈裝進華瑟牌手槍，除了那發子彈，手槍的彈匣空無一物。他在槍上纏了許多布條，讓槍口近距離對準裝滿底火與炸藥的襪子，那條三公尺長的布條則是綁在手槍扳機上。

最後，詹特利脫下褲子，將腳踝那端的褲管綁緊，把腿跟這端的布料也綁緊，製造出兩塊飽滿的氣室。因爲材質，這東西無法長久防水，但已能滿足寇特的需求。他用另一條鞋帶將手榴彈綁在褲子上。坐著的時候，他將褲子鋪在腿上，這樣斯札波就不會注意到他沒穿褲子。

最後，他從床墊中拉出兩塊濕透的泡棉團，等時機一到，就能拿來當耳塞。

準備就緒後，詹特利便開始等待。

很快地，斯札波前來道別，旋即消失在視線中。灰影人的機會來了。他緊張地切斷水管，一分鐘內，溫熱的水就淹過了膝蓋。詹特利站起身，手上拿著所有需要的東西，包括裝上手槍的手榴彈，以及褲子做的氣室。

他穿著內褲站在原地，等待水面慢慢上升。

不到三分鐘，他踢著水和床墊一起浮在水面上。六分鐘後，儲水槽裡的水幾乎滿到頂了。他努力壓抑內心的慌張，他知道這個裝置不見得能奏效，就算眞的有效，威力也不知是否強到足以炸開蓋子。

水面距離防彈玻璃蓋只剩下八公分時，詹特利強迫自己用力呼吸，讓肺部充滿空氣。接著，他潛入水下，將襪彈擺在鉸鍊旁。他把床墊推到他和襪彈之間，游到儲水槽的底部。他一隻手抓著連接手槍扳機的布條，另一隻手緊緊攀著水管，讓自己留在儲水槽底部。他往上看，想確認所有機關已經準備妥當，卻看見那隻大襪子從鉸鍊旁邊漂走。肺裡的空氣逐漸耗盡，他迅速游到池頂，但已經沒有空間可以讓他呼吸空氣了。他把床墊推到一旁，重新擺好襪彈後，再次游回底部。一天前，他的右大腿上挨了一槍，隨著肌肉繃緊，傷口開始灼痛。慌張、急促的出力，以及氧氣的消耗，都不斷在壓迫他的心臟。

詹特利游到水管旁，緊緊抓住水管。他再次往上看，裝置停在恰當的位置。

拉扯連接扳機的布條前，詹特利看到一個黑色的人影站上平台並跪下，接著轉向房內的某個人。

隊長說：「他一定死了。裡頭都是……」

隨著低沉的一聲「碰」，黑衣探員被噴飛到空中。防彈玻璃蓋在他腳下爆開，白色水花四處噴濺，銳利的碎片刺進天花板。探員撞上平台左側，潮浪般的溫水灑得他全身都是。其他武裝隊員蹲低找掩護。斯札波在房間中央摔得四腳朝天。

隊長還活著。他爬起來，將武器對準他左手邊的平台。

「靠！所有人各就各位！」他叫道，耳朵因爲爆炸而嗡嗡嗚響。

此時，一群穿著平凡服裝的矮小男人從走廊湧進房間，他們高舉步槍，槍聲四起。

拉斯茲洛·斯札波是第一個死者。

15

即便用了泡棉團當耳塞，爆炸的壓力依然讓寇特．詹特利耳鳴。他在池底用力一蹬，快速浮上水面。他不曉得上頭有誰在等著他。中情局？還是回來再檢查一次的拉斯茲洛．斯札波？這些都不重要，他亟需空氣。

往上游時他不斷加速，終於冒出水面。他推開蓋門，兩道鉸鍊都斷了，防彈玻璃也碎了。詹特利猛吸一大口空氣，爬出平台，滾到一旁的地上，他全身都濕透了。他靠在房間後方角落的牆壁邊，四周的槍聲和喊叫聲聽起來很近，但平台附近沒有任何人。他蹲低身體，衝向後廊，濕漉漉的雙腳踩在油氈地毯上啪啪作響。詹特利沒有向後看，無論這棟房子裡發生什麼事，在沒有武器，也不曉得參與者身分的狀況下，他沒有興趣插手。

一連串的衝鋒槍火力打碎了距離詹特利只有一步之遙的門。他直接衝向門口，穿過超音速彈藥與飛濺碎片帶來的巨大壓力，衝進漆黑的走廊，又拐入一個半小時前還在裡頭刮鬍子的浴室。他迅速蹲下，把自己的背包甩到肩上。

現在他身上只穿了條內褲，還有大腿上纏著的繃帶。他衝進走廊盡頭一間小臥房，低矮的單人床上方有一扇裝了薄薄鐵絲網的窗戶。他用桌子的金屬桌角打碎玻璃，再把床墊推到窗台蓋住玻璃碎片，翻窗出去，在小庭院中落腳。房子後面有一棟建築物，但是建築物的門上了鎖，詹特利於是跑向庭院另一角，攀上一樓窗戶的鐵欄杆，爬到了二樓陽台，用左腳跟踢了四五下後，終於踢破了一塊玻璃。

響亮的槍聲持續在樓下和身後響起。他穿過窗戶，小心地避開了窗框周圍的碎玻璃，但在踏上地毯時，卻被地上的碎玻璃割傷了雙腳。他痛苦地叫出聲，跪倒在地的同時又割傷了膝蓋。

他像螃蟹般膝行橫越小臥房，之後站起身，蹣跚地踏進浴室，摸索著醫藥櫃中的物品。他坐在馬桶上，包紮新的傷口。他的右腳沒事，只是有點小傷。他消毒了傷口，再用衛生紙包裹。左腳大拇指的狀況更嚴重，有一道相當深的穿刺傷。他迅速洗淨傷口，並用擦手巾緊緊纏住止血。傷口需要縫合，但詹特利知道自己無法盡快進行縫合術。

他的左膝沒事，但右膝傷得很慘。從皮膚中拔出玻璃碎片時，他畏縮了一下，碎片的倒鉤勾住了肌肉，血流淌到地上。

「幹。」他一面呻吟，一面努力清理和包紮傷口。

三分鐘後，對面的槍聲安靜下來。他聽到警笛聲、叫嚷聲，以及隔壁公寓傳來的嬰兒哭聲，這場騷動吵醒了午睡中的孩子。

他依然只穿著一條濕透的四角褲，雙腳與膝蓋上的包紮裸露在外。他本以為公寓沒人，走進客廳時卻發現一名老太太獨自坐在沙發上。她的藍色眼睛很明亮，眼神也相當銳利，毫不畏懼地看著他。他伸出一隻手，試圖安撫她，卻又緩緩放下手。

「我不會傷害你。」他說，但他覺得對方應該聽不懂。他做出穿上褲子的動作，老太太緩緩指向走廊另一頭的房間。他在房間裡找到男性衣物，或許這是屬於老太太亡夫的衣服？不，應該是出外工作的兒子。他套上在房間裡找到的藍色連身工裝褲，沉重的安全靴尺寸太大，但穿上兩雙白襪子勉強能合腳。

詹特利向婦人鞠躬微笑來表達謝意。她緩緩點頭。他從背包中拿出一團歐元紙鈔，並將鈔票擺在桌上。老太太說了某些他聽不懂的話，他又鞠了一次躬，接著走出門外。

寇特．詹特利受了傷，他赤手空拳，沒有交通工具。他一路從布達佩斯過來，卻無法取得他要的文件。他走到戶外，踏進雨勢之中。他看了看手錶，現在是下午五點，自旅程開始已經過了八個半小時。此時的他，似乎離目標更遠了。

羅蘭集團的倫敦辦公室裡，洛伊和費茲羅伊正等著印尼人的消息。下午四點後，唐納爵士的電話響了起來。消息到了，不過並不是來自印尼人，而是寇特．詹特利。

「切爾騰罕安全服務公司。」

「是我。」

費茲羅伊開口前讓自己冷靜了一下。最後他說：「感謝老天！你逃離斯札波那兒了嗎？」

「對。千鈞一髮。」

「發生了什麼事？」

「不確定。特種行動作戰單位的外勤團隊好像出現了，斯札波肯定也有私人保全，事情因此一發不可收拾。」

洛伊和費茲羅伊面面相覷。

「呃……好，了解。你還好嗎？」

「還活著。」

「你現在在哪?」

「我還在布達佩斯。」洛伊和費茲羅伊都望向技師。技師將頭靠向電腦終端機,找出基地台的位置後點了點頭,確認詹特利說了實話。

「現在呢?」費茲羅伊問。提問的對象包含他右手邊的美國人,以及電話另一頭的美國人。

「我要往西走。一切還是按照原計畫進行。你還能給我別的資訊嗎?」

「嗯。你今天早上在布拉格遇見的是阿爾巴尼亞人。他們是普通傭兵,由奈及利亞特勤局(Nigerian Secret Service)雇用。」

「他們現在可能雇用了新團隊。你知道我的敵人是誰嗎?」

「很難說,小子。我正在想辦法。」

「布署在你家人周圍的敵人,你知道多少底細?」

「有四到五個人,類似奈及利亞的祕密警察。他們絕不是一流槍手,卻嚇壞了我的家人。」

「我快到的時候,你得給我更明確的地點。」

「好。你明天早上會到那裡嗎?」

「不。我得先去一個地方。」

「希望不是又一次危險的繞遠路。」

「不是。只是順路。」

費茲羅伊猶豫了一下,接著說:「好。你還需要其他幫忙嗎?」

「**其他幫忙**?你目前幫了我什麼?聽著,你是我的管理人,給我好好**管理**。我要知道路上會不會遇到更多打手,要知道該死的奈及利亞人怎麼得知我的名字、怎麼發現你的存在。這些事很有問題,在我抵達諾曼第前,你給我盡量弄明白這些事。」

「我知道，我正在處理。」

「你和綁匪有更進一步的接觸嗎？」

「偶爾有。我打給聯絡網的每個人，他們覺得我正在如火如荼地找你。你知道，只是裝個樣子。」

「繼續保持。我會遠離聯絡網，如果你得到任何情報，就打給我。」詹特利掛斷電話。

兩分鐘內，費茲羅伊和洛伊就大致理解了目前的狀況。里格爾打來了，三人拼湊出事情的全貌。六名印尼人已經全數被擊斃。中情局燒掉了那棟房子來掩飾蹤跡，他們不清楚中情局是否有任何人員傷亡。斯札波死了，詹特利用上九命怪貓般的運氣，成功脫身了。

「所以他現在在哪兒？」里格爾問。

「他要從布達佩斯往西走。」

「他會搭火車、汽車，還是騎機車？」

「我們不曉得。他用手機打給我們，他應該從行人身上偷了電話，掛電話之後就把手機丟了。」

「還有其他要報告嗎？」庫爾特．里格爾問。

洛伊憤怒地往電話吼道：「應該是**你**要向我報告，里格爾！你那些火爆的印尼陸軍特種部隊司令部突擊隊呢？你不是說詹特利不可能解決他們嗎？」

「不是詹特利殺死他們的。這是中情局下的手。聽著，洛伊，我們都知道灰影人的適應力很好。我一直以來的計畫都是讓一兩個團隊搗亂他的行動，讓他做出反應，而不是讓他主動出擊。這樣他才會在毫無戒備的狀況下碰到下一個團隊。」

洛伊說：「還有十個團隊等著他。今晚，我要他死。」

「看來我們達成共識了。」里格爾掛掉電話。

洛伊接著把注意力轉到費茲羅伊身上，這個年邁的英國男人面露痛苦。

「怎麼了？」

費茲羅伊感到難以忍受的煎熬。

「出了什麼問題？」

「他好像跟我說過某件事，雖然他本不打算告訴我，但我猜出來了。」

洛伊挺起身，條紋西裝上的幾道縐紋隨著動作變得平整。「什麼？他說了什麼？」

「我知道他要去哪裡。」

洛伊緩緩露出笑容。「太棒了！」他伸手去拿手機。「是哪兒？」

「但是有個風險。只有三個人知道他要去的地點。其中一人死了，另一人是灰影人，第三人就是我。我會把位置告訴你，但如果你的人沒在那裡殺掉他，他就會知道是我背叛他。這次，你的手下一旦錯過機會，遊戲就結束了。」

「這點讓我操心就好，告訴我他要去哪。」

「格勞賓登州（Graubünden）。」

「那他媽的是哪裡啊？」

16

飛機上，金宋朴（Song Park Kim）一動也不動地坐著，進入了冥想狀態。當飛機降落在夏爾．戴高樂機場（Charles de Gaulle Airport），他立刻睜開雙眼，非常清醒且帶著高度警覺性。他是這台獵鷹五十商務噴射機（Falcon 50 executive jet）上唯一的乘客，他短小粗糙的雙手放在膝蓋上，雙眼隱藏在時髦的墨鏡之後。這座噴射機主要用於商務行程，他穿著量身訂製的細條紋西裝，像個年輕但不起眼的主管，在機艙中完全不突兀。

噴射機在跑道上滑行，慢慢離開滑行道，經過一排停放著的企業專機，最後轉進了一座停機棚。灰色夜空下著小雨，雨水打濕了停機棚中央的加長型禮車。司機站在車子旁。

等噴射機完全停下，運轉中的渦輪也慢下來後，副機長拿著一個尼龍袋子，走到機艙裡。他坐在金宋朴面前，將袋子擺在兩人中間的桃花心木桌上。

金宋朴什麼話也沒說。

「有人要我在落地時把這個給你。入境手續已經處理好了，海關不會有問題。那台車給你坐。」短髮的韓國男人簡單點了頭，動作輕微的幾乎難以察覺。

「請享受在巴黎的時間，先生。」副機長說。他回到駕駛艙，隨後關上艙門。

金宋朴打開袋子。他拿出一把黑克勒&科赫的MP7A1型衝鋒手槍。他略過伸縮式槍托，像拿起手槍一般，輕而易舉把衝鋒槍舉到面前，端詳槍上所附的簡易瞄準器系統。

兩個細長的彈匣用一條尼龍繩綁在一起，每個彈匣裡都裝了二十發四點六乘三十釐米的中空彈。

他把武器放回尼龍袋中。

接下來，他拿出一支手機和一副耳機，把耳機戴在頭上，並打開電源；再將手機開機，放進他的外套口袋。移動式GPS接收器則放在另一個口袋中。他沒有碰袋子裡其他東西，包括更多的彈匣、消音器與替換的衣服。

他拿出一把全黑的折疊刀，放進口袋裡。

兩分鐘後，他坐上加長型禮車。金宋朴說「巴黎市中心」，司機便轉過頭，只看著前方。

車子開向停機棚大門。

金宋朴是南韓人，也是國家情報院（National Intelligence Service）的殺手。

他是組織中最優秀的成員。他在北韓境內做過五件差事，大多都沒有要求支援，因此成了傳奇人物。之後，他在中國進行過七次任務，目標是那些違反北韓制裁條例的人；他在俄國出過兩次任務，對付販賣核子祕密的人；他也刺殺過南韓同胞，永久改變這些人對惡毒北方鄰居所抱持的態度。所以當有人向他的頂頭上司提出大筆金錢作爲酬勞，要求他們立即派一位殺手到巴黎獵捕另一位殺手，三十二歲的金宋朴就成了第一人選。

金宋朴不會對任務發表任何意見。由於他單獨行動，沒有能談話的對象，但如果有人詢問他的想法，他會說這次的任務簡直爛透了。爲了兩千萬美元，居然要去追殺中情局的前特務「灰影人」，他聽過關於這個人的小道消息。老闆眞不該推他出來。某家歐洲企業開出兩千萬美金的酬勞，這完全不像是金宋朴時常經手的國家主義類型任務。

但是金宋朴心裡清楚得很，自己只是個工具，南韓海內外政策下的一小部分，不會有人來徵詢他的意見。負責做決定的那群人派他前往巴黎，在那裡安定下來，等待消息。得知灰影人的下落後，他會用炙熱的子彈射殺那個可憐的傢伙。

格勞賓登州位於瑞士東部，靠近奧地利西南邊界，位在一片山坳谷地。據稱，格勞賓登州有一百五十座山谷，在下恩加丁（Lower Engadine）谷地有一座由東向西延伸的山谷，瓜爾達村（Guarda）坐落在這山谷中某個陡峭山丘的懸崖上，距離奧地利和義大利邊境都只有幾公里的路程。想要前往這座小村莊，只能走一條險峻又蜿蜒的上坡路。這條路連接了山腳下的小鎮火車站，另一頭是山頂的半木造房屋，這段路程大約是四十分鐘，走起來非常費力。

村裡的路上幾乎沒有車子，家畜的數量也比人口數還多。狹窄的鵝卵石道路近乎垂直，往上蜿蜒到白色建築之間，兩側是排水溝與花園圍牆。城鎮不大，一路走下去只會看到陡峭的山丘，坡上的草原鬱鬱蔥蔥，矗立著濃密的松林，再上去則是聳立於高處的岩崖。從岩崖上俯瞰，能看到山谷以及所有經過的人。

村民聽得懂德語，但平常說羅曼什語（Romansch）。瑞士共有七百五十萬名公民，但只有不到百分之一的人會說那個語言。其他國家也沒人使用羅曼什語。

清晨四點，幾片雪花飄盪在這條小路上。形單影隻的男子蹣跚走上陡峭又彎曲的山路，他身穿厚重的牛仔褲與厚大衣，頭上戴了黑色針織帽，肩上背著小背包。

十小時前，詹特利從某個女大學生敞開的皮包中摸走一支粉紅色手機，當時那個喝得爛醉的女孩正在人行道上獨自漫步。和唐納·費茲羅伊說完話後，詹特利發現一間戶外運動服飾店，在那裡買了整套新衣服，從頭頂的黑針織帽到腳上的皮革靴都是全新的。離開斯札波的房子後，在短短一小時內，他就在內普利吉特公車總站（Népliget Bus Terminal）搭上公車，前往匈牙利的邊境城鎮——黑吉夏洛姆（Hegyeshalom）。

距離邊界五百多公尺的位置，他下車後往北走，出了村莊便進入一片曠野，之後往左轉。天上沒有月亮。他的背包中有一個強力手電筒，但他選擇不用。相反地，他蹣跚地向西走，用割傷的腳走了一公里多。除了刺痛，他還感受到鮮血在襪子和冰冷腳趾間嘎吱作響。

晚間八點，他終於穿越蓋了許多座現代磨坊的曠野，抵達奧地利的邊境城鎮尼克爾斯多夫（Nickelsdorf）。

他成功進入歐盟領地了。

他又走了一公里，才找到道路。他的大腿上有一處槍傷，雙腳和膝蓋也有傷口，只能跛著腳行走。他一邊伸手攔車，一邊往西又走了幾分鐘。第一個停下的是一台卡車，但司機要開向北方，不順路。第二個和第三個司機也要前往其他地方，無法捎他一程。

九點十五分，一個要前往蘇黎世的瑞士商人決定載他一程。寇特．詹特利說自己名叫吉姆。商人想跟他練習英文，詹特利同意了。跨越奧地利時，他們談起生活與家庭。詹特利的故事鬼話連篇，但他很會吹牛，他說自己在維吉尼亞州經歷了亂七八糟的離婚，並提起想要拜訪歐洲的終生願望，卻在布達佩斯遭到搶劫，丟失了行李。幸運的是，他的皮夾、現金和護照還在身上，一個住在瑞士東部的朋友也願意讓他借宿，他下週才會搭飛機回家。

他們駛過黑夜，在車子裡交談，詹特利分出一些的注意力，裝作漫不經心地從側後照鏡中確認沒有人跟蹤。當他鬼扯自己從沒去過的地方、憑空創造不存在的人們，他也始終不曾忘記，當前的目標是要弄清楚接下來的三十小時會發生什麼事。

當時是週五晚上，A1公路上的車潮洶湧，但商人開的奧迪汽車時髦又快速。繞到薩爾茲堡（Salzburg）北邊時，寇特自告奮勇，接下開車的任務，讓瑞士商人睡了幾小時。

奧迪汽車開上恩加丁聯邦公路（Engadiner-Bundesstrasse），於凌晨三點穿過瑞士東北方邊境。瑞士並非歐盟的正式會員國，但瑞士邊境沒有海關。瑞士商人開進二十四小時營業的休息站，堅持要讓吉姆試試瑞士啤酒，並說出自己的眞實想法。詹特利照做，不停地討論酒體、色彩和質地，再加入他在慕尼黑啤酒屋聽到的別種啤酒的好評。瑞士商人因此著了迷，決定直接送吉姆前往目的地，而不是在路線的分歧點讓他下車。

他們走一八〇號南向公路，接著轉到二十七號西向公路。車子穿越一座山谷，在灰濛濛的夜色中，即使開了兩側車頭燈，也看不到任何東西。在拉溫鎮（Lavin），詹特利選了一座位於主要幹道旁的木屋，聲稱那便是他的目的地。事實上，在這裡下車後，詹特利還得走個好幾公里，但如果直接抵達眞正的目的地，可能會碰上麻煩，他沒必要讓這位好心人因爲一個善舉而受害。

「多謝你載我一程。再見。」寇特走下車，透過窗口和那位先生握手。他站在路上，向對方揮手道別。

當奧迪汽車的車尾燈在遠處轉彎，灰影人立刻掉頭，在小雪中往西走。

他堅決地前進，但已然十分疲勞。過去二十小時中，腎上腺素和個人紀律驅使他向前，但腎上腺素現在已經耗盡，只剩下個人紀律了。他需要休息，希望走完瓜爾達村的陡峭道路後，他可以放鬆幾小時。

四點十分。雪下得更大了。這時詹特利已經爬上山丘，進入瓜爾達村。他一個人影都沒看見，不過小旅館中依然透出些微燈火。住家中的燈光都熄滅了，牧羊人、鐵匠、酒館老闆和退休人士們還要幾小時才起床。他繼續往前走，穿過村落並走向更高處，他經過古老石砌排水溝，那是村民爲了羊群製作的裝置，穿越住家前的小花園圍籬，走到城鎮另一端，再沿著泥巴路走，在陡峭的山丘上越爬越高。夜間的積雪幾乎蓋住了山坡，儘管夜空中沒有月亮，詹特利依然能看見幾處黑色的區域，那裡尚未被白雪掩蓋。

爬到瓜爾達村上方兩百多公尺的白色草原後，詹特利便打開他的小型強力手電筒。他身後有一片近乎垂直的牧草地，踏入松木林時，雪花從樹木間旋轉落下。黑夜中，他面前的道路變得伸手不見五指，手電筒的光線帶來不少幫助。他又往前走了快一百公尺，在樹林中找到目的地：一座小屋。

小屋離道路有二十多公尺，道路繼續往上坡延伸，進入一片廢棄的私人土地。沒有人會無故經過這裡，就算有人出現，也得費一番工夫，才能看到右側林子裡的那棟簡樸建築。一只生鏽的大鎖掛在前門上，小屋只有一個房間，周圍的三道窗戶從裡頭封死。周遭的松樹毫不受限地生長，幾乎蔓延到房屋邊緣。

詹特利穿過樹林，他拿著強力手電筒照亮建築四周。木屋後頭有座儲藏室，也同樣上了鎖；他檢查後發現門鎖得很緊。他繼續繞著小屋走，掃視牆壁和屋頂上的木板，最後走到前門。他脫掉手套，緩緩撫摸門板邊緣，並在右上角發現自己在找的東西：一根與門框齊平的木製牙籤。如果有人開過門，這個祕密的道具就會掉到地上，灰影人便會知道有人曾經闖進自己的木屋。

確定地點安全後，詹特利隨即背對前門，小心地往松林走三十步，行進間推開長滿針葉的樹枝。走完三十步後，他就往右邊移動四百公尺並跪下。

鑰匙埋藏在金屬咖啡罐中，在松葉和凍土底下約十五公分的位置。他用扁平的石塊將罐子挖出。取回鑰匙後，他回到木屋，開鎖進屋。

室內的空氣乾燥又不新鮮，和門外一樣冰冷。角落有座及膝的煤爐，但詹特利沒動它，反而點亮了房間裡那張牌桌上的提燈，從微弱的光芒中取得溫暖。

牆上有座架子，上頭全是裝了軍糧的盒子，都可以立即食用。等詹特利從流動廁所出來後，他立刻撕開一份MRE口糧，獨自坐在牌桌邊，狼吞虎嚥地吃著硬餅乾和小甜餅。

他在九十秒內吃完食物。接著他站起身，推開角落的煤爐，掀起底下鬆垮的暗門。打開暗門後是一座木梯，他銜住手電筒，爬下樓梯，進入一百八十公分高、面積約一平方公尺的土牆地下室。離開梯子，面前是三堆及胸的黑色箱子，每只箱子的尺寸與大型工具箱相同。這些箱子幾乎佔據了一半的空間，金屬工作檯塡滿了右手邊的位置。裡頭剩餘的空間不多，只能供人上下梯子和移動箱子。詹特利搬起第一只箱子，重重地放在桌上，打開箱上的彈簧鎖。

那天早上，當寇特．詹特利告訴費茲羅伊說自己會救出他的家人，他就決定要來瓜爾達村的大型武器庫。他在歐洲大陸還有六座存放武器的倉庫，但都比不上瓜爾達。

瓜爾達就像主礦脈。

飽含重金屬。

第一個箱子中裝了一把黑色的瑞士製B&T（Brugger & Thomet）MP9衝鋒槍。他把槍從泡棉墊中取出，將裝滿子彈的彈匣裝進槍枝，再把背帶固定在槍托上。接著，他將槍舉到頭頂，把它推到地下室暗門外的地板上。另一只箱子裡是一條戰術背帶，由尼龍和帆布構成，上頭裝滿彈匣，可以補充火力。他把這個裝備也丟出頭頂洞口。

接下來五分鐘內，詹特利打開了不同箱子。他在大型圓筒袋中裝了各種輕武器和炸藥，另一個較小的袋子裡則裝了黑色任務裝、面罩、望遠鏡、護目鏡與一台監視用掃描器，能讓他找到短距離的通訊。

凌晨五點前，詹特利爬出地下室，把兩個圓筒袋推到前方。儲藏庫的入口並沒有關上。他喝了半結凍的瓶裝水，一面吞下幾顆止痛藥來抑制大腿上的疼痛。他又去上了次廁所，並從架上取下睡袋。

他把睡袋攤在地板上，並鎖上前門的門閂，加強木屋的防禦。接著，他爬進睡袋，將手錶上的鬧鐘設到七點半。幾小時的睡眠時間就足以讓他撐過漫長的明天。

五點後，他們來抓詹特利。小廂型車在山腳下急煞。車子從蘇黎世出發，在兩個半小時的車程中，車子近乎完全失控。在這種天候下，司機的表現情有可原。漆黑的地上結冰了，可見度也接近於零。再說，這些中東人接到的命令是盡快趕到GPS上的地點，每隔十分鐘，技師就打衛星電話給他們，即時更新資訊。

小隊尚有五個人，都是來自利比亞安全組織（Jamahiriya Security Organization）的外部安全人員，是格達費（Qaddafi）最厲害的手下。隊員都出自軍事突擊隊，每個人都有一把Vz.61蠍式衝鋒槍（Skorpion SA Vz.61 machine pistol），這是他們最信賴的朋友。四十一歲的隊長蓄著鬍子，和其他隊員一樣身穿戶外運動服飾。他坐在副駕駛座，表情嚴肅，喋喋不休地訓誡負責開車的隊員。隊長毫不留情，不過所有人都知道，這個駕駛習慣在沙丘間行駛裝甲吉普車，而不是在冰冷的高山彎道上駕駛廂型車。

但他們仍然及時抵達瓜爾達村，將車子停在山腳火車站的停車場裡。司機打開引擎蓋，迅速拆下打火頭（distributor rotor）丟進袋子裡，這樣在他回來前，車子便無法發動。他們隨即找到通往山丘的小路，隊員之間盡可能拉開距離步行上山。

每個人的袋子中都有一把小型蠍式衝鋒槍，槍托則摺疊起來，肩上的槍套中還裝了備用的手槍，也帶了手榴彈和爆破炸藥。他們都戴著針織帽、穿厚重棉褲，以及相同的黑色防寒外套，這些都是昂貴的知名品牌，經常與專業運動員合作。

他們的袋子中還有夜視鏡，目前還好好收著。

利比亞人在黑暗中爬上陡峭蜿蜒的道路，前往村落。他們迅速又有效率地移動，從他們近乎一致的動作、與吐出蒸氣時上下瞪視的嚴肅神情，誰都看得出他們不懷好意。但在早上五點三十分的暴風雪中，山坡上的道路沒有任何人。在沒人發現的情況下，利比亞人就這麼走在瑞士小鎮的鵝卵石街道上。

每個隊員的腰帶上都帶了小型手持無線電，連結到了耳朵上戴著的耳機。隨著隊長一聲令下，他們在瓜爾達村的西方散開，穿過不同的人行道，各自走到東方。在這個策略下，如果有人看向窗外，都只會看到一個人影。如果有隊員誤觸警報，或是村民們開始談論的話，他們也會以爲看到的不過是同一人。

在城鎮遠端，殺手小隊再度聚集，宛如培養皿中分離後重新聚集的細胞。隊長檢查了GPS，轉向左邊一條未經鋪設的小道，這條小道一路延伸到山坡上的森林中。戴上夜視裝置後，他們才能看到遠方這條路。

隊長向隊員們更新GPS中的資訊。

「四百公尺。」

雪下得更大了。雪花變得愈來愈厚，從空中下墜。這些利比亞人曾在黎巴嫩受訓，也曾在歐洲其他地區進行任務，所以他們看過雪，但身體完全無法適應低溫。四十八小時前，這支小隊坐在的黎波里的公寓中，和電子監視小隊合作，試圖找出業餘電台廣播的據點，因爲這個廣播批判了格達費中校。那個擁擠的房間裡幾乎是攝氏三十八度，所以瑞士東部山谷的低溫確實對他們的身體帶來衝擊。

他們差點錯過了那座小屋。還好技師提供了GPS座標，才爲他們省下在樹林中繞路的時間。現在他們已經從袋中取出衝鋒槍，並將袋子掛回背上。他們打開摺疊槍托，槍枝擺到準備姿勢，槍托靠在肩膀上，瞄準鏡放在視線底下。每個人小心地在木屋周圍就位，一個接一個報數。

隊長第一個開口。「一號就位，離前門十公尺。沒有動靜。窗戶拉上窗簾。」

「二號和一號一起。」

「三號在西側。一扇窗戶。一扇窗戶拉上窗簾。」

「四號在東側。一扇窗戶拉上窗簾。」

「五號在後頭。沒有窗戶，但主建築旁有座儲藏室，有安全鎖。後面沒有別的東西。」

隊長說：「五號，留在後頭。找掩護，做好準備。三號和四號，過來前面。我們一起進去。」

「了解。」

詹特利在睡袋中沉睡，躺在通往地下室的坑洞旁，一夜無夢。止痛藥麻痺了大腿上的痛楚，並給了他放鬆的時間。他睡得深沉又寧靜。

但也睡得很短暫。

隊長從腰帶上取下一枚手榴彈。他拔掉插銷，緩緩走到前門，手放在保險桿上。二號在房屋前方準備爆破炸藥，此時他注意到門沒有完全關上，他向隊長示意，要他留意門縫。

隊長點頭，並轉向身後的兩人，低聲說：「門開著。準備好。」

二號迅速推開門並跪下，這樣其他人的武器才能瞄準室內。一開始，屋裡一片漆黑，即便戴著夜視裝備也看不出裡頭的狀況。

一號悄悄將手榴彈拋進房內。二號、三號和四號走到木屋邊緣，以避開爆炸。手榴彈飛離隊長的手，消失在黑暗中。但炸彈撞到堅硬表面的聲音太早出現了。當隊長準備轉身離開門口，手榴彈從木屋中彈回來，重新出現在夜視鏡的視野中，落在門前的雪地上。

四個利比亞人都很幸運，他們都看到了彈回來的手榴彈。他們蹲低找掩護，有些人撲到雪地上，或是跳到木屋邊緣。因爲手榴彈爆炸，面對炸彈的三人眼前一片空白，有一小塊碎片擊中第四人的手肘，他因此摔倒。隊長迅速回神，把已經用不上的夜視鏡扯下，再回到門邊往黑暗的屋內開火。二號與三號隨後開槍，但在兩秒內，隊長大聲叫出指令，使其他人猛地停下。

「陷阱！」

17

在詹特利累得倒頭就睡的前幾分鐘，他把龐大的生鏽鐵網滑到前門不到一公尺的位置。鐵網有二公尺高、近九十公斤重，剛好卡進地板上一公尺長的軌道裡，鐵網兩側裝有鉸練和夾板，緊緊鎖在門上。門口是最危險的攻堅點，這道鐵網可以充當一道路障，拖慢攻堅小隊進入的速度。詹特利接下武器庫時，這道陷阱就已經在這裡了，但由於鐵網能輕易被炸藥摧毀、用錘子打倒，甚至是用靴子踹幾下就能踢倒，詹特利並沒有太重視它的功能。但當手榴彈在前門爆炸，他立刻跳出睡袋趴下，頓時發現那道生鏽的鐵網拯救了昏睡中的他。

他慌亂地把睡袋旁的兩袋裝備踢進通往小地下室的地洞。他單手抓起B&T衝鋒槍，往前門開了好幾槍，直到用光整個彈匣的子彈。接著，他滑進地窖，立刻伸手蓋上頭頂的木板。

三號跪在小屋門口左邊血淋淋的雪地上。手榴彈碎片直接擊中他的手肘，穿透了肌肉與骨頭，但謹守紀律的他沒有發出太多聲音，迅速地把滿滿一手的雪蓋在傷口上。因爲皮膚上的冰冷觸感，他畏縮一下，目前他還沒感受到痛楚，但很快就會出現了。

一號無視受傷的手下，他命令二號點燃所有炸藥的引信並丟進門。幾秒後，一塊只有面紙盒大小的賽姆汀塑膠炸藥掉在門前地板上的滑溝邊緣。小屋前，三名沒受傷的利比亞人轉身衝向掩護處。二號和四號抓住三號的腋下，抬著他一起跑開。

漆黑的森林中安靜了幾秒。唯一能聽見的聲音只有雪花碰到松針和地上積雪時的輕柔嘶嘶聲，以及的黎波里暗殺小隊成員的喘息聲。他們正縮在一棵倒地的橡樹後頭。

一道白光和震耳欲聾的爆炸聲打破了黑夜的柔和，相比之下，先前手榴彈的爆炸不過是打開香檳瓶口軟木塞的一聲「啵」。木屋從地板到屋頂全都炸成了碎片，堆放的木材和茂盛的松樹也被炸飛，最遠落在房屋的三公尺之外。

起火的碎片和雪花一起慢慢落在樹上。一號、二號和四號踏進木屋廢墟，從牆上破裂的洞口進入時，每個人都開了一兩槍。一號往右走。二號向左走，四號直接穿過小屋。他們利用起火布料和紙張生火，就著火光尋找路線。他們跨過炸毀的鐵網、砸爛的書架與桌子、好幾個箱子與廚具，以及許多無法辨識的物品。

三人確定房間或小浴室中沒有活人，於是踢開地上的碎片，在廢墟各處找尋燒焦的碎屍。五號傳來報告，他說木屋後頭一片寧靜。屋內的三名利比亞人開始擔心了，這只是個小屋，即使被火焰的黑影遮住部分視線，依然一目瞭然，不到十秒就能確認裡頭沒有屍體。

一號望向天花板，他只花一秒就確定上頭沒有頂樓或閣樓。他緩緩望向腳底。

「這裡有暗門。把暗門找出來。」

二號踢開幾塊煤磚，在傾倒的鍋爐旁發現暗門。火焰逐漸熄滅，一號打開手提電燈，這盞燈從架上摔下來，卻奇蹟似地從爆炸中倖存。他把提燈擺在暗門旁的地上。

「小心。他可能設下陷阱。除非底下有一條隧道能讓他走出這座山，不然他可是逃不了了。」

二號和四號點頭，他們的信心倍增。看來灰影人像隻老鼠一樣躲在他們腳下。

五號站在房屋後的粗壯松樹旁。前方五公尺有個上了鎖的工具儲藏室。儲藏室高一百五十公分，就在小屋旁邊，但不與小屋相連。他和屋裡的人聯繫，得知他們正準備用金屬長桿撬開暗門，然後把手榴彈丟進去，用步槍往裡頭開火，再爬下去砍掉目標的頭。

五號錯過了所有好戲。他大聲咒罵，現在只能等待，他將蠍式衝鋒槍維持在低準備姿勢。

忽然間，他聽見小屋傳來發動引擎的喀噠聲。不，不是小屋，而是儲藏室。正當他往下看向儲藏室門口，森林中傳出轟然巨響，門上的鎖頭往前飛，門板大大敞開。五號剛把衝鋒槍舉到眼前，尖銳的引擎聲突然響起，一個龐大身影從漆黑的小儲藏室躍入空中。

年輕的利比亞士兵不曾看過雪地機車。

子彈型的車身降落在士兵面前幾公尺，士兵撲到一旁，在雪中翻滾，背部用力撞上一棵倒下的樹幹。他抬頭看到車上的人影，對方傾身向前，臉上戴著面罩，背上還有個大背包。夜視鏡中一片模糊，但這個模糊的物體一瞬間就消失了。

利比亞人連忙伸手拿他的衝鋒槍，但他的槍剛剛丟在地上的針葉和雪堆裡了。等到他抓起武器，把槍舉到面前時，黑影已然消失在小丘陵上，穿過雪堆、灌木叢與小樹，把道路兩旁的一切都狠甩開來。

「五號！報告！」一號的尖叫聲從耳機中傳來。

「他在這裡！他回來了！他往上坡去了！」

「朝他開槍啊！」

五號開始往上坡跑。「快來幫我！他騎了裝著雪橇的機車！」

灰影人知道自己得掉頭，直接駛過小隊旁。他或許能在林子裡躲一陣子，但瓜爾達村的人都醒了，他們會先連絡庫爾（Chur）的當地警察，距離瓜爾達村只有幾公里。當地警察得花點時間才能抵達，眞正的警力也得要快一小時才能從達沃斯（Davos）趕來，但詹特利不打算繼續留在這裡，更不可能等上數小時。

「該死！」他朝冰冷的空氣中大吼。從骯髒的地下室到存放雪地機車的儲藏室要爬一條約一公尺長的泥牆隧道，那時他不得不拋下其中一袋裝備。他在武器庫抓了一把短的十二口徑散彈槍，從屋內炸開鎖頭。現在，他將這把火力強大的武器擺在面前，架在雪地機車的手把之間。

他也很憤怒，因爲他清楚世上只剩一個人知道這座武器庫的存在，也就是那該死的唐納．費茲羅伊。當灰影人加入他麾下，唐納爵士就告訴詹特利這座武器庫的地點。當時他說，詹特利之所以能使用這個武器庫，就是由於建造並使用這座木屋的人已經不再需要它了，因爲他在海參崴（Vladivostok）某個墓穴中遭人分屍。

詹特利不介意這個惡兆，便從費茲羅伊手上收下這座小屋。他喜歡小屋的地點，不僅獨立於村落與山谷，加上在數百公里外就能聽到任何車輛逼近的聲音，也能聽到飛機推進器的聲音。

那是座不錯的武器庫。詹特利確定，要不是唐納．費茲羅伊把地點洩漏給試圖殺他的人，他還是很願意回來使用這座武器庫。

雪地機車逐漸遠離，往上坡跑了四十秒後，前方已經不是雪地了。詹特利用力轉彎，閃避左右數十公尺高的花崗岩牆。他用雙腳和油門將機車轉向，面對底下的森林、木屋和遠方村落。此刻，突出的山崗掩護了詹特利。他看不到底下拿槍的人，那些人也無法看到他，但他們此時肯定正在往上爬。他不曉得對方有兩個人、五個人、十五個人，還是五十個人。他只瞥見小屋後頭有一個人，但不確定樹林中有沒有更多人，而且前門好像有許多騷動。

詹特利盤算了一下自己的選擇。他打量著自身的處境，立刻斷定自己被困住了。他或許能打倒幾個人，但前方地形寬闊，對方肯定能跨越過來，實在對他不利。如果他們在冰凍的草原上散開，形成寬闊陣列，同時朝他接近，他在打中左右與中央的目標前就會先被殺死。

較高的地理位置理應帶來戰略上的優勢，但在詹特利眼中，這座高地爛透了。

他右邊有一條下坡路，那條羊腸小徑寬度約一公尺，極度陡峭，近乎垂直。小路穿越森林，延伸到另一側的草地。但對雪地機車而言，這個坡度太陡了。

如果嘗試，根本等同自殺。

詹特利聽到底下傳來聲音，是人的叫聲，聽起來充滿狩獵時的狂野。

他們正沿著道路追來，逐漸逼得他走投無路。

「他無路可逃了！」一號喊道，他懶得使用無線電。爆炸聲和槍聲影響了他和手下的聽力。他對周圍三個隊員大喊，他們沿著滑溜的道路往上跑。三號留守在小屋，他用繃帶包住傷口，即便沒有加入戰局也依然神智清醒，而且還能走路。

靠近峰頂時，利比亞人迅速從蠍式衝鋒槍中取出彈匣，檢查是否有足夠彈藥。確認之後即重新裝回彈匣，喀嚓一聲回復原位。夜視鏡罩住他們的眼睛，穩定落下的雪花在一片綠色的夜視影像中，畫出絲絲線條。靠近山頂時他們放慢腳步，默默散開，等待指示。
忽然間，雪地機車的引擎聲再度響起，愈來愈尖銳響亮。前方和頭頂出現了一盞車頭燈，當燈光撲向他們，從夜視鏡裡看，就像是綠色的鬼火。
「開火！」一號尖聲叫道。四名刺客蹲低，朝著機車發射子彈。四把槍枝每秒射出了二十發中空彈。曳光彈以拋物線的軌跡飛了出去，就像由火箭推動的螢火蟲一般飛入天空。
在三十公尺處，機車飛離了地面，向前飛了五公尺便用力摔到地面。機車再度彈到空中，這次以側面著地。機車滑下山丘，在利比亞人身後四十公尺處停下，車燈依然亮著。
引擎保持怠速。
引擎的熱氣讓殺手的夜視鏡起霧。
重新裝填彈藥後，一號跑到雪地機車旁。他在冰上滑了一跤，爬起身時二號走過他身旁。四人迅速掃視道路後便提出擔憂。
「他不在這！」

有一刻，寇特．詹特利以為自己正以時速八十公里的速度滑行。當然，從地面上看來，一切都太快了。飛濺到臉上的雪與冰、酥脆的樹枝和青草，肯定都使他誤以為速度變得更快。
但無論實際速度如何，詹特利知道自己滑下小徑的速度太快了。
儘管他並不願放開僅剩的那袋裝備，但已經沒有其他的解決方式了。他把武器、手榴彈與望遠鏡留在冰上，將短散彈槍垂直綁在機車手把上，再用繩子綁住油門。他看著機車躍過山脊，往下開到路上，接著他便盡快沿著岩架和花崗岩牆跨越雪地，跑到羊腸小徑，這條小路的坡度幾乎有二十度，往下穿越森林和下方草原便抵達小村落。當時依然一片漆黑，一小時之後，東方山脈上才會冒出第一道晨曦。

詹特利全力衝刺，他在空中一躍，受傷的雙腳先著地，他將大帆布袋靠在臀部後，落到雪地上時拿來當緩衝。坡度一開始特別陡峭，他幾乎立刻失去控制，他在不那麼崎嶇的路段上調整位置，但這段較爲平緩的部分太短了。

他在左邊的山坡上聽到槍聲，也察覺到閃光，但他並沒有因此轉頭，依然盯緊雙腳與前方。

滑行了近九十公尺後，他對自己的計畫感到滿意。他迅速滑出了殺戮區。老實說，這並不是很糟糕的計畫，只是執行的方式顯得乏善可陳。滑入森林時，碰到一根橫跨羊腸小徑的松樹根，但他的滑行速度實在太快，來不及停下。

冰地上的根結害他飛到半空中，他在空中翻轉了九十度，以側身著地，他只能不斷地滾動。翻滾時，包著繃帶的膝蓋以斜面承受他的體重，他的腳則撞上雪堆，讓他的身體又因此轉了九十度，頭部向前栽倒，墊在身下的圓袋早就遠遠落在後頭。他飛離森林，掉到瓜爾達村的草原，他的雙手像超人一樣朝前伸出，但這個動作完全無法幫他控制下滑的衝力。

滑行全程持續了四十五秒以上，但詹特利感覺好像過了一輩子。

結束後，他仰躺在雪中，花了幾秒控制暈眩的頭腦。他坐起身，檢查自己的身體機能，晃晃悠悠地在漆黑的清晨中站了起來。他評估身上的傷口，右大腿槍傷的陣痛比平常更劇烈，看來這兩天重新黏合的血肉又撕裂開了。他的膝蓋刺痛，應該在流血。腳踝很痛，但似乎還能走動。他深深吸了一口冷冽的高山空氣，右側肋骨不時傳來痛楚，可能有一根浮肋斷了，雖然會帶來劇痛，但不會造成過多負擔。他的左手肘撞到某個東西，也可能是撞到了很多東西，手肘的尺骨處僵硬腫脹。

評估過後，灰影人覺得自己的身體狀況還算良好，實屬幸運。即便身後沒有槍手用機關槍掃射，光是在黑暗中的陡峭山坡上滑行、翻滾和彈跳，可能會造成更慘的傷口。

接著他盤點了自己的行李，原本輕快的情緒再度跌到谷底。他幾乎弄丟了所有東西，只剩下腳踝槍套中的小型華瑟手槍，以及緊緊塞在後口袋中的皮夾，和前口袋裡的折疊刀。其他東西都不見了，包括衛星電話、醫藥用品、彈藥、槍枝、手榴彈和望遠鏡。

他又花了二十分鐘才抵達谷底，來到火車站，這裡只有一條道路與一條鐵軌。雪已經化爲冰凍的雨，他開始發抖，將沒戴手套的雙手插進口袋深處。

他看到一台小廂型車，那是停車場中唯一的車輛，他覺得這是刺殺小隊的車。他打破駕駛座的車窗，迅速爬進車，用靴跟踢斷方向盤柱。他迅速抽出點火開關，一分鐘內就讓點火線冒出火花。但廂型車依然沒有啓動。他在儀表板下摸索著斷電裝置，但什麼也沒找到，於是他爬到車外，用力關上門，並用刀子插入每個輪胎。他知道，如果破壞車輛，殺手小隊便會知道自己來過這裡之後遠走高飛。但他認爲，這些人也得立刻離開瓜爾達，因爲警察在幾分鐘內就會抵達。小隊不可能整個早上都在森林裡找他，所以不必誤導他們，假裝他還在山上。

目前看來，他們還有十到二十分鐘就會趕到，速度取決於他們有多擔心被村民發現，或是多想避開第一批趕到的警車。

寇特·詹特利打破了火車站的小窗戶，伸手進去打開門栓。他先檢查了牆上的行事曆以及所有火車的時刻表，接著他從衣帽架上扯下一件沉重的棕色外套穿上。肩膀有點緊，但依然能讓他保暖。有台輪胎厚重的淑女腳踏車靠在牆邊，詹特利牽起這台腳踏車，隨後關上門。當他伸腿坐上車，下肋骨的痛楚讓他畏縮了一下。

當時已過了早上六點，火車要到七點才會駛過山谷，他得前往更大的村莊，才能搭第一班直達車前往蘇黎世。

於是他騎著腳踏車，順著恩加丁路（Engadine Road）往西走，遠離身後微弱的橘色晨曦。每次踩下踏板，他的下背、右大腿與左膝就產生劇烈疼痛，低溫刺痛了他的臉。他疲憊不已，身心都受了傷。他浪費了一整天找文件和武器，卻只得到傷害。不過，面對敵意時，世上只有少數幾個人能和這個穿著不合身的外套、騎著淑女腳踏車、血跡斑斑的狼狽男子一樣依然保持決心。他沒有計畫、裝備和幫助，現在他也相當肯定自己沒有朋友了，因為費茲羅伊不僅撒謊，還設局對付他。詹特利知道自己有權消失，讓背叛手下的唐納自己面對一切。

即使如此，寇特・詹特利決定繼續往西。他得弄清當下的情形，而他只知道一種方法。

18

倫敦時間清晨六點左右，唐納．費茲羅伊爵士坐在賽考斯基直升機上，從左舷窗戶向外看，望著底下的翠綠草地。直升機在僅僅幾十公尺的高度疾飛，地面景色迅速往後退，很快來到拍打出一片片白色浪花的黑色水域。下方是多佛（Dover）的白崖，這裡是不列顛群島的盡頭，也是英吉利海峽的起點。他和洛伊、阿布貝克總統的代表菲利克斯先生、技師與四名羅蘭集團的手下，幾人一同往南飛向諾曼第。六十八歲的唐納．費茲羅伊爵士並不曉得洛伊這麼安排的原因。「這是另一層保障。」洛伊一小時前說。「萬一利比亞人搞砸了瑞士的差事，或是詹特利改變心意，不管你家人死活了，這樣我還能用別的誘餌引他上勾。」

在費茲羅伊追問前，洛伊撥打了一通電話，命人將一台直升機加滿油，即刻飛越海峽，前往貝特西直升機停機坪（Battersea Heliport）。

唐納爵士經常前往歐陸，他有時從蓋威克機場（Gatwick）或希斯洛機場（Heathrow）搭飛機，有時搭歐洲之星穿越海峽。他更偏好走陸路和海路，搭乘南向火車穿過查塔姆（Chatham），接著駛向多佛，再搭乘渡船前往法國加萊（Calais）或是比利時的奧斯坦德（Oestende）和澤布呂赫（Zebrugge）。這種行程比較老派，是他年輕時的做法。快速便捷的飛機航班或海底隧道雖然能帶來現代化的便利性，但當他搭渡船回到英格蘭，在水面上的遙遠薄霧中望向多佛壯麗的白色懸崖，心裡滿是驕傲與敬愛。相比之下，便利性顯得不那麼重要。

對英格蘭人而言，世上沒有比這裡更美的風景了。白色的鳥兒在懸崖上空飛翔，迎接來自海峽彼岸的旅人。牠們曾在七十年前迎接回國的英國皇家空軍（Royal Air Force），年輕男孩們坐在滿是彈孔的飛機上，他們在對抗法西斯主義的戰爭中參與殺戮，甘心爲女王陛下奉獻犧牲。

唐納爵士憂鬱地望向窗外，月光下美麗的多佛漸漸消失在視野中，他知道自己可能再也見不到這個景象了。

「我剛從里格爾那裡聽到消息了。利比亞人失敗了。」洛伊透過機內對講機說。唐納爵士的耳機夾著頭部兩側的白髮，他覺得耳機中洛伊的嗓音非常刺耳。

費茲羅伊環視機艙，發現洛伊坐在另一側看著他。他們的眼睛在機艙的黯淡紅色燈光中交會。費茲羅伊發現，在過去二十四小時，洛伊的西裝已經出現縐褶，領帶也鬆垮地掛在張開的領口上。

「死了多少人？」費茲羅伊問道。

「一個人都沒死，眞神奇。只有一個人受了傷。他們說灰影人是鬼魂。」

「這種說法確實有道理。」費茲羅伊對著麥克風說。

「可惜不對。鬼魂是**已經**死了的東西，灰影人還沒死呢。」洛伊嗤之以鼻。「我要派利比亞人前往貝約，以免詹特利逃出我們的手掌心。」

費茲羅伊搖頭。「算了。我是唯一知道瑞士武器庫的人。他會知道是我向殺手告密。如果他知道我一直在耍他，他就不會想來救我的家人了。」

洛伊只是露出微笑。「我已經爲這種意外做好了準備。」

「你他媽的傻了嗎？他不會來救我的。你還不懂嗎？」

「那不是我的計畫。」洛伊轉過身子，開始和技師討論。

直升機飛過海峽上空，月光在底下的水域上閃閃發亮，像是托盤上的鑽石顆粒。早上七點，賽考斯基直升機飛越奧馬哈海灘（Omaha Beach）正上方，也就是諾曼第登陸時戰況最慘烈的地點。近三千名年輕美國士兵葬身在底下的大海、沙灘與峭壁。洛伊沒有看向窗外。他正用直升機的無線電對講機與技師交談，唐納爵士在一旁聆聽，但一語不發。洛伊充滿威權地吼出命令，好像在下西洋棋似的，安排並監管所有人的行動。他命令技師把目前所有位於瓜爾達東部的殺手小隊派往瓜爾達西部，也就是蘇黎世、琉森（Lucerne）、伯恩（Bern）和巴賽爾（Basel）等地。當詹特利愈來愈靠近目的地，行動中的十個小隊要搜索的區域就縮小了。

「把委內瑞拉人從法蘭克福調到蘇黎世。派南非人前往伯恩，以免他往南走。誰在慕尼黑？詹特利已經躲過波札那人的攻擊，把他們直接調回巴黎吧，讓他們去支援斯里蘭卡人。哈薩克人在里昂（Lyon），對吧？里昂太南邊了，但在取得更多情報前，先把他們安插在那裡好了，叫他們不要離高速公路太遠，隨時要準備往北走。派另一組監視者到蘇黎世，詳細檢查詹特利的已知人脈名單。還有誰在巴黎？嗯，我不管他有多厲害，一個人絕對不夠。詹特利在巴黎執行過很多任務，我要派三支隊伍過去，再加上那個韓國人。那個韓國人還沒報到嗎？別管他了。繼續發更新情報給他就好，他是獨行俠，他不會因為寂寞病發作而請病假。」

克萊兒憂心忡忡地坐在床邊。現在是早上七點三十分。半小時之後，早晨的陽光才會完全露出。昨晚母親逼她喝了點噁心的綠色咳嗽糖漿，於是她睡著了一會兒。她醒來時外頭還是一片漆黑，剛開始她也不清楚自己身在何處，接著她逐漸回想起前一天發生的可怕事件，最緊張的場面發生在路上，他們從貝約的家族別墅出發，車子開了一小段路，前往有著巨大的門、長長的車道與綠色草皮的古典莊園。她還記得那些身穿皮衣、說著陌生語言的高大男子們。爸媽一直向她保證一切都沒事，但爸媽的表情看起來好像受到了莫大驚嚇。

克萊兒檢查凱特是否睡在自己身旁。凱特還睡在原處，她昨晚也喝了一口咳嗽糖漿。

克萊兒坐在床邊，她看向窗外。外頭唯一的動靜來自樓下停車場的高大男子，停車場位於莊園旁。男人脖子上掛著一把大槍，他不斷抽菸，從外套口袋中拿出一根又一根香菸。

他三不五時用無線電對講機講話。克萊兒知道什麼是無線電，她記得那個名叫吉姆的美國人，以前曾和她們一家同住。吉姆有台無線電，也曾讓她和凱特看無線電，要壓下按鈕，並對機器說話，就像講電話一樣。那時她媽媽在後花園，用對講機和他們回話。

這些男人完全不像美國人吉姆。儘管她不記得吉姆在她家做了什麼事，但她記得對方溫和又友善，這些男人的表情看起來卻憤怒又不開心。

昨晚母親要她們喝下咳嗽糖漿前，凱特曾想去探索這座城堡。克萊兒和她一起去，但她不像笨蛋凱特那樣是爲了玩耍。當她們穿過廚房，那些憤怒的男人完全沒理會她們。凱特用湯匙敲著鍋碗，龐大的城堡中出現響亮的回音。她們走過好多條走廊，如果遇到看起來太黑太恐怖的走道，便轉身離開。她們發現一座地窖，裡頭存放了積滿灰塵的葡萄酒瓶。她們找到一座擺滿皮革大書的大書房，還有一個房間牆上掛滿又大又嚇人的動物頭顱，頭顱上長了毛髮與尖角，嘴裡還有巨大的牙齒。有隻橘貓沿著走廊奔跑，她們跟著那隻貓走入地下室，貓咪推開牆面高處一只架子上的小窗戶，跑到外頭的後花園。

接著女孩們發現一座蜿蜒而上的螺旋階梯，她們爬到一座塔的頂端。她們打開電燈，有個男人坐在桌邊的椅子上，從一扇敞開的窗口望向黑暗。他身旁也有台無線電，前方擺了把大槍。他用難聽的外國語言對女孩們大吼，凱特嘻笑著跑下樓梯。克萊兒跟在凱特後面，但她緊張得不行，心臟在胸膛中快速跳動。男子對無線電吼叫，很快就有人來抓著她們的手臂，把她們帶到父母的房間。其中一名高大男人用英語要爸爸送兩個女兒上床睡覺，爸爸則對男人大叫，要對方別碰自己的女兒，接著他怒氣沖沖地走到陽台上。媽媽則帶凱特和克萊兒進浴室喝糖漿。

那是個糟糕的一天，晚上也很不好過。克萊兒現在醒來了，她知道昨天的一切並不只是惡夢，今天的狀況應該也一樣惡劣。

微光中，克萊兒坐在床邊擔心，她覺得自己聽到遠處傳來怪聲。很快的，聲音變得更大也更近了。她在倫敦的家附近常常有許多直升機飛過，所以她很快就分辨出那是螺旋槳的獨特聲音。她站了起來，臉靠在窗戶邊。後花園的大噴水池後頭，直升機從樹林外飛了過來。它靠近停車場另一邊，黑色旋翼在白色機身上方旋轉，接著用輪子落地，機身也隨之下降。側邊機門打了開來，四個穿西裝的男子走出機艙。

直升機造成的強風吹開了其中一人的西裝外套，即便克萊兒在六十公尺之外的城堡內，也能看到男子白色襯衫旁有槍套。

更多拿槍的人來了。

旋翼在他們頭上高速轉動。又有四個人從直升機上走了下來。第一個是穿棕色西裝的黑人。第二個人拖著兩只行李箱，他綁了長馬尾，正在跑向莊園。接著是一位拿著公事包的人。他身材纖瘦，穿著黑色西裝，外頭套了件防水外套，閃亮的黑色短髮在風中變得雜亂。就算克萊兒在很遠的地方，光是從男人環視周遭的樣子和他一面往前衝、一面對周圍的人比劃手勢的樣子來看，克萊兒也知道他是重要人物。

下一個離開直升機的人身材更高大，年紀也更大，他的頭頂全禿，雙耳旁的白色長髮在旋翼的風力下飄揚。克萊兒把臉貼上玻璃，瞇起眼睛想看得更清楚。

接著她大叫出聲，嚇醒身後的凱特。直升機靠近降落時，凱特不知怎地完全沒醒來。

「爺爺！」

費茲羅伊獲准與他兒子和媳婦在莊園一樓廚房相處片刻。菲利浦與愛麗絲備受壓抑又困惑，他們太過害怕，以至於無法發火。

費茲羅伊從廚房被帶到三樓的大房間，裡頭的擺設與倫敦的羅蘭集團子公司會議室相似。有人爲他準備一張路易十五風格的大型扶手椅，洛伊的椅子則是時髦的黑色現代款式。技師已經就位，在一整排桌子上安裝設備，有人已經事先從其他房間拖來這些桌子並拼在一起，以滿足他的需求。他剛打開筆記型電腦與無線電的開關，讓新的行動中心上線。

這房間有三道門。一道門通往相連的洗手間，一道門通往大走廊，這時一名白俄羅斯守衛從第三道門走進來和洛伊私談，費茲羅伊發現那道門是一個小螺旋梯的入口，樓梯肯定往上連結到頭頂的塔樓，也能向下延伸到較低的樓層。

來自倫敦的這批人剛剛安頓下來，唐納爵士的手機就震動起來。放在椅邊桌上的手機連接到桌上的擴音器。洛伊壓下按鈕接聽時，技師對房裡的人大喊，他還沒準備好追蹤來電。

「切爾騰罕安全服務公司。」唐納爵士說。他的嗓音疲憊又粗啞。

「是我。」灰影人說。

「你還好嗎，孩子？」

一陣很長的沉默後，灰影人說：「你把瓜爾達的事告訴他們了。」

費茲羅伊不否認。他疲倦地輕聲說：「對，我說了。我很抱歉。」

「等你家人死掉之後，你會更遺憾。再見，祝你好運，唐納。」

洛伊站在房間中央。他迅速走到桌邊，傾身靠近手機並開口。「早安，寇特。」

很長一段時間，對方沒有回應，洛伊因此拿起小小的手機，檢查通話是否斷了。

「你他媽的是誰？」

「寇特，你不該對爵士這麼凶，因爲我讓他陷入困境之中。」

「你是誰？」

「你不認得我的聲音嗎？」

「不認得。」

「我們以前曾經一起工作。我是洛伊。」

對方一語不發。

洛伊繼續說：「在蘭利。當時還是太平日子。」

「洛伊？」

「沒錯。你好嗎？」

「我不記得什麼叫做洛伊的人。」

「詹特利先生。這不是多久以前的事。我在韓利（Hanley）手下工作，你還在暴徒小組時，我幫忙管理你和其他負責高難度工作的探員。」

「我記得韓利。但我不記得你。」

費茲羅伊看出洛伊確確實實的不滿。「好吧，你們這些打手沒什麼社交智商。」他轉身看向唐納爵士。他似乎覺得面子有些掛不住，輕蔑地揮了一下手。「不重要。重點是，即便你不想來諾曼第幫忙自己無所畏懼的領袖，也許你應該考慮維持當前行程。因爲呢，我向你保證，這裡確實還有你**想要的東西**。」

「沒有東西會讓我願意自投羅網。再見，佛洛伊。」

「我叫洛伊，不是佛洛伊。你應該繼續聽完我的話。」

「四年前，是你把我放進黑名單的嗎？」詹特利問。他的嗓音聽來穩定又冷靜，但費茲羅伊知道，這個問題肯定充滿強烈的情緒。

「不。不是我。當時我並不同意那個決定，我認爲你對我們還有用處。」

「所以是誰黑掉我的？是韓利嗎？」

「改天我們再討論這件事。或許等你過來時，我們可以談談。」

「好。再見。」

「現在你不該糾結二〇〇六年究竟是誰黑掉你，你現在應該擔心的是，如果你不過來的話，明天就會有人把你黑了。」

詹特利對著電話哼了一聲。「一個人黑不了兩次。」

「當然可以。離開中情局時，我設計了小小的保護措施。我看到發生在你和其他人身上的事。我知道，即使至今爲止你都成功完成任務，但如果要去國會作證的人開始不喜歡你的話，這些掌控中情局的政客能幹出無法想像的暴行。我告訴我自己：『洛伊，你這麼聰明，不該像愚蠢的寇特．詹特利或其他人一樣失敗。』所以我盡可能確保自己的生存。」

「你竊取祕密。」

「我剛剛說過，我懂得生存。」

「你是個叛徒。」

「都一樣。我拷貝了文件，包括詳細記錄任務、情報來源、取得方法和人員檔案。」

「人員檔案？」

「對。我手邊就有。」

「放屁。」

「等一下。」費茲羅伊看著洛伊用拇指翻閱桌上金色資料夾的文件。這個資料夾旁還有一堆相似的資料夾。「寇特蘭．A．詹特利。一九七四年四月十八日生於佛羅里達州傑克遜維爾（Jacksonville）。父母親分別是吉姆（Jim）與萊拉（Lyla）．詹特利。有位兄弟，已歿。小學就讀於……」

「夠了。」

「還有更多呢。我有你的全部資料。像是你在特種行動作戰單位與獨立探員發展計畫（Autonomous Asset Development Program）的歷史紀錄、山嶺特遣隊經歷、你的已知人脈、相片、指紋、牙醫紀錄等等。」

「你要我做什麼？」

「我要你來諾曼第。」

「爲什麼？」

「等你來了，我們再討論。」

停頓時間太長，安靜中費茲羅伊聽到二樓傳來的談話聲。愛麗絲正對著菲利浦大叫。唐納爵士知道他們的婚姻狀況很艱辛，也清楚他們現在最不需要的就是這種壓力。

最後詹特利開口。「做你該做的事，洛伊。把我的文件外流吧，我不在乎。眞是受夠了。」

「很好，那我就把你的資料散布到全世界。一週內，你得罪過的黑道、對抗過的敵對組織、競爭合約時搶輸你的暴躁刺客，這些人都會去追殺你。相較之下，過去的四十八小時簡直像在水療中心度假一樣。」

「我可以應付得來。」

「費茲羅伊也會死，他的家人都會死。這你可以應付嗎？」

對方有些猶豫。「他不該搞我。」

「好。你是條硬漢，寇特，我懂。但我忘了提另一件事。除了你的資料，我還從中情局裡偷走其他的檔案。如果你不來諾曼第，我就會把特種行動作戰單位所有探員的姓名、照片與已知人脈檔案發布出去，包括現役、非現役、退休或因其他原因退隱的所有探員。每個中情局探員都會變成棄子，和沒有用處的你一樣，遭到除籍、獵殺，變得孤立無援，名字也會出現在網路所有搜尋引擎上。」

詹特利很久之後才開口。「他媽的，你做這些都是爲了什麼？你做這些事就只是爲了逮到我嗎？」

「當然不光是爲了逮到你，你這傲慢的混蛋！和眞正的目標相比，你根本無足輕重。但我要你過來，我要你過來這裡，不然我會讓美國最厲害的祕密探員從地球上消失。我會讓特種行動作戰單位的每個探員和他們的已知人脈成爲人人喊打的落水狗！」

寇特·詹特利一語不發。費茲羅伊歪著頭，他隱約能聽到電話背景中的喀噠聲，應該是火車壓過鐵軌時的聲響。

洛伊接著說：「當然，如果要把你和特種行動作戰單位探員們的檔案全放到網路上，可得花幾天才能上傳完成，因爲資料實在太多了。我得先做些別的事。如果你明天一早沒能過來這裡，樓下的費茲羅伊一家會先完蛋，我應該會先對小朋友下手。先進先出的原則嘛。你懂我的意思嗎？我會殺了寶寶們，再殺死父母，最後再殺掉費茲羅伊老頭做結尾。」

詹特利終於開口。「如果你碰了克萊兒或凱特，我會找上你，慢慢凌虐你，讓你一心祈禱死亡來得快一點。」

洛伊拍手。「我就想聽這個！情緒！熱情！好吧，明天你最好及時趕來這裡吃早餐，有蛋和比司吉呢。如果你不過來，我吃完早餐之後的第一件事，就是折斷那兩個漂亮小女孩的脖子！」

費茲羅伊沉默又陰鬱。整個對話過程中，他像一條被遺忘的狗坐在旁邊。但當洛伊說出最後一句話，唐納爵士從扶手椅上跳起來，撲向洛伊，掐住他的喉嚨。連接在電腦和擴音器上的電線纏在兩人腿上，桌上的設備也被扯了下來。洛伊的旋轉椅被翻倒，他們重摔在地，唐納爵士扯掉洛伊的金屬框眼鏡，拳頭打向他的顴骨。

兩名愛爾蘭護衛過了近十秒才進入房間，把沉重的費茲羅伊從洛伊身上拉開。費茲羅伊被推回自己的椅子上。兩名蘇格蘭守衛隨即衝了進來，擒住他的頭部與雙臂。一名白俄羅斯人從溫室旁的車庫裡拿了條鍊子過來。叫喊聲與尖叫聲迴盪在三樓各處。費茲羅伊被粗暴地綁在椅子上，當鍊子纏住扶手椅的扶手和椅腿，緊緊綁住唐納爵士的手腳時，他依然努力地抗拒著。冰冷的鍊子纏在他的脖子和前額上，並用大鎖頭上了鎖。

綑綁費茲羅伊的整個過程中，洛伊一直坐在地上，他的呼吸聲沉重，一面整理頭髮，一面重新綁好領帶。他在地上找到自己的眼鏡，稍微彎曲鏡架，調整回原本的形狀後再戴上。他的臉上有些抓傷，雙臂、下巴與脖子都有瘀青，但其他部位並沒有受傷。

最後他重新坐上椅子，回到桌邊湊向手機。

「抱歉，寇特。剛剛發生了一點技術問題，但現在已經排除狀況了。你還在嗎？」

詹特利已經掛了電話。

洛伊望向費茲羅伊，費茲羅伊也看著洛伊，頭上綁的鍊子使他動彈不得，因此他也無法看向別處。

「他最好別改變心意，唐納。他最好別改變心意，不然你和你家人就準備死吧，我會確保你們死得又慢又淒慘！你以爲我只是個常春藤聯盟大學畢業的無名小卒嗎？中情局當初也這麼以爲。打手們贏得各種榮耀，我只能處理什麼政策文件。好吧，去他們的，你也去死吧！我可以陪你玩賤招，和最厲害的高手不相上下。我想做好這件事，我也有能力可以做好這件事。阿布貝克會簽署我們的合約，明天中午前我們就會準備好天然氣作業，之後我會忘了你和你家人。從現在開始，我完全不在乎你的死活。你想清楚了，唐納小子。要是再搞這種花招，看我會不會再給你第三次機會吧，等著瞧。」

「寇特**不會**改變心意。他會過來，會殺了你。」

「他到不了這裡。即便他真的來了，他的狀態也會和你認識的灰影人完全不同。他會傷痕累累，缺少時間，睡眠不足，身邊也沒有裝備。」

「裝備？」

「對。這種人少了裝備，就一無是處。」

唐納爵士憤怒地輕笑。「你不曉得自己在說什麼。寇特最珍貴的裝備是他的頭腦。他需要的武器只有他的心智。其他的槍、刀、炸彈等等只是配件。」

「荒唐。你信了戰術人員說的童話故事。他只不過是受到美化的暴徒。」

「那不是童話故事，他做的事也毫無美感可言。他全心投入工作，和屠夫一樣冷血、殘忍又有效率。只要擋了他的路，你就等著瞧吧。」

「噢，我就想擋他的路。」

和五個人扭打後，費茲羅伊的胖臉脹紅得好像甜菜根，滿頭大汗。鐵鍊將他像隻野獸一般綁在椅子上，厚重的鍊子蓋住他三分之一的頭部。但在這個處境下，他依然露出微笑。

「我之前應付過許多長舌的人，他們都是些陷入困境時只會動嘴巴的小混蛋，一群握有權力的癟三。我見過很多像你一樣的人，即使出風頭，也持續不了多久。你嚇不倒我。」

洛伊傾身逼近費茲羅伊，他的臉抽搐了一下。「嚇不倒嗎？我可以下樓和孩子們玩個遊戲，帶回來一個留馬尾的小獎品給你。我可以……」

「你這小人。你害怕被鐵鍊鎖住的我，所以轉頭去威脅小孩？你愈想讓我覺得你很危險，就愈像我第一次看到你時直覺聯想到的那種人：一個弱小的娘娘腔，可悲的傻子。你沒辦法應付被綁在椅子上的老人，於是去找更弱小的目標。該死的王八蛋。」

洛伊怒火中燒，他瞇起雙眼，粗重的氣息噴在費茲羅伊臉上。洛伊緩緩坐起身，露出一抹微笑。他捏起垂到前額上的一縷頭髮，將髮絲壓回被抓傷的頭皮上。

「我會讓你見識我能對你做出什麼事情。只有你我兩人。」洛伊向身後一名來自明斯克的保全人員招手。「給我一把該死的刀。」

19

黎明時分，金宋朴從時髦的雅典娜廣場飯店（Plaza Athénée）套房中甦醒。他的房間富麗堂皇，但他並沒有睡在床上，也沒喝小冰箱裡的飲料，更沒有叫客房服務。他在周圍裝滿引爆線和警報器後，便睡在更衣間的地板上。

早上六點，他離開房間，走上巴黎街道，記下從右岸穿過橋墩抵達左岸的路線、西方人的外觀與舉止，以及車潮與行人通道的阻塞點。

他在GPS上收到了一連串人名與地址：那些是灰影人在巴黎的已知人脈。灰影人有個前中情局同事在市區西端的拉德芳斯區（La Defense）一棟摩天大樓中開了家市場情報公司；二〇〇一年，特種行動作戰單位曾在喀布爾（Kabul）用過一位阿富汗口譯員，他現在在聖日耳曼大道（Boulevard Saint Germaine）左岸經營一家豪華中東餐廳；費茲羅伊的聯絡網中有一個線人在協和廣場（Place de la Concorde）附近的辦公室工作，他是內政部（Ministry of the Interior）聯邦職員；一位知名飛行員現在住在拉丁區（Latin Quarter），他曾在歐洲爲特種行動作戰單位開飛機，目前過著半退休生活。

金宋朴搭乘大眾運輸，快速觀察了每個地點，檢查所有細節，包括建築入口、附近可停車的地點，與來去每個區域的大眾運輸路線。他知道買通他政府的那些人雇用了本地的監視者，他在清單上的每個地點看到了可疑的男男女女，若是受過嚴格訓練的探員絕對能一眼認出這些人。他知道灰影人也能發現這些人的存在。金宋朴知道自己得用上追蹤技巧，才能取代他們的支援。

金宋朴一面巡邏市中心，一面研究地圖。如果收到目擊灰影人的通報，他可以做好準備，隨時衝回任何已知人脈的所在地，但他不認爲灰影人會在這次任務中用上這些人脈。金宋朴確信，如果情況許可的話，灰影人會繞過巴黎。這裡過度擁擠，有太多警察和攝影機，也有太多遭受監視的舊識。金宋朴知道，如果灰影人因爲某種理由被迫進入巴黎，他會盡力避開那些和他有關聯的人，取得自己需要的東西。

金宋朴自己也是獨行殺手，因此他相當清楚這點。他是個獨行俠。他曾像條狗一般被獵殺，也曾被迫避開所有可能願意幫助他的人。

但金宋朴知道，孤寂、疲勞、傷勢、需要與絕望會讓人犯下錯誤。他也清楚，如果目標設法抵達巴黎，在這座城市取得某種東西的話，灰影人就會成爲被逼到困境的野獸，不會有人知道他的反應。灰影人本來就是全世界最危險的人，加上驚恐與對抗時間的壓力，他可能會因此犯錯，也會爲周圍的人帶來危險。金宋朴知道，如果線報指出灰影人就在這裡，「光之城」巴黎會血流成河。

日出時分，詹特利騎著偷來的單車，天空中正下著雪。他在阿爾德茨村（Ardez）的火車站停下，幾個當地人在附近等待早上第一班開向蘇黎世的西向火車，或是開到義大利或奧地利邊界的東向列車。詹特利向一個等待火車的孩子借了手機，他答應付給那男孩相等於四十塊美元的金額，以便花五分鐘打電話給費茲羅伊，質問他爲何出賣自己。他沿著月台走了快二十公尺，確保通話的隱私，他站在雪中，這時開往因特拉肯（Interlaken）的火車駛過。電話另一頭傳來打鬥聲時，他立刻掛掉電話，從手機記憶體中刪除那支號碼，並將手機還給孩子，再次付了錢。幾分鐘後，詹特利登上早上第一班開往蘇黎世的火車。當天是星期六，他坐在穿越狹窄山谷的列車上，在一小時四十五分鐘車程中，他幾乎是車廂中唯一的乘客。鮮紅色的火車駛過一座座火車站。

詹特利坐在火車上，他感覺身體暖和起來，他在空車廂中脫下褲子檢查傷勢，並用指尖輕戳膝蓋上的傷處，以及大腿上的彈孔。他擔心槍傷傷口可能被感染，他曾在斯札波的水槽中游泳，這肯定對傷口沒什麼好處。除此之外，他沒有大礙。雖然他拖著腳上的撕裂傷走了好幾公里，傷口也只是和斷裂的肋骨一樣傳來陣痛。

他知道自己得前往諾曼第。隨著自己愈來愈靠近諾曼第，他覺得成功機率也愈來愈低，他仍然朝著等著他掉進去的陷阱而去。欺騙他的費茲羅伊是個混蛋，但詹特利得承認，洛伊讓唐納爵士很為難。詹特利不禁想，如果雙胞胎女孩是他的家人，而某個率領一幫槍手、對於殺害無辜孩童毫不在意的王八蛋可能危及她們的性命時，他會做出哪種行為？他又會出賣誰？

一想到洛伊，詹特利就怒火中燒。他確實不記得對方，但中情局從來不缺這種無足輕重的辦公室混蛋，執行祕密任務時他們只會躲在後頭，而灰影人和其他探員必須親下火線。詹特利想不起任何臉孔，但有時他的上級會將他引薦給某些西裝革履的中情局人士。洛伊肯定是這些人之中一位，後來他才會偷走高度機密的特種行動作戰單位人員紀錄，離開中情局，加入私人企業。

眞是個癟三。

詹特利試圖從回憶中找出洛伊的樣子，看看有沒有能幫自己脫離困境的線索，但火車沿著鐵軌行駛時的節奏使他陷入昏睡。因爲身上的割傷、瘀青、肌肉拉傷和彈孔，他根本不可能放鬆，但他過度疲勞，已經無法感到疼痛。抵達蘇黎世前，他昏睡了幾分鐘，但當火車的速度變慢，車廂中迴盪著宣布到站的錄音廣播，他隨即驚醒。起身走向出口時，他暗自咒罵自己眞是缺乏紀律，明明獵人緊追在後，他卻開始打起盹來。

他在蘇黎世火車總站（Zurich Hauptbahnhof）買了張前往日內瓦的車票。這段火車車程約兩小時，因此他到小攤上買了大份的德國油煎香腸和一杯咖啡。這是個噁心的搭配，但希望在攝取咖啡因和兩百多克的蛋白質之後，他的身體能夠保持警醒。

在火車離站前二十分鐘內，他搭乘電扶梯下樓，到地下二樓的大型購物商場，找了間付費廁所，走進其中一間隔間。全身穿戴整齊的他坐在馬桶上，把頭往後靠在牆上。他抽出手槍，握著槍的手就放在腿上，隨時準備開槍。火車站是敵人絕佳的狩獵地點。廁所隔間能夠安排的逃跑路線很少，他不太喜歡，但他知道比起呆站在鐵路旁十五分鐘，躲在廁所裡更不容易被發現。要是洛伊的爪牙在這裡發現他，他就把兩個彈匣內的子彈全部射向隔間門板，盡自己所能地逃出去。

那不是個好計畫，但詹特利承認，一開始接下這件任務就絕非明智之舉。現在他只能盡力逃出生天，並希望自己能活久一點，至少到星期天早上八點以後。

離發車不到一分鐘時，詹特利走到十七號軌道旁的月台，趁開往日內瓦的火車慢慢出發時，悄悄地跳上列車。

早上九點四十分，里格爾的電話響起。他待在自己的辦公室裡，由於星期六整天都必須工作，他只好很不情願地取消去蘇格蘭獵松雞的週末行程。

「我是里格爾。」

「長官，我是克魯格（Kruger）。」克魯格是羅蘭集團在蘇黎世分部的保全主管。「我有目標的情報了。我收到的指示是聯絡洛伊先生，但我想應該先讓你知道這件事。」

「好，克魯格。我會把情報交給他。你有什麼發現？」

「我找到**他**了，長官。他剛搭上九點四十分開往日內瓦的火車。二等車廂，現場購票。」

「日內瓦？他爲何往南走？他應該要往西走啊。」

「他可能想逃跑。我是說，他想放棄。」

「或許吧，或許不是。這對他來說不順路，但他在那兒確實有人脈。」

「我可以派日內瓦的監視者在車站攔截他。」

「不。如果日內瓦是他的目的地，我們可以爲他安排不同的歡迎派對。但這可能是欺敵的伎倆。他可能會在其他站下車，搭另一台火車去法國。我要你在蘇黎世到日內瓦之間的每座車站安排人手，也得確定他沒趁火車開動前跳車。」

「我本人就在這班火車上。我會沿路看著他，隨時向你更新進度。」

「知道了（德語）。幹得好。」

里格爾接著打給位於莊園的技師。「叫委內瑞拉人往南走，追上九點四十分從蘇黎世開往日內瓦的火車。灰影人在這班車上，但他可能會中途下車。委內瑞拉人得準備好隨時撂倒他。」

「了解。」

里格爾研究著桌上的瑞士大地圖。「叫位於巴賽爾的南非人去日內瓦。如果詹特利活著抵達車站，他們就得跟緊他，然後在街上幹掉他。車站裡有太多攝影機和警察了。」

寇特沒撐過十五分鐘。他在最後一節二等車廂找到靠窗座位。他脫下外套，將外套蓋在身上。外套下，他抓緊手槍，把槍放在膝上。

接著他沉沉睡去。

「……件。」

他緩緩甦醒，頭還靠著窗戶。他看著雪花拍打著臉孔旁的窗戶，雙眼因充血而視線模糊。他想穿過玻璃，伸出舌頭品嘗厚厚的雪花。鄉間白雪皚皚，只有最陡峭的岩山上才沒有被白雪覆蓋，閃爍著灰色與棕色的色澤。灰色的天空低垂著，他面前是一座村莊。這是個美麗的冬天早晨。

「證件（德語）！」他右側傳來一道聲音，詹特利認出指令中的權威感，立刻轉身看過去。

四名穿著制服的瑞士警官站在走道上。他們穿著灰色長褲與雙色夾克。他們是員警，不是受過高度訓練的聯邦人員。他們的腰間掛著大型格洛克17手槍。最年長的警察伸出手掌。

「請出示證件（德語）。」

寇特聽得懂旅行用德語。警官要看身分證件，不是火車票。

不妙。

詹特利悄悄移動藏在外套下的槍，當他坐起身時，便把槍塞到坐墊與車廂牆壁之間。

詹特利沒有身分證，只有一張票。他藏好武器，在外套中摸索出車票，並遞給對方。

警察看也不看。他改用英語說：「請出示證件。」

「我弄丟了護照。我要去日內瓦的大使館拿新的護照。」

四名員警顯然都聽得懂英語，因為他們看著詹特利的樣子彷彿覺得他在胡說八道。

「你是美國人？」老警官問。

「加拿大人。」詹特利知道自己惹上麻煩了。他雖然處理掉了手槍，但腳踝上還用魔鬼氈貼了一個皮革槍套。這些人看起來很機靈，他們**絕對**會對他進行搜身。等警察們發現腿上的槍套，就會檢查他的座位，並在那裡找到槍。

「你的行李在哪裡？」

「被偷了。我告訴過你了。」詹特利根本不考慮跟他們當朋友。他可能得修理他們一頓，才能解決這件事。他不喜歡把無辜警察的頭撞暈，但他看不出別的解決方式。儘管是四對一，只要利用奇襲、速度與猛暴攻勢，詹特利也能在火車走道這種小空間取得優勢。

他之前做過這種事。

此時，車廂門打開，又有三名警察走進來。他們待在門邊，離其他人很遠。

該死。七對一。他們不給他任何機會。詹特利不可能先打倒四個人，再衝過七公尺多的距離擊倒另外三人，他一定會先遭到槍擊。

「請站起來。」面前的銀髮警察說。

「爲什麼？我做了什麼？」

「站起來，我就解釋給你聽。」

「我只是要去……」

「我不會再說一次。」

詹特利肩膀下垂，站了起來，並往走道踏出一步。一名年輕警察走近，並將他往後轉，迅速將他的手銬在背後。車裡其他乘客興致勃勃地旁觀，有人拿出手機拍照，詹特利盡量避開鏡頭。年輕警官搜索他全身，立刻就發現他口袋裡的摺疊刀與腳踝上的槍套。警察搜查了他的座位，並把手槍舉高給車上所有人看，好像在炫耀什麼戰利品。

「我是美國聯邦探員。」寇特．詹特利說，他沒有其他藉口了。警察不可能乖乖把槍還給他，但他希望讓他們稍微放鬆警戒，讓他獲得一絲逃脫的機會。

「你沒有證件嗎？」帶頭的警官說。

「我弄丟了。」

「這樣啊。你今天早上是否去過瓜爾達？」一名警察問。

灰影人被照相手機和眾人的視線圍繞著，他完全不覺得自己現在有多低調。他並沒有回答。車廂門口旁，一名警察朝著對講機說話。過了一會兒，火車慢了下來。

20

里格爾在早上十一點三十八分接起電話。

「長官，又是我，克魯格。詹特利在一個叫做馬南德（Marnand）的小村莊被抓下車。這裡不是列車的預定停靠站。」

「誰抓走了他？」

「瑞士員警。他被上銬，坐在月台上，警察包圍了他。我聽到其中一名警察要求從洛桑（Lausanne）派車過來。應該不用三十分鐘。」

「你也下車了嗎？」

「他們不允許其他乘客離開。我會在洛桑下車，直接去警局等著他。」

里格爾掛掉電話，之後立刻打給洛伊，他盯著電腦上的地圖。「告訴委內瑞拉人，詹特利在馬南德，地點在洛桑北方約三十公里的位置。警察抓到他了。」

洛伊立刻回答。「他們不能抓走他！我們需要他！」

里格爾望向辦公桌另一端。十幾顆漂亮的動物標本頭顱回望著他，這些全是他打獵得到的戰利品。他說：「我知道。跟委內瑞拉人說，他們可以使用武器，解決任何擋路的人。」

「這就對了！他們厲害嗎？」

「他們來自委內瑞拉情報局（General Intelligence Office），是委內瑞拉前總統烏戈．查維茲的祕密警察。他們是來自卡拉卡斯（Caracas）的菁英。」

「好。那他們厲害嗎？」

「我們很快就會知道他們的實力了，不是嗎？」

詹特利顫抖地坐在小火車站月台上的木製長椅，他的左手被銬在長椅的鐵製扶手上。天上下著小雪，五名員警站在他周圍，其他警察待在火車上。

在瓜爾達清晨的騷動之後，關於他的外表特徵便傳了開來。他猜有人找到了停在阿爾德茨火車站的遭竊單車，警方獲得情報後，詢問了車站的售票員，她一定記得那天早上有個外國人搭乘開往日內瓦的第一班火車。由於蘇黎世是瑞士的主要交通中心，只需要通知從蘇黎世出發的每班火車、公車和飛機上的警察，要他們找尋獨自出行的三十多歲棕髮男子。

車站月台上的告示寫著馬南德。他不曉得這座小鎮的確切位置，但他感覺自己好像睡了幾小時，因此他覺得自己已經離日內瓦不遠了。他得找個方法逃離這些人，再繼續趕路。他腦袋裡的時鐘正滴答作響。

帶隊的警察在他身旁坐下。年長警察滿頭的白髮好像積雪的高峰，身上聞起來有新鮮的鬍後水味道。

「我們在等車子從洛桑開過來。他們會帶你到警局。警探會和你談談瓜爾達的事件，還有你在火車上的槍。」

「是的，警官。」詹特利試圖擺出友善的態度，他原本定下的策略完全無法使用，如夏日狂風掃過般被搞得七零八落，他不曉得自己還能怎麼做。雖然和善的態度不會讓他因此獲釋，但在應付警察時他便能處於優勢，讓他們降低戒心，以便找到能利用的破綻。不過，把槍藏在褲子裡在瑞士是重罪，嚴重程度與在美國進行大屠殺差不多。

「我能去廁所嗎？」

「不行。把尿憋住。」

周圍比較年輕的員警笑了起來。

詹特利嘆氣。至少他嘗試過了。

左邊的月台遠方，有條沿著上坡蜿蜒而上的雙向道。路面潮濕又乾淨，和甘草糖一樣顏色漆黑，把山丘上的白雪分成兩半。一台深綠色載貨卡車停在山丘上，距離車站邊緣有四十五公尺，距離詹特利和站在月台上的警察們約九十公尺。卡車排氣管尾端的消音器中排出蒸氣，往後飄了過去。

詹特利往右看，他試圖在更多警察出現前先奪得優勢。他右手邊是村莊的外圍，薑餅屋一般的房子零星散落在現代風格的建築物之間。幾縷煙霧飄到住家上方，消失在灰色的天空。一台與山丘上卡車相似的綠色卡車緩緩開出村莊，停到近三十公尺以外的加油站，但距離加油幫浦很遠。

灰影人瞬間明白，他被包圍了。

「警官！」他迅速對帶頭的警察喊道。

警察原本正和下屬交談，他走向長椅上的詹特利。

「拜託你仔細聽我說。我們有麻煩了。現在兩側都有綠色卡車，這兩台車裡或附近有奉命來殺我的人。爲了抓到我，他們會毫不留情地殺掉你和你的手下。」

警察望向左右兩台車，接著轉向詹特利。

「你在說什麼鬼話？」

「他們是訓練精良的殺手。你得讓我們都進去車站裡面。快！」

警察緩緩從腰帶上取下對講機，並將它移到嘴邊。他的目光不曾離開詹特利的雙眼。他用德語指示身後的手下過來。

「不是救我！是殺我！」

他改用英語。「有兩台綠車。一台在北，一台在南。這個人說，那些人要來這裡救他。」

月台的五個人上下打量兩台車。車中沒有任何動靜。

「這是他的花招。」年輕的金髮警官說，他解開槍柄上的拘束帶。

「你是誰？」另一個警察問。

寇特．詹特利不回答問題。他說：「我們得到室內去。快點。」

帶頭的警察向手下們說：「看好他。我去檢查。」他轉身，沿著月台走向南邊加油站旁的卡車。

「警官！你別過去。」詹特利喊道，但身穿厚重外套的警員置之不理。

警察走下月台階梯，進入小加油站。綠色卡車裝了深色玻璃，停著不動，蒸氣持續從排氣管飄到空中。

警察走近卡車，詹特利和留下來的四人說話。

「他快死了。但別緊張，我們得合作。如果你們想跑，他們會殺死你們。如果你們想活命，就聽我的。」

「閉嘴。」一個警察說。四人看著上級走向駕駛座的車窗，用無線電敲了敲車窗玻璃。

「還有第二台車！」詹特利懇求身旁的員警們。

「閉嘴。」員警說。詹特利看得出他們的擔憂逐漸高漲，他們的頭不斷來回轉動。警官更用力地敲打玻璃。詹特利與其他人觀望，銀髮員警仔細看進車窗玻璃。他肯定看到了什麼東西、什麼動靜，或是其他危險的訊號，因爲他迅速往後退，並把手伸向臀部上的手槍。

駕駛座車窗玻璃隨著槍聲而碎裂。警察快速後退，車門打開，穿著黑色連身衣與滑雪面罩的人從駕駛座中滑出，跳到人行道上，他手裡拿著短管機關槍，往警官蹣跚的軀體又射了三槍，警察倒地死去。

詹特利身邊的四個警察抽出手槍，卻因爲慌亂而技巧全失。瞄準快三十公尺之外的目標本來就很難，年輕員警們一面順向開火，一面驚訝地叫喊，蹲下找尋掩護。

「注意另一台卡車！他媽的，注意另一台卡車！」寇特大叫，他摔到水泥地上，倒在長椅旁的冰冷人行道，左手臂依然銬在座椅扶手上。

警察們望向身後，四個戴面具的男子沿著柏油路走向他們。男子們拿著步槍，和加油站男子手中的武器是同一個型號。其他三名同夥加入了加油站男子的行列，八個人自信滿滿地逼近，好像不怎麼擔心時間。

「解開我的手銬！我們得進去室內！」詹特利喊道，但警察紛紛躲起來，不是蹲著躲進水泥月台、屈身躲到木製推車後面，就是直接在空地趴下。他們對槍手們胡亂開火，黑衣人充滿威脅感地逼近，從不同方向過來。

一名光頭員警對著外套肩章上的無線電大喊。他蹲在距離詹特利四公尺之外的行李推車後面，那個位置無法阻擋北方山丘上的人，也不能抵禦從南邊加油站過來的人。

寇特．詹特利眼睜睜看著月台上的水泥碎片掃向那名年輕警察，這時警察卻渾然不覺，望著另一個方向，往無線電叫嚷著。水泥與塵土在愈來愈近的位置爆開，超音速的機關槍子彈嵌入他的雙腿與背部。中彈的警察往側面翻倒，在水泥地上扭動，垂死前的掙扎很快就消失。

「誰給我一把槍？」詹特利叫道。剩下的三名警察依舊無視他的要求。他們的射擊失了準頭，雙手顫抖地緩緩塡裝子彈。

詹特利在冰冷的水泥地上轉身，靴子抵在鐵製椅腳上全力一踹。焦急的他試圖從三公尺多的木製長椅上掙脫，他又踢又拉，金屬手銬深深陷入他的手腕。他有節奏地踹著雙腳，老木頭被踢得嘎吱作響，手腕和手傳來燒灼般的劇痛。

自動槍一連串的砲火擊中他頭頂的窗戶，碎玻璃砸向長椅和周圍的地面。他一邊踢著椅子，一邊往右邊看去。一名警察的肩膀和臀部遭到槍擊，因而拋下槍，在水泥地上痛苦地扭動。

詹特利雙腳踹了三十下以上，才將鐵製扶手從長椅上扯下來。他用靴子最後踢了一下，同時把手臂往回抽。左腕傳來劇痛，但長椅終於碎開。詹特利在地上膝行，他跪在沉重的裝飾金屬邊，並抬起它。這塊金屬肯定超過十公斤，現在依舊連在他破皮又腫脹的手腕上。他用上銬的手臂勾住金屬，並將它舉起來。在雙方火力下，他衝向在月台中央痛苦扭動的警察。距離拉近到只有幾公尺時，他把金屬往前丟在那人身旁，和鐵塊一同滑到地上。鐵塊在水泥地上鏗鏘作響，音量和周遭的槍聲一樣大。他腫脹的手腕被金屬手銬中拉得更緊了。

他跪在警察身旁，手伸到對方的腹部。

警察對他大喊：「我的屁股！我傷得很重……」

「抱歉。」詹特利從警察的工具腰帶上扯下手銬鑰匙，上頭沾滿了年輕警察的血。他蹲低身體，躲避離右耳只有幾公分的超音速子彈，他將扶手裝飾推到自己前方的月台邊緣。他一面爬，一面推著它。

受傷的警察伸手抓住寇特的腿，當他發現詹特利要離開，他可悲地想向對方求救，也想重新掌控囚犯，彷彿這件事依然很重要。詹特利踢開瀕死之人的手，從月台上撿起貝瑞塔手槍（Beretta），繼續爬行。一連串衝鋒槍子彈一路追逐詹特利到月台邊緣，他和鐵塊翻過邊緣時，子彈剛好錯過他。詹特利掉到一公尺多的地面下，落在月台邊緣的掩體後。有一瞬間他在雪地中弄丟鑰匙，瀰漫著腎上腺素的大腦開始慌亂，但他迅速挖出了鑰匙。最後他跪起身，穩住凍得紅腫的手指，解開了左腕上的手銬。

把他拉下火車的五名警察之中，只剩兩人還在戰鬥。兩人都蹲在月台上不堪一擊的掩體之後。詹特利不想把頭探進任何敵人的瞄準鏡中，所以在向上窺視前移動了幾公尺。他對警察們大喊，讓他們離開掩護，過來找他。其中一人回話，他說自己沒有彈藥了。另一人的右手受傷，他在石頭花盆旁用左手開槍。從他的技巧看來，詹特利認定對方是個右撇子。

火車站中的動靜吸引了詹特利的目光。車站裡其他平民早就離開或趴到地上，當他看到兩名男子跑向建築內的月台，寇特．詹特利知道攻擊者會朝他的位置多邊夾擊。

通往月台的門猛地打開，兩名戴黑色面罩的男子出現在右手受傷的員警旁邊。

寇特舉起右手的貝瑞塔手槍，擊中十公尺外兩名面罩男子的臉。他的左手因爲新傷毫無用武之地。因爲往前衝的動能加上子彈的衝擊力，面罩男子彼此相撞，一同跌出門口，摔到冰冷的月台上。

開第二槍時，貝瑞塔手槍的槍機卡榫隨之打開。裡頭是空的。

「嘿！把步槍傳給我！」

這是他第三次開口要求提供武器。這次，兩名生還的員警已經見識過他的能耐，手掌鮮血淋漓的年輕警察迅速把一名槍手的小型黑色步槍從月台滑給詹特利。詹特利抓住槍，立刻蹲低。

那是把HK MP5衝鋒槍，是世上最常見的衝鋒槍。灰影人的雙手握起槍，他感到十分舒服。他拉開彈匣，裡頭裝滿彈藥，有三十發九釐米的實心彈。他對著受傷的警察大叫，要他把另一把步槍傳給沒受傷的人。當對方取得槍，詹特利大喊：「切換到半自動模式！往同樣的方向開槍！直到用光子彈！明白嗎？」

「好（法語）！」警察叫道。

「上！」

寇特蹲了下來，快速沿著月台邊緣往北移動，慢慢靠近從山丘上下來的四人。

一台火車正從北方遠處駛來。寇特．詹特利聽到村莊的方向傳來警笛聲。當他沿著軌道穿越雪地，他試圖排除心中的其他念頭，只專注於逼近月台的人們，那些人就位在前方水泥地的轉角。他的手腕腫脹，膝蓋也傳來刺痛。昨天下午逃離拉斯茲洛．斯札波在布達佩斯的家時，膝蓋被窗戶玻璃劃傷了。星期四的時候大腿中了槍傷，多日來不曾停歇的痛楚已經是當下最微不足道的問題。

距離水泥月台角落只有不到三公尺時，他聽到那些人的聲音：他們說西班牙語。**西班牙語？**難道整個地球的人都想把他殺了嗎？這群人縮在通往月台的階梯旁。儘管詹特利的耳朵嗡嗡作響，他依然能聽到MP5衝鋒槍切換彈匣時的喀嚓聲和彈簧收緊的聲音。

詹特利起身，兩名同樣站起身的面罩男子與他正面相對。寇特．詹特利在不到三公尺的距離，單手發射全自動模式的HK衝鋒槍，兩名男子應聲倒地。他往這兩具扭動的軀體各補了一槍。他拋下手中的衝鋒槍，從槍手的屍體上拿起一把新的武器，轉身跑回月台。

他從未考慮過逃跑。儘管他曾經擁有完美的機會，能夠逃離說西班牙語的殺手小隊和瑞士警方，但寇特已經參與了當下發生的戰鬥，此時離開似乎不太正確。那兩個無辜的警察還活著，他們不可能靠著自己的力量撐下去。隨著警笛的逼近，火車站裡少數剩餘的玻璃窗反映出警車的閃光。寇特．詹特利跑回去幫忙兩名警察，沒受傷的手臂把HK衝鋒槍舉到前方，找尋新的攻擊目標。

21

克萊兒．費茲羅伊坐在床上，望著窗外的草坪與遠處的茂密森林。自從他們昨天下午來到這座城堡後，天空看起來單調又灰暗，但今天早上雲層已經散開，現在她能看到遠處一大片景致。

她幾乎沒碰放在身旁的午餐。凱特和爸媽還在樓下的廚房，他們身旁還有穿著皮衣的男人們，跟著她爸走來走去。克萊兒提早離開餐桌，她跟爸媽說自己肚子痛，請他們讓她回房。

她確實肚子痛，因為她已經擔心了一整天。昨天匆忙地離開學校之後、一臉擔憂的爸媽、爸爸和爺爺在電話上的爭吵、那些帶槍的男子，以及搭乘黑色大車到鄉間城堡的路程上都讓她擔心不已。

外頭某個東西吸引了她的注意。她走近臥室的窗口，瞇起眼睛一看，便立刻興奮地站起身。她看到遠處有一群尖塔。她認出了那些尖塔！那是貝約的聖母主教座堂（Notre Dame Cathedral），貝約有間警察局，就在爸爸去年帶她和凱特去過的大水車附近，那時身穿整齊制服的警察曾對她微笑。

如果她能離開房子，或許可以跑過巨大的後草坪，再穿越蘋果園、走過森林，抵達寒冷的貝約。到了那裡，她可以去警察局，把事情告訴警察。警察們會來幫忙，強迫那些說難聽外國話的皮衣男子放了她們一家人。

爸爸跟媽媽都會很開心的！

路途很遙遠，但她知道自己辦得到，因為她是足球隊裡最快的邊鋒。她可以溜到樓下的地窖，再從前一天晚上追逐貓咪時看到的小窗戶跑出去。

八歲的克萊兒．費茲羅伊下定決心，她穿起外套，戴上手套，猛地打開通往浴室的門。一踏進光線暗淡的長廊，她就聽到樓梯間傳來樓上的說話聲。她快步跑過走廊，上了樓梯。她走路時壓低身子，小腳悄悄地移動，以免製造聲響。

她忽然聽到頭頂傳來一陣叫聲。她立刻停下腳步，抬頭往上看。另一陣叫聲傳了過來，聽起來是來自三樓。當她準備再次往下走，卻聽到低沉的喉音。

那是唐納爺爺，他聽起來在啜泣。

她迅速走到一樓，小心翼翼地繞過廚房和餐廳，因為她的父母和凱特正在那裡吃午餐。爸爸如果看到她會勃然大怒，叫她立刻回到房間。

前方的走廊要向右轉，那裡有一條通往樓下酒窖的石階。克萊兒迅速移動，但她時時刻刻小心行動，避免弄出會洩漏動靜的聲音。

她衝過轉角時差點撞上高大守衛的屁股。

克萊兒嚇得停下腳步。她站在那個男人的後頭，男子穿著棕色高領毛衣，用黑色背帶綁住胸前的步槍，腰帶上掛了一把手槍和無線電。他在走廊上巡邏，愈走愈遠，動作安靜無聲。克萊兒不敢後退或轉身逃跑，她沉默地站在男子身後的走廊中央。男子走得很緩慢，兩人的距離從一百五十公分慢慢拉開，變成三公尺，再來是六公尺。

守衛打開左手邊的門。前一晚和凱特探索時，她們發現那是間小浴室。

男人隨後關上門。

她聽到有更多人在她身後交談，於是她趕緊衝過廁所門口，跑到前往地窖的石階上。

一分鐘後，她爬上架子，瘦小的軀體擠過窗口，鑽到後草坪上。她蹲起身子，環顧四周，遠處有個男人正遛著一條大狗。男人像走廊上的人一樣，行進方向和克萊兒相反。克萊兒眺望遠方，視線橫跨蘋果樹，碰到彼端的地平線。

她的目的地就在那裡：貝約聖母主教座堂。

她多看幾眼之後才心滿意足，隨即動身出發。她站起身，小短腿盡力衝刺。當時很冷，竄過噴水池旁時，口中的喘息如蒸氣般上升。她抵達另一側，繼續以平生最快的速度奔跑。

僅僅幾週前，她才在對抗胡桃樹道小學（Walnut Tree Walk Primary School）的足球賽中成功進球。當時那顆威脅球彈開，她正好位於左邊線上。她快速把球踢近球門，在近距離盤球，放低身體踢出去。這是她這個季度第一次射門得分。

爸爸太高興了，回家的路上帶著女孩們去吃了披薩。在那之後，他每天都會提起這件事。

克萊兒跑過修剪整齊的綠色草坪，她彷彿在球門前追球。她得忽視胸腔中刺骨的冷空氣，以及雙腿宛如被匕首刺傷的痛楚。她得抵達果園，壞人才抓不到她。**她必須抵達尖塔附近的警局，她必須把城堡裡發生的事告訴別人。她必須拯救自己的家人。**

她距離果園只有幾公尺了，鼻子能聞到甜膩的蘋果香氣，這時身後響起震耳欲聾的步槍開火聲，面前的果園反彈出槍聲的回音。她摔了一跤，一頭栽進果園邊緣的低矮灌木中。

「搞什麼鬼？」洛伊聽到步槍聲，訝異地叫道。他把頭探出控制室，他看見三樓走廊末端的守衛也是一頭霧水的樣子。

洛伊衝過守衛身邊，跑到樓下。他脫了西裝外套，鬆開的領帶掛在脖子上，領口也大大張開。他的袖管捲起，腋下、臉孔和頭髮滿是汗水。襯衫摩擦著新傷口，布料染上一絲汗水與血液。

抵達二樓平台時，他差點撞到上來找他的白俄羅斯人。

「發生了什麼事？誰在開槍？」洛伊問道。

「拜託，請你快過來！」

洛伊跟著白俄羅斯男子走到一樓，起居間響起尖叫聲。那是愛麗絲·費茲羅伊的尖叫聲，因為來自明斯克的大漢正對她大吼。菲利克斯先生走了出來，詢問洛伊發生了什麼事，洛伊指示他回去書房，把門關上。洛伊打算走進廚房，但帶路的守衛轉身抓住他的手臂。他試圖說了一些話，但他的英語很糟，糟到洛伊聽不懂。洛伊打掉男子的手，但依然跟著他走出後門。

剛開始，美國律師只看到白色石砌噴水池、翠綠草坪、遠方的蘋果園和清澈的藍天。他跟著守衛繞過噴水池側邊，三名白俄羅斯人和一條狗站在草地上某個東西旁邊。

「詹特利？」洛伊不敢置信。他怎麼可能這麼快就……

帶著狗的男人讓到一旁，讓洛伊清楚看到那個正面朝下的屍體。

洛伊咬緊下顎。「該死、該死、該死！今天不應該出現任何意外！」

一個守衛正從一百五十公尺之外的果園走過來。他右手握著牽繩，他帶著一條黑色大獵犬，胸前掛了把散彈槍，左手緊緊抓住棕髮小女孩的手腕。

那是雙胞胎女孩其中的一個。洛伊沒花時間記下她們的名字，也不曉得如何分辨她們。

洛伊扯下白俄羅斯人腰帶上的無線電，按下傳輸鍵。「帶她繞路走前門。我們不需要一個歇斯底里的小鬼。」

「是的，長官。」遠處抓著女孩的男子用對講機回覆。他用力拉著女孩，帶她離開果園，遠離她父親，也就是那具倒在茂密草地上的遺體。她父親的後腦上有個小洞，臉被轟得不成樣子。

詹特利開上高速公路，往南駛向洛桑，再繞過日內瓦湖（Lake Geneva），前往西方。他的綠色卡車上有幾個九釐米彈孔，但量表上的油壓和油量指針都穩穩維持在中央。在他後頭的火車站裡，至少有四名南美人已經死在雪中。四台警車剛抵達現場，這八名警察逮住了其他南美人。正當大型城際火車駛進月台，寇特成功跨越了軌道，隨即快步跑回山丘上，爬進還插著鑰匙、引擎也還沒熄火的綠色卡車。

現在他要逃出生天。十五分鐘前，他還是瑞士的頭號通緝犯。雖然在火車站開火的南美洲槍手成了警方現在的首要目標，但詹特利知道自己依然是次要目標。當地警察很快就會發出警告，告知大眾某個通緝要犯正開著滿是彈痕的綠色卡車到處跑。

22

沒人通知白俄羅斯人關於直升機的事。因此，當一台賽考斯基S-76型直升機出現在南邊樹林上空，並降落在停車場旁的停機坪時，眾人亂成一團。

只有洛伊知道有一台直升機會從巴黎過來。他坐在控制室，旋翼聲迴盪在身旁的含鉛玻璃。他讓技師去樓下午休，並把費茲羅伊的椅子推到隔壁浴室裡，費茲羅伊依舊被鏈子綁在椅子上。

洛伊獨自坐在房間內，盯著面前的石牆。

三分鐘後，身後的門打開了。洛伊並沒有立刻轉身。

「洛伊？洛伊？」

洛伊緩緩轉動旋轉椅，與新的訪客面對面。里格爾是個高大的男子，身高至少有一百八十公分。夾帶幾絲灰髮的金髮往後梳，金色眉毛十分茂密。他穿著厚重的卡其褲與輕便麂皮運動外套，襯衫的領口敞開。他比洛伊大了二十歲左右，但他鍛鍊身體毫不懈怠。聽著里格爾強而有力的嗓音、看著里格爾盛氣凌人的面容，洛伊知道今天下午將變得難熬又疲累。

洛伊回話時依然坐著。「里格爾先生，歡迎來到羅蘭莊園。」

里格爾大發雷霆。「你為何不通知守衛我會過來的消息？三個白俄羅斯人差點對我的專機開槍了。」

「如果真是那樣，那就太不幸了。」

里格爾好像還想繼續爭吵，但最後放棄了。

「阿布貝克的代表在哪？」

「菲利克斯先生在樓下，他就待在書房隔壁的房間。我跟他說，如果我有消息，就會打電話通知。」

「詹特利又逃脫了。」

「我聽說了。」

「但我們已經掌控了日內瓦。如果他出現在那裡，我們就會逮到他。」

「你很有信心呢。」

「我們或許沒能在街上把他一槍打死，但也已經讓他疲憊不堪。不久，他就會用光武器、彈藥和時間，無路可逃且命懸一線。」

「希望你說得沒錯。人質快用光了。」

里格爾坐在技師的椅子上。「我在路上的時候打電話告訴過你，是馬克．羅蘭命令我來此提供現場諮詢。別那樣看我，我也不想過來這裡。無論結果如何，你捅了婁子，還讓情況惡化，危及我的職業生涯。我只是個負責止損的清潔工。當羅蘭聽說守衛殺了人質……他只說了一句：『庫爾特，趕去那裡，做你該做的事。』」

洛伊的回應夾雜了疲憊和諷刺。「羅蘭先生不必擔心，我不認為會再次出事。這裡也沒有其他爸爸可以再殺了。」

「費茲羅伊一家在哪裡？」

「鎖在二樓的房間。」

「他們知道這起事件嗎？」
「小孩不曉得。但她們的母親知道。」
「她態度如何？」
「一個守衛爲她注射了鎮靜劑，劑量很高，足以讓她安靜一陣子。」
里格爾點了點頭。「唐納爵士在哪兒？」
洛伊抬起下巴，朝著房間對面的門示意。「他在裡頭呢。」
「當初爲何發生槍擊事件？」
洛伊聳聳肩。某一瞬間，他對整件任務失去所有興趣。「一個死小鬼想逃跑。屋頂上的狙擊手看到她，用無線電通知樓下。我當時在忙，也關了無線電。守衛去追她時，菲利浦失控了，可能是以爲他們會傷害她。他撞倒走廊上兩個明斯克武裝守衛，再從後門衝出去救他女兒。」
「然後呢？」
「狙擊手把他殺了。」
里格爾望向窗外的後草坪。「可憐的傢伙，他本來只是想保護家人，他只是想把女兒帶回來而已。他不會背棄其他人，因爲每一個父親都不會拋下自己的家庭。」
「我們雇來的狙擊手應該沒有家庭。」
「唐納爵士知道這件事嗎？」
「知道。我告訴他了。」
「他有什麼反應？」
「一點情緒都沒有，他只是呆坐在原地。」
「好吧。我會跟他談談，盡量向他解釋這是場意外。」

「祝你好運。」

「你休息一下吧，洛伊。你看起來狀態很糟。」

洛伊站起身。里格爾看到他襯衫上的血跡，但什麼也沒說。

洛伊說：「任務的一切還是由我主導。」

庫爾特．里格爾不敢置信地搖頭。「我無所謂，我不想承擔更多關於這件任務的責任，我只是來提供意見。我會給出一些有用的建議。像是不要搞丟只有八歲的女孩、不要射殺不會造成危險且不會逃跑的人質，或者是在友方直升機降落時通知守衛。你知道的，就是諸如此類的建議。」

洛伊站起來，一語不發地走向通往廚房的樓梯。

里格爾打開房間另一頭的門，洛伊說唐納爵士就在這間房間裡。他訝異地發現這是間鋪了磁磚的大型浴室，浴室裡點了幾支蠟燭，費茲羅伊就坐在房間中央的椅子上。他抬頭看向里格爾，雙眼濕潤且布滿血絲。厚實的鐵鍊將他的頭、雙手和腳踝固定在椅子上，他的襯衫被撕爛，堆在一旁的地上，他現在只穿著沾滿汗水與血跡的內衣。他的臉曾經遭到毆打，破裂的粗花呢長褲上也有幾滴血跡，里格爾認爲那應該是穿刺傷痕。

「該死。」里格爾說。他走出房間，向走廊探頭，叫兩名靠近樓梯的蘇格蘭守衛過來。「拿掉他身上的鍊子，把他打理乾淨，包紮好他的腿。叫人找乾淨的衣服給他！該死，趕快行動！」

十五分鐘後，二樓主臥室裡，里格爾坐在大床邊的凳子上。唐納爵士躺在床上瞪著他，他的手銬已經鬆開，身體也清理過，並換上乾淨衣服。他的左邊太陽穴輕微擦傷，傷處貼了塊繃帶。但他下巴上和雙眼周圍的瘀青卻沒有得到關照。

一開始，兩人都不說話，而後費茲羅伊搖頭拒絕了對方遞出的咖啡。他低垂眼簾，眼中充滿惡意。

最後里格爾找到了開口的契機。「你好，唐納爵士，我是里格爾。首先，讓我對你遭受的待遇致上誠懇的歉意。我不曉得洛伊會……好吧，藉口就省了。我得負起責任，我會修正這些錯誤。」

費茲羅伊一句話也沒說，但他的眼神看起來毫無謝意。

「我已經讓人送食物和水過來了。還是你想要一點重口味的東西，像是白蘭地之類的？你們英國人很喜歡在下午喝一杯，對吧？」

老人依然不回答。

「第二，我對你兒子的死深感遺憾。無論怎麼說或怎麼做，我都無法……」

「那就他媽的別提了。」費茲羅伊的嗓音聽起來粗糙又沙啞。

「了解。我只是想讓你知道……大家都不希望這種事發生。同樣的，我不會提出任何藉口，我應該一直待在現場。一聽說意外發生，我就出發趕過來。你兒子做了天底下所有父親都會做的事，他不該因此遭到槍殺。」接著他又說：「他只是做了任何父親在這種狀況下都會做的事。」

費茲羅伊不回話，似乎在思考這點。

「從現在起，我會親自照顧你和你家人，洛伊先生則會制訂找尋並消滅灰影人的行動。我也會掌管此地的防禦措施，以免詹特利先生躲過我們派出去的獵人，雖然這不太可能發生就是了。」

「他很快就會過來這裡了，德國佬。」

里格爾微微一笑，挺起身體。「他成功擊敗或阻止了阿爾巴尼亞人、印尼人和委內瑞拉人的刺殺。他也逃離利比亞人的追擊，甚至其中一人還受了傷。這代表他已經徹底殲滅了三支小隊，還耗盡了第四支隊伍的人力。不過，一路上還有九支隊伍，一共約四十個人。另外，一百個街頭藝術家在找他，十四名警衛守在城堡周圍的警戒線。這裡還有位技師，負責監控路線中所有已知人脈的電話與電腦。據說他受傷了，現在肯定疲憊不堪，手上的資源也愈來愈少了。」

「他會過來這裡。」費茲羅伊的語氣相當篤定。

里格爾和藹地微笑。「我們到時候就知道了。」接著他的眼神變得更陰沉。「唐納爵士，你是個專業人士，你一定明白自身現在的處境。如果我跟你說，等灰影人的事塵埃落定，我們會讓你走，這種話簡直就是侮辱你的智慧。你我都清楚，我們無法打開門讓你離開。我不想說得太戲劇性，但是……就像電影主角們說的，『你知道太多了。』無論詹特利或拉哥斯合約的結果如何，你都不可能活著離開羅蘭莊園。啊，看來你很清楚這點，我很高興能從你的眼神中看出答案。

「但我想要立下承諾，只有我們兩位專業人士之間的承諾。雙胞胎女孩和你的媳婦並不會受到傷害，她們已經經歷太多困難了。她們只需要待到詹特利先生抵達，之後她們就自由了。只要灰影人不連絡別人、不帶警察或軍隊過來，那無論阿布貝克總統是否簽署合約，她們都不會有危險。

「我也向你保證，洛伊先生不會再對你做出毫無敬意的舉動。」

費茲羅伊點頭並揚起下巴。「妥善處理我兒子的遺體。」

「當然了。我會讓人送來恰當的棺材，並用直升機把菲利浦載回英國。等他太太回家，我們就會把他送去她選擇的墓地。」

費茲羅伊緩緩點頭。「只要你這樣做，且當灰影人今晚出現在這裡時確保讓女孩們遠離火線，我就當作欠你一次人情，也不會干擾你的任務。」

當灰影人今晚出現在這裡。里格爾努力擠出微笑。「一言為定。在大戰開始前，我還能做什麼來滿足你嗎？」他的話語不禁夾上一絲諷刺。

「如果可以的話，我想和克萊兒談談，我有點擔心她。我不敢想像她腦袋裡現在有什麼想法，希望你可以讓我們私下聊個幾句話。」

「克萊兒是雙胞胎之一嗎？我可以幫忙安排。」

「太好了，謝謝你。」

十分鐘後，里格爾站在廚房，對面是洛伊。他們倆都喝了咖啡，並忽視面前擺的一盤三明治。

「你爲何虐待費茲羅伊？」

「他並沒有認眞看待這個情況。」

「你瘋了，洛伊。我猜或許你在童年時就被診斷出瘋狂的症狀，但不知爲何，你成功對中情局和馬克．羅蘭隱藏精神方面的問題。」

「惡言惡語傷不了我，里格爾。」

「別碰費茲羅伊。」

「你的麻煩更大，里格爾。我們需要派探員去瑞士，清理詹特利捅出的婁子。」

「你想說什麼？」

「技師剛從洛桑的監視者口中聽到情報，他說瑞士人活捉了兩名委內瑞拉的殺手。我們得確保他們不會洩密。」

「你想殺了他們？」

「不然我們還能怎麼讓他們保持緘默？」

里格爾聳聳肩。「少了羅蘭集團，委內瑞拉的鑽油業就會停止運作。少了羅蘭集團，他們能出口的石油就無法運往海外的煉油廠。查維茲需要我們，我們也需要他。區區幾個無法達成任務或拚死掙扎的槍手，並不會危及我們和那個狂人之間的良好關係。我會打電話給位於卡拉卡斯的委內瑞拉情報局局長，讓他知道即便殺手搞砸了任務，只要他們好好閉嘴的話，我就會給局長一些安慰獎。等瑞士讓委內瑞拉大使館的官員去牢裡和兩名生還的殺手見面，我相信這兩個混蛋會收到消息，如果他們不擔下責任，老家的家人就會遭遇不測。只要他們對警方提到，有家跨國企業雇用了好幾個第三世界國家情報單位的殺手小隊，讓她們追殺一個橫跨歐洲的人……哎，她們的妻小、父母和鄰居就會被送進委內瑞拉的勞改營。」

洛伊相當佩服。「這就是你不用傭兵的原因嗎？」

「傭兵只對自己負責。我偏好用那些受制於其他因素的人，這樣我才能掌控他們。」

洛伊點頭。「現在，我們唯一要做的是找到詹特利。」

「我們在日內瓦的每個出入點、每個已知人脈的住處和每家醫院都派駐了羅蘭集團的人馬。技師已經監控了電話和警用無線電。我們派南非人前往市中心，隨時準備出動。如果監視者看到灰影人，殺手小隊十五分鐘內就能出動。」

費茲羅伊沒有吃東西，不過他喝了兩杯白蘭地和一點瓶裝水。他因為洛伊元氣大傷，但他並沒有因此感到挫敗。他的大腿被刀刃刺傷，頭部也被重重毆打，但他知道這僅是男子出於絕望的攻擊。

七〇年代，費茲羅伊曾在阿爾斯特擔任情報人員，有一次在計程車站旁被一整車頭戴兜帽的北愛爾蘭共和軍臨時派成員（Provo）綁架。他們把他帶到一座倉庫，用好幾根水管毆打他九十分鐘。之後，空降特勤團（SAS）快速反應部隊跳下直升機，並在槍戰中殺掉三名愛爾蘭共和軍（IRA），並處決另外兩人，把他們壓在倉庫牆壁上槍斃。得救後，當時二十六歲的費茲羅伊斷了六根骨頭，左眼的視力也永久性減弱。

洛伊對他的攻擊和那次的經驗完全不同。儘管洛伊當時陷入情緒之中，他實在不懂得折磨人。而且，他也沒有遠大目標或信念，他只有一分癲狂，和兩分絕望所引發的焦慮。費茲羅伊知道，在整件事中，或許只有寇特·詹特利比洛伊的處境更糟、更危險。如果朱留斯·阿布貝克明天早上八點沒有簽署合約，羅蘭很可能會讓里格爾殺了洛伊。

儘管遭受毒打，唐納爵士並沒有受挫。他有自己的計畫，他打算利用自己的智慧、技藝與終生經驗。他曾經靠著操控周遭人物達成自己無法獨力完成的事。儘管受困床上，唐納·費茲羅伊爵士正在策畫殘忍的報復行動，他要向這些膽敢惹毛他、他家人和手下頂尖刺客的傢伙報仇。

門緩緩打開。費茲羅伊喝光最後一滴白蘭地，迅速把酒杯擺在床頭櫃上。

克萊兒小心翼翼、怯生生地進門。她看到費茲羅伊後便衝過房間，跑到爺爺身旁。她緊緊抱住費茲羅伊粗厚的脖頸。

「哈囉，親愛的。你好嗎？」

「我很好，唐納爺爺。你受傷了！」

「我只是在樓梯上摔了一跤，親愛的，別擔心。凱特還好嗎？」

「她沒事。她喜歡待在這裡。」

「你不喜歡這裡嗎？」

「不喜歡。我很害怕。」

「害怕什麼？」

「我害怕那些人。他們對我和凱特很凶，對爸媽也很凶。」

「你有乖乖的嗎？」

「有，唐納爺爺。」

「乖女孩。」費茲羅伊往窗外看了一下。接著他說：「克萊兒，親愛的，我想玩個小遊戲。你願意陪我嗎？」

「玩遊戲？」

「對。有個人……在監視我們。他早上和我一起搭直升機過來，我聽到他朋友叫他里瑞，他是個愛爾蘭人。你知道我說的是哪個人嗎？」

「他是紅頭髮嗎？」

「乖女孩，你說對了。」

「我知道他，爺爺。他坐在樓梯底下的椅子上。」

「是嗎？好吧，克萊兒，我注意到里瑞先生穿了藍色大夾克，夾克口袋裡有一支電話。他在屋裡應該不會穿夾克，那件夾克可能在衣櫥、在地上，或是樓下的沙發上。或許我們可以和紅髮先生玩個遊戲，你就像隻小貓般偷溜過去，從夾克口袋裡拿走電話。你覺得自己辦得到嗎？」

「我看到他的外套就掛在衣帽架上，我也看到口袋裡的電話。我可以趁他去廚房喝茶時拿走電話。」

「乖女孩。請你幫唐納爺爺去拿電話。等你拿到後，請把它藏在口袋或毛衣裡，然後跟守衛說你想過來看我。」

「萬一他們不讓我過來呢？」

「你可以跟他們說你是凱特。你能假裝成凱特嗎？你直接告訴守衛，剛剛克萊兒來看過我，凱特也應該可以過來，這樣才公平。」

「可是我跟凱特長得不一樣，爺爺。」

「相信我，親愛的，對這些人來說，你們長得完全一樣。你到時候換一件衣服，然後跟他們說你是凱特，想過來和親愛的爺爺聊聊天。」

「好吧。我會試著幫你偷電話之後再偷偷拿過來。」

「這不是偷，這只是個遊戲，親愛的。」

「不，這不是遊戲。我不是小孩了，我知道發生了什麼事。」

「對，你當然知道。我就知道你會知道。請別擔心，一切都會沒事的。」

「爸爸在哪兒？」

費茲羅伊停滯了一下，但神情依舊泰然自若。近半世紀以來，唐納爵士對探員們撒了無數謊言，他不覺得對著親人撒謊有多困難。「他在倫敦，親愛的。你很快也能回家。快去吧，小心走。」

23

寇特把車停在日內瓦最大的火車站——科爾納萬車站（Gare de Cornavin），車站位於市區北邊，這裡的建築比較老舊。在火車站停車是這行業的小技巧，等到不久之後有人發現這台車時，追蹤他的人會以爲他可能搭了第一班列車離開城市，導致他們得花費時間與人力調查他的去向。

雖然這也幫不上太多忙，但把車停在火車站也好，至少不必把車明目張膽地停在眞正目的地的門前。

氣溫冷冽，但陽光很明亮，晚秋的落葉飄過城市寬闊的街道。他從車站往南走，經過站在街頭的妓女和紅燈區的情趣用品店，走上了橋墩，穿過流向日內瓦湖的運河，一路上，他和即將前往街頭娼妓與情趣用品店的中年銀行家與外交官擦肩而過。往南走了五分鐘後，陡峭的丘陵從現代建築物中緩緩現身，向著舊城區（Old Town）景色如畫的古老建築綿延而去。寬闊的現代街道變成不平整的鵝卵石步道，兩旁的時尚店鋪則忽然變成一排排中世紀石牆。

詹特利參考了掛在旅館大廳牆上的觀光地圖，他小心閃躲，不讓身旁的日本觀光客看到他因擦傷而腫脹的左腕。接著，他回到冷冽的街道，往上坡巷弄走了一兩分鐘後，他來到聖彼得大教堂（Cathedrale St-Pierre）前方的廣場。那是週六下午，遊客們站在廣場上，他們的頭、雙眼和相機都對準了雄偉的老教堂。詹特利走在二十幾個觀光客後頭，悄悄走入教堂南側的小路。他左邊有道一百八十公分高的白牆，正中央是一道大型鐵門。經過大門時，他往裡窺視，內部有座白色房屋，房屋前還有座小花園，通往前門的狹窄走道兩側各種了一棵栗子樹。聖彼得大教堂聳立在樹木前方，樹木被擋在陰影之下，只能努力追尋光芒。詹特利沿著從單向道延伸出去的鵝卵石小徑走，順著蜿蜒走道，他穿過通往下坡的狹窄隧道，再繞回白色房屋後頭。

這裡的牆壁有兩層樓高。旁邊有座外形現代的公寓樓，一側是美甲沙龍，另一側則是托兒所。幾個觀光客繞向狹窄的購物街，這條街一路蔓延到遠處的丘陵後方。

詹特利立刻看到監視者。距離他二十多公尺的地方，有個外表出眾的女子，金色長髮綁成了辮子。她坐在購物街旁小運動場中的野餐桌，雙眼注視著右邊的白色房屋。

詹特利轉身走回人行隧道，沿路往上走到白色房屋的牆邊。牆上裝了鐵製扶手，以幫助行人走上陡峭的通道。他踩上扶手，用沒受傷的右手臂將自己拉到圍牆頂端。他的腿用力一踢，另一條腿翻過牆頂，落地時，沒受傷的左腿先踏上地面，承受降落帶來的衝擊力。

單手攀爬和掉落的過程依然讓他疼痛不已。

詹特利躲在小花園內，他透過玻璃看到保全系統。他知道如何避開各種設施，但這個看起來太複雜了，他需要破解圖、工具和時間。

詹特利低身移動到一扇窗戶下，在側門邊站起身。他抽出逃離戰場前在月台撿起的貝瑞塔手槍，那是某個陣亡的瑞士員警掉在地上的武器。他嘗試打開側門，同時把槍壓低，擺在自己身邊。

門鎖打開了。

他踏上走廊，走進設備齊全的廚房。裡頭沒有開燈。他聽到隔壁房間傳來的電視聲。廚房另一側走廊上，鏡子倒映出閃爍的電視機，他便利用鏡子的搖曳反光來看路。

他在廚房流理檯上看到一把手槍：原寸的M1911型.45手槍。

這是美國人常用的槍。

詹特利謹慎地跨越廚房。他拿走武器，並將它塞入褲子後面的褲腰中，這動作使他腫脹的手腕傳來電擊般的劇痛。詹特利潛進走廊，充滿信心地起身走進寬闊的客廳。

大型壁爐上掛了台電漿螢幕，壁爐中的松木劈啪作響。

有個人坐在皮革沙發上，背對著詹特利，雙眼盯著電視。電視中的聲音是法語，但詹特利看到了畫面上的火車站。不到兩小時前，他才站在同一個火車站的月台上，對著那個趴在積雪水泥地上的死亡員警說過話。影片中，黃色防水布蓋住他年輕且僵直的軀體，畫面就斷在那一刻。

詹特利把槍收回槍套。周圍沒有其他人。

「哈囉，莫里斯（Maurice）。」

男子站起來，轉身看向他。他很蒼白，臉上滿是皺紋，年齡顯然已經超過七十歲，看起來也不太健康。老人對詹特利的出現感到驚訝，但沒顯露出任何情緒。他用纖細的雙腿站著。

「哈囉，詹特利。」美式英語。

「別浪費時間去看別的地方了。」詹特利說。「我手上有你的槍。」

莫里斯微笑。「不。你有我的**其中一把**槍。」老人從上衣抽出一把小型左輪手槍，槍口對準詹特利的胸膛。「你可沒有這把。」

「我沒料到你如此疑神疑鬼，以前你可沒那麼戒慎恐懼。」

「即便如此，直到你確定我沒有武器前，都該用槍指著我。」

「看來我得這麼做才行。」

老人猶豫了幾秒，但手上的左輪手槍不曾動搖。「該死，小子。我以前教給你的東西都忘了嗎？你退步了。」

「對不起，先生。」詹特利怯懦地說。

「你看起來很糟。」

「我這幾天過得不太好。」

「你以前就算過得不太好，看起來也沒現在這麼糟。」

詹特利聳聳肩。「別把我當小孩。」

老人看了詹特利很久。「你從來都不是小孩。」

莫里斯在手中轉了一圈左輪手槍，再將它拋給詹特利。詹特利接住槍，並仔細觀察它。

「警用特殊短管.38手槍，另一把是M1911型。莫里斯，雖然你老了，沒人規定你只能用老槍。」

「去你的。要喝啤酒嗎？」

詹特利把左輪手槍拋到皮革沙發上。「那是我現在最想要的東西。」

兩分鐘後，詹特利坐在廚房流理台上。他把一袋冷凍藍莓靠在左腕上，低溫刺痛他的皮膚，同時也減輕了腫脹的狀況。還好他尚能移動手指，左手還勉強能用。

接待他的人是莫里斯，他只知道他這個名字。詹特利不曉得對方的眞名，但他確信對方的名字**絕對不是**莫里斯。莫里斯是中情局的資深探員，也是特種行動作戰單位獨立探員發展計畫訓練中心裡的首席教官，訓練中心位於北卡羅萊納州哈維角（Harvey Point），詹特利曾在那裡受訓。詹特利只知道幾件關於這男人的事蹟和過往。莫里斯在越南打出名聲，在鳳凰行動（Phoenix Program）中暗殺過目標，之後二十年裡，一直在莫斯科與柏林擔任冷戰時代下的間諜。

退役多年後，他在中情局擔任教官，當時二十歲的殺人犯詹特利被送進位於大西洋近郊的教室。當時的詹特利大膽又安靜，資歷非常新，但他擁有令人無法想像的智慧、紀律和熱忱。兩年內，莫里斯將他送出訓練中心，並對計畫領導人說「這小子是他訓練過最厲害的重要探員」。

那是十四年前的事。此後，他們鮮少碰面。九一一事件後，莫里斯被召回職場，大多還活著的高階退休探員都受到徵召。由於高齡與不穩定的健康狀況，他被派到日內瓦，處理中情局祕密行動處（Directorate of Clandestine Services）的財務事務。四十年來，他爲中情局空殼企業開設電子帳戶，使他累積了關於瑞士銀行與銀行家的大量知識，也讓他成爲全球探員與任務的主計官。

這份工作很輕鬆，甚至比他年輕時接過的許多工作更乾淨，但這份工作依然有危險與爭議。詹特利被逐出中情局後不久，莫里斯也遭到解雇，理由是挪用公款之類的，但詹特利完全不相信官方的說法。

根據蘭利的說法，莫里斯已經從中情局退休了，但詹特利不確定這點是否屬實，他也無法完全相信莫里斯不會背叛自己，因此他剛開始對老師仍存有疑心。

莫里斯把一瓶法國啤酒遞給詹特利，詹特利把那袋冷凍藍莓放到膝上，手腕靠在袋子上頭，刺骨的低溫逐漸麻痺了痛覺。老人問：「你的傷嚴重嗎？」

「還好。」

「你一直是個強韌的混蛋。」

「我從一流高手身上學到不要抱怨，因爲那一點用都沒有。」

「我已經六年沒看過你了。上次是在賽普勒斯（Cyprus），對嗎？」

「是的。」

「你看到外頭的監視人了嗎？」

「是那個綁辮子的女人。」

「好小子。她挺厲害的，穿得像個觀光客。舊城區有很多觀光客。但我討厭觀光客。」

「因爲觀光客的臉孔轉瞬即逝。」

「沒錯。寇特，記得對自己好一點。如果你打算退休，一定要搬到鳥不生蛋的地方，這樣才不會有觀光客。」

「沒問題。」

莫里斯開始咳嗽，之後他清了清喉嚨。「最近我聽到一些謠言。只是一些虛無飄渺的言論，還沒有具體的前因後果，得要等待有心人將一切串聯起來。布拉格、布達佩斯，和奧地利邊界今天早上發生的事。我知道有大事發生，但不知道有誰參與，直到十一點半我家的警報響起。大約在她出現一小時後，當地所有的新聞頻道都開始播送發生在洛桑北邊的槍戰新聞。那時候，我就知道你要往這兒來。」

「你怎麼知道是我？」

「我拼湊了各種線索：一個死不了的要犯、一路上造成死傷無數。隨著屍體出現在更近的地點，我就知道『寇特要來了』。」

「我的確來了。」詹特利心不在焉地同意，他看著手裡的瓶子。

「拜託告訴我，你不是開槍射殺那些可憐警察的凶手。」

「你知道我的作風，我不殺警察。」

「我曾經知道你的作風，但人總是會變。」

「我不曾變過。那時警方抓住我，突然間出現了一支殺手小隊。我試著說服警察，告訴他們我不是眼下最大的麻煩，但他們不聽。」

「很多人要你死，寇特。」

「你也不算什麼萬人迷。中情局也把你開除了。」

「至少沒人對我下達追殺令。你才是他們要搞的對象。」

「不過他們誣陷你的方式錯了，莫里斯。你是個老實人，他們該讓你名聲清白。」

莫里斯什麼也沒說。

「這些日子裡，你都在做些什麼？」詹特利問。

「財務工作，在私人企業。我不做間諜了。」

詹特利掃視這座昂貴的不動產。「你看起來過得不錯。」

「錢滾錢，你沒聽過嗎？」

詹特利察覺到對方的戒備心理。他大口喝下啤酒，並旋轉手臂，以便讓低溫在腫脹的手腕上擴散。「你記得蘭利有個叫洛伊的人嗎？」

「當然。一個打扮得光鮮亮麗的小娘炮，好像在倫敦哪間學校取得法律學位，應該是國王學院。在我被開除不久前，他曾經干擾了我在開曼群島（the Caymans）進行的財務任務。那小子挺聰明，但他是個混蛋。」

「他是這趟渾水的核心人物。」

「你在開玩笑嗎？當時他好像才二十八歲，現在應該只有三十二歲左右。我聽說他一年前離開蘭利了。」

「好人都去哪裡了？」詹特利語氣誇張地說。

「九一一事件之前，我們只有幾顆老鼠屎。九一一後，我們就亂成一鍋粥，整鍋幾乎都是老鼠屎。爛事都一樣，但規模愈來愈大。一點都不奇怪。」

他們沉默地啜飲啤酒，在彼此的陪伴中放鬆，彷彿他們一起度過了每個週日下午四點。莫里斯開始咳嗽，又轉爲乾咳。

當他咳完，詹特利問：「你怎麼了？」

莫里斯躲開眼神，接著毫無情緒地回答。「肺和肝。」

「很糟嗎？」

「好消息是，我可能不會死於肺癌，因爲我可能會先死於肝病。相反地，如果我死於肺癌的話，我下葬時或許就能帶著堪用的肝一起入土。這就是喝酒抽菸五十多年的下場。」

「我很遺憾。」

「別這麼說。如果有機會重來一次，我什麼都不會改。」他笑道，笑聲隨即變成刺耳的咳嗽聲。

「你剩下多少時間？」

「喜劇演員亨尼．楊曼（Henny Youngman）說過一個老笑話：醫生說我還有六個月可活，我跟醫生說：『我付不出醫藥費。』醫生說：『那我再讓你多活六個月去籌錢。』」莫里斯的笑聲轉爲喘息，接著變成一陣猛烈的乾咳。

「六個月，然後呢？」

「他們是這麼說的。但那已經是七個月前的事了。」

「那別付錢給醫生了。」詹特利語帶諷刺地說道。這是即將踏入鬼門關前的幽默，不過詹特利不太喜歡和導師開這種玩笑。

「談談你的事吧。你惹出了什麼麻煩？」

「這和我上週的一份工作有關。我猜我惹毛了某個人。」

「一個在敘利亞被殺的有色人種，名字叫阿里巴巴之類的。是你幹的吧？」

「他叫阿布貝克。」詹特利更正道，但他不確認也不否認這件事和自己有關。

莫里斯聳聳肩。「他得死。我一直在追蹤僱用你的那家公司。你的任務總是是非分明、表現優異，也符合道德。」

「把這句話跟洛伊說吧。」

「很多人說你幹了基輔的那樁事。」

「很多人這麼說沒錯。」

「所以呢？」

莫里斯的電話響了起來。老人骨瘦如柴的手伸向牆上的聽筒，接起了電話。他抬頭看著詹特利，灰色眼睛微微睜大。

「找你的。」

24

「該死。」詹特利接過聽筒。「喂？」

「寇特？我是唐納。」

「你想要幹嘛？」

「他們不知道我打電話給你。我要克萊兒從一個守衛身上偷了支電話。她有我們家族的眞傳，對吧？」

詹特利咬牙切齒。莫里斯又遞給他一瓶冰鎮啤酒。「你他媽的有什麼問題，唐納？克萊兒不是你在北愛爾蘭的手下！你不能把她當成探員！她只是個小女孩！她還是你家人啊！」

「非常時期只能用非常手段，老兄。她很厲害。」

「我不喜歡這樣。」

「你到底要不要我的情資？」

「我怎麼能用你的情資？我怎麼知道你沒有……」

「他們殺了菲利浦，寇特。當時克萊兒逃跑了，我兒子要去追孩子，那些混蛋開槍殺了他。」

「老天爺。」

「我們只能爲他禱告了。」

「我很遺憾。」詹特利停頓一下。「你怎麼知道我在這裡？」

「洛伊知道你在日內瓦。」

「讓我猜，從蘇黎世過來時的槍戰走漏了風聲。」

「沒錯。我絞盡腦汁地想你去那裡幹嘛。你那麼聰明，不可能找上我聯絡網中的人。接著我想起日內瓦有個老銀行家，之前曾為中情局特種行動作戰單位效力，還主導過重要探員的訓練。我猜，你以前一定和他打過交道。我打給幾個聯絡人後，就弄到了他的電話號碼。」

「你怎麼有辦法在他們不知情的狀況下打電話給我？」

「他們以為我放棄了。我躺在床上，全身是傷，牙齒也掉了，都是洛伊那該死的娘炮下的手。他試圖對我嚴刑拷打，但他做得實在差勁，連凌虐人都毫無敬意。他們現在把我當成半個植物人，只不過是躺在床鋪上的溫馴老空殼。但我還沒放棄，寇特。剛開始，我以為你的死去會是我家人唯一的希望，當時我確實打算害死你，這點我得承認。現在我想清楚了，我得幫助你來到這裡，這樣我家人才會得到一線生機。我會盡自己所能，幫助你全力打擊。」

「那麼從現在開始，讓女孩們遠離這一切。你能辦得到嗎？她們只是小孩。」

「我答應你。」

「洛伊是否真的擁有那些他宣稱的文件？」

「他有你的中情局人員檔案，也有其餘十幾份檔案、文件和電腦硬碟。他把我們從倫敦帶過來，目的是增加讓你過來的誘因。」

「他為什麼要這樣做？」

費茲羅伊把所有羅蘭集團的事都告訴詹特利，包括阿布貝克的要求、里格爾和明斯克守衛隊、街頭藝術家，加上十幾個來自各國的殺手小隊：他們都是第三世界國家的情報組織派來的人，為的是兩千萬美元的懸賞金。

當唐納爵士講述任務相關的資訊，莫里斯從櫥櫃中拿出一個藍色盒子，放到詹特利身旁的廚房餐桌上。這位老邁的財務官兼前祕密行動處探員用消毒劑清理學生手腕上的割傷，再擠壓冷敷包的袋子，引發冷媒凝膠的化學反應，讓冷敷包變成雪白色。他用冷敷包裹住詹特利腫脹的左腕，再拿壓迫繃帶固定，避免腫脹再度惡化。這種手法縝密且精巧，只有受過訓練的人才會。

費茲羅伊報告完畢後，詹特利說：「我不敢相信他們會爲了一紙合約做出這些事。我知道一百億美金是極大的金額，但阿布貝克如此信心滿滿地做出這種要求，我認爲背後還有其他動機。」

「我同意。即便是羅蘭集團這樣的大公司，當委內瑞拉殺手和瑞士警察爆發槍戰，還是會有莫大風險。」

詹特利說：「有問題的不只是這份合約。調查這件事，好嗎，唐納？」

「我會和里格爾談談，他的頭腦比洛伊清醒。」

「好。把電話帶在身邊。調成靜音。」

「我可以在行動時連絡你嗎？」

詹特利抬頭看著莫里斯。「你不會剛好有備用的衛星電話能給我吧？我可以跟你買。」莫里斯大笑，接著消失在長廊中，一度因咳嗽而屈身。幾分鐘後，他帶來一支衛星電話。那是支摩托羅拉銥星電話（Motorola Iridium），詹特利很熟悉這型號，間諜、軍人與高風險冒險家都會使用這種電話。這種機型和普通手機的尺寸差不多，機身外裝了透明塑膠殼，可以防震、防水，甚至能防炸。詹特利接下電話，滿懷感激地對著莫里斯點點頭。電話號碼寫在機身背部的膠帶上，詹特利把號碼念給費茲羅伊，再把電話放進前口袋。

費茲羅伊複述號碼，稍作停頓才說：「寇特，小子，還有一件事。等你殺光所有對你造成威脅的對象後，我會連絡你，並給你一個地址。那個小鎮很隱密，也很容易進出。那個地址是一座小屋，到時候我會在小屋裡等你，全身只穿內衣，坐在椅子上，雙手平放在桌上，毫無防備。我害你經歷這一切，加上你爲我做了這麼多事，我會用自己的性命補償你。雖然這無法讓你寬心，但或許能幫助你。這四十八小時以來，我對你做出這些事，我因此感到抱歉。但我是出於絕望，我不是爲了自己，而是爲了我的家人。只要她們得救，我就會欣然赴死，讓你得到安寧。

「寇特？你還在嗎？」

「保護女孩們，唐納，你只要爲我做到這件事就好。等一切結束，我們再來處理其他事。」詹特利掛掉電話。

寇特把電話還給莫里斯，他喝光第二瓶啤酒，並用流理台上的抹布擦掉瓶身的指紋。他走向住家後頭，往窗簾外看出去。

「等我走後，你可以應付監視者嗎？」

「她只是呆坐在那裡。我能辦得到，詹特利，我還沒死啊。」

「你會活得比我們更長。」

「小子，這句話從你的嘴裡說出來就不太令人安心。」他改變了語氣，聽起來更像個父親：「我能怎麼幫你？」

「我在北法有件……『事』要辦。明天早上，我得先去那裡。」

「你的狀況不……」

「我的狀況不重要。我得過去。」

「你需要錢嗎？」

「如果可以的話，給我一點點就好。」

「好，我可以幫你弄來一點錢。你還需要什麼？」

「如果你還有多餘的彈匣，我需要那把.45手槍。」

莫里斯輕笑出聲，但再度乾咳起來。他肺部的病灶似乎隨著交談而逐漸惡化。「槍枝的品質實在大不如前了，你如果用這種陽剛的大型武器，可能會因此傷到自己。而且這把槍是我的寶貝。我會幫你弄來其他更現代的裝備。」

「我希望你有個爲了不時之需而準備的避難包。我什麼都沒有，如果你能給我任何裝備，我都會很感激。」

「我有個防災倉庫，就在幾個街區之外，以防大難發生。從你的說法看來，我想你符合這裡的使用資格。」

「我非常感激。」

「你是我最好的學生，你值得這一切。」莫里斯消失在後廊。一分鐘後，他帶來一疊裝在信封的歐元紙鈔和一把裝在鍊子上的鑰匙。他在信封上寫下地址，並把信封遞給他的學生。「我想你會對那些裝備感到滿意。」

詹特利把東西收進口袋。

「再來一瓶啤酒嗎？」

「我很樂意奉陪，但我必須得走了。」

「了解。」莫里斯拿出櫥櫃裡的瓶子，在詹特利的手心上倒出好幾顆消炎止痛藥。寇特拿起瓶子，喝下最後一口酒，呑下藥丸。接著他們走向後門。

詹特利說：「我希望能再次見到你。如果我撐過明天，之後就得消失一陣子。如果你欠了醫生錢，活得更久一點，或許某天我們能再一起喝啤酒。」

莫里斯微笑，但這次他笑不出聲。「我快死了，寇特。你不必說這種好聽話，我沒辦法美化現實。」

「我能幫你做什麼嗎？還是你需要我去見某人嗎？或是在你離世後幫你照顧某人？」

「我身邊沒有人了。沒有家庭、沒有朋友，只有中情局。」

「我知道那種感覺。」詹特利說。和導師相處的時間很棒，因爲詹特利很少有機會能和經歷相仿的人談話。但他也因此心情變得不好，甚至有點沮喪，因爲詹特利在莫里斯疲憊、老邁又世故的雙眼中看到了自己。儘管沒人想變老，但在詹特利這一行，存活就已經是自己能夠奢望的最好狀況了。

這就是成功嗎？

「你可以幫我做一件事。」莫里斯開口，面露笑容。「等你脫離這趟渾水，我要你去某個熱帶島嶼。等你在報紙上看到瑞士某個失勢美國老銀行家即將歸西，我要你去島上你最愛的酒館，找個漂亮女孩，和她喝一整晚的酒。我是認眞的。解決這件事，然後離開這種生活。在世上某些角落，人們完全不會在意你做過的這些事。去那裡，找個人做伴，活得像個人。我要你爲我做這件事，小子。」

「我會試試看。」

「某天你會了解，你以爲過去的一切已死，被掩埋且已經被拋到腦後，但你其實只是把它們藏了起來。直到你待在一個寂靜的房間，和回憶與手下亡魂獨處時，這些過往才會一一浮現。」

「我得走了，莫里斯。」

「我知道自己無法阻止你的計劃。但想想我說的話，和我在哈維角教你的所有鬼東西。盡快忘記我當時教過你的事，也盡快照我現在說的離開，就能早日解決謀殺和死亡。下課了，小子。」

他們握了手。

詹特利的表情立刻回復堅定。他把那疊紙鈔塞進褲子口袋，衛星電話放入夾克，然後走向後門。他掀開窗簾向外窺視，望向中世紀風格的走道。

他立刻發覺不對勁。

「怎麼了？」莫里斯察覺到學生的異樣。

「檢查後頭。看看那女孩還在不在。」

莫里斯沿著走廊走回客廳，並對寇特喊道：「她不見了。」

「他們撤走她了。」

「誰撤走的？」

「殺手。」

「因爲即將展開行動，所以他們就讓她離開？」

「沒錯。」

「他們來了嗎？」莫里斯回到詹特利身邊。

「還沒抵達這裡，但已經很靠近了。」灰影人確認道。「他媽的，我可以聞到他們了。」詹特利瞇起眼睛。「你應該不是陷害我的人吧？莫里斯。」

「我永遠不可能陷害你，寇特。」

雙方停頓了一下。詹特利說：「我相信你。抱歉。」

「你知道是誰在外頭嗎？」

詹特利和莫里斯用大衣櫥和書架擋住門口。「天曉得。過去三天裡，除了火星人，幾乎所有人都要過來殺我。」

「那一定是火星人要過來了，聽說它們是幫混蛋。你可以從天花板離開，天花板的爬行空間裡裝了板子，一路通往通風口。推開通風口後，你會掉在房子後頭那間托兒所的閣樓裡。今天是週六，托兒所不開門。托兒所連結到隔壁美甲沙龍的地下室，就算你想做點美甲，但也要盡量忍住衝動。從沙龍前門走到煉獄路（Rue du Purgatoire），再順著恩佛路（Rue d'Enfer）走，這樣你應該能順利逃跑。」

「警察呢？」

「這邊最近的警局位於司法宮（Palais de Justice），但那些人不是前線士兵。爲了避免大屠殺，我們最好別打給他們。」

詹特利一動也不動地站著，他盯著莫里斯。

老人愉快地笑出聲，壓抑自己的喘息。「我很早以前就設下逃跑路線了。那本是給我用的，當時我還能擠進去呢。幾個月前，我才叫一個鄰居男孩幫我測試過爬行空間，沒有問題的。你快去吧。」

「跟我一起走。」

「你不可能把我這個瘦皮猴塞進去。再說了，無論誰來，我都不會逃離。你趕快走吧。」

「莫里斯，幾秒內一批精銳部隊會破門而入。他們知道你幫了我，會用各種手段逼供。」

莫里斯微笑，他聳聳肩。「我從來都不怕死，寇特。但如果死得毫無意義，我會覺得不悅。如果我死在越南，像每個死在那裡的朋友一樣中彈而亡，一切就值得了。如果我在執行中情局任務時死亡，那會是無比的光榮，當然還是取決於我們當時的任務是什麼啦，你懂我的意思吧。但光是坐在日內瓦的家裡，一邊切換電視頻道，一邊等待肺或肝的功能逐漸失效……這種死法一點尊嚴都沒有。」

「你說的是什麼話？」

「我說的是，我會爲你而死，小子。過去四年裡，你做了許多件正當暗殺案件，甚至比整個該死的中情局還多。現在你處於劣勢，該有人出手幫你。」

詹特利不知道該說什麼，所以他沉默不語。

「別搞砸，小子，現在離開這裡。我會拖延他們，或許我還能打斷幾個人的鼻子呢。我不敢給出任何保證，但我會試著讓他們的人數變少。」

「我永遠不會忘了你。」

莫里斯面露微笑，伸手往上指。「如果我通過鬼門關的安檢，成功上了天堂的話，我會幫你跟上帝說點好話，希望我也能在死後世界救下你的小命。」

兩人尷尬地擁抱，因爲即將到來的動盪，兩人的內心緊繃不已。莫里斯說：「還有一件事。我希望你記得我好的一面。如果你發現我曾經犯下一兩個錯誤……也不要因此印象變差。」

「你是我的英雄。」

「謝了，小子。」

房屋前頭響起卡車急剎的聲音。莫里斯說：「快走！」

詹特利點頭。他捏了莫里斯的肩膀，跳向頭頂的椽子，一句話也沒說。他迅速把自己拉進閣樓，但這動作令他斷裂的肋骨和腫脹的手腕傳來劇痛。詹特利剛剛放好屋瓦時，前門傳來一陣撞擊，將衣櫥撞進房內。

莫里斯靠著他老邁的雙腿與病懨懨的肺臟轉身進入廚房。身後，另一股衝擊力撞裂了大門。他把老舊的瓦斯爐往後拉了幾公分，焦急地伸手到爐子後頭摸索，他年老的身軀延伸到極限，但仍抓不住目標物。他在房內四處張望，找尋能讓他施力的工具。

這些南非人是來自南非國家情報局（National Intelligence Agency）的突擊隊員。六人小隊的隊長站在白色房屋的前院，伯奈利散彈槍（Benelli shotgun）靠在肩上，其他隊員走進從內擋住的門口。他們受過精良的訓練，以戰略行動方式在建築內移動。他們在第一個房間中央分成兩組，一組進入廚房時發現有個老人坐在桌邊，老人雙手擺在頭頂，面對遠方牆壁，表現出臣服的模樣。隊員粗魯地把他拉到地上，在狹窄的牆角處對他搜身。他在老頭的腰帶間發現一把手槍，把槍丟進水槽。

「那把槍是古董，你這個白痴！」老人說，兩個南非人粗暴地把他推回椅子上。他們把老人連著椅子拖進房間，直到其他四個隊員確認完屋內沒有其他人了。

整支隊伍重新聚集在老人周圍，老人望著這些人的臉孔。

「你們是南非人。」他顯然聽出了他們的口音。

隊長問：「灰影人在哪？」

「看看你們自己。」莫里斯忽略隊長的問題。「三個黑人、三個白人，就像烏木與象牙。昔日，白人會痛打黑人，不是嗎？」

無人回應。

「你們這些白皮膚小子一定很懷念以前種族隔離的日子，是吧？」

隊長重複一次。「灰影人在哪裡？」

「啊，任務的主要領導是白人。你們還來這招呀？老闆讓奴隸住進大宅，但還是會對他們發號施令。我說對了吧？」

一名黑人探員從胸口上取下烏茲衝鋒槍（Uzi），舉起槍托，準備砸向莫里斯的下顎。

「住手！」隊長喊道。「他只是想拖住我們，讓他的小情人逃跑。這招沒用的，老頭。好了……灰影人在哪？」

莫里斯露出微笑。「這時候我好像該說：『他是誰？』」

隊長皺起眉頭。他說話時帶著濃濃的南非腔調。「那麼我的手下會揍你，因爲你耍脾氣，不好好答話。」隊長對著已經擺好姿勢的黑人探員點頭，烏茲衝鋒槍粗短的槍托砸上老人的下顎，讓他的頭往後彈了去。

「好了，蠢蛋。我們再試一次。他去哪兒了？」

莫里斯把血和一小塊下嘴脣吐到面前的地板。「我不記得了。我年事已高，記憶力開始變差了，很健忘，你懂吧？變老眞是太糟糕了。」

等了幾秒，隊長對著他大吼：「我只問最後一次。灰影人曾經來過這裡，他現在去哪了？」

「抱歉，年輕人。我身體不好，你介意我上個廁所嗎？」

隊長看向手下。「再給我揍這個蠢蛋。」

莫里斯立刻說：「他走了。你們找不到他的。」

南非人對纖瘦的老人冷笑。「我會找到他的。我會找到他，並殺了他。灰影人的名氣只是謠言。」

莫里斯大笑，笑一笑開始咳嗽。「你知道有多少人說過這種話嗎？他們的屍體都已經在棺材裡腐爛了。」

「那不會是我的下場，老兄。」

莫里斯讚賞地點頭。「我同意你的說法。你可能死無全屍，沒有多少能塞進棺材的屍體碎片。但別擔心，我聽說日內瓦的殯葬業者非常勤奮。運氣好的話，他們或許能挖出小小的碎屍塊，至少能塞滿你媽放在壁爐上的骨灰罈。」

南非人歪頭。「你這瘋子，他媽的在說什麼呢？」

「我只是說，你的未來一片黯淡，老兄。但是我有個好消息。」

南非人環視手下。這顯然是一個老瘋子。「好吧，老大哥。是什麼好消息？」

「你的未來雖然一片黯淡，但還好很短暫。」莫里斯微微一笑。他輕柔地禱告，爲他的罪孽請求神的寬恕。

此時無線電中傳來技師的嗓音。六人把手舉到耳機旁，以便聽得更清楚。

「四十三號監視者回報，目標剛從房子後面的美甲沙龍走出來，他正在往西走。」

隊長點頭，把注意力轉回莫里斯身上。

「好消息，老頭。我們已經找出他的去向了，不需要爲了從你口中挖出答案而對你嚴刑拷打。」

莫里斯依舊低頭禱告。南非人的隊長聳聳肩，把散彈槍的槍口往下，對準莫里斯的胸膛。他用單手開槍。

當子彈隨著火花飛出槍管，南非人往後彈飛到空中，飛進廚房。他的脖子應聲斷裂，臉龐與雙手也遭到燒傷。其他五個人也遭遇相同下場，不過他們在不怎麼開闊的客廳裡，只飛了一點距離。

近距離發射的散彈立刻殺了莫里斯。

數分鐘後，消防員抵達現場，他們斷定這場事故是大型瓦斯外洩造成的，外洩源頭是牆壁和大型工業用烤箱的連接處。這場事故相當不幸，但常常發生於這種老舊的住家，因此也不令人感到訝異。

幾小時後，當火焰熄滅，清水與泡沫逐漸減少，調查人員開始辨識遺體，他們感到不解。七具遺體被浸濕又燒得面目全非，無法看出多少資訊。但是其中六人身邊有著大量槍枝，這點在平靜的日內瓦極度不尋常。

25

離開美甲沙龍後，灰影人在市場路（Rue du Marché）上往西走，想找到紙上寫的地址。此時下起了小雨，建築上的號碼變得模糊不清。灰影人向北走到貿易路（Rue du Commerce），就在此時，他身後發生了一場大爆炸。

灰影人和路上其他行人一樣停下了腳步，但他沒有和其他人一樣回頭看。他在雨中站著不動，幾秒後往前邁了一步。灰影人又繼續往前走，但他看起來似乎更加垂頭喪氣了。

灰影人發現附近有人在跟監，於是躲到宏恩路（Rue du Rhône）上，那是條小徑。他在麥當勞附近消失在人潮中。

幾分鐘後，他在聯邦路（Rue de la Confédération）的地下停車場後面發現了一個車庫。那天是週六下午，附近無人，灰影人用莫里斯給的鑰匙打開車庫門。

大門吱嘎作響地滑開，灰塵和機油的味道衝擊灰影人的鼻腔。灰影人到處觸摸牆面，光是找電燈開關就花了半分鐘。他撞到車庫正中央的龐然大物，這個東西的正上方是一顆從天花板垂下的電燈泡。

詹特利心想，用這種燈眞是太天才了。他馬上關上車庫大門，轉身走向中央的龐然大物，那原來是一台蓋著一張超大防水布的車。

莫里斯沒說過會借他車。寇特．詹特利一度以爲自己誤闖了。

詹特利拉開防水布，防水布掉到地上。

他眼前是一台黑色賓士轎車，S-class四門款，汽車內裝是黑色眞皮款。

詹特利猜這台車至少要價十萬美元。

詹特利小聲地說：「謝了，莫里斯。」

車門沒鎖，灰影人打開車門，鑰匙就插在車裡。灰影人看著儀表板，里程數不到六千五百公里。這台車很漂亮，不用八小時就可以開到諾曼第，甚至可能更快抵達，路程也會比較舒適。交通工具有千百種，但他眞正需要的是武器。在歐洲取得武器比弄到交通工具更困難。

灰影人從車內打開後車廂，心裡帶著期待地下了車，走到後車廂。

後車廂內有四個鋁箱。寇特．詹特利把第一個鋁箱放到其他鋁箱上方，一把掀開。

詹特利的嘴角立刻上揚。

箱子裡頭是重金屬。

詹特利說：「莫里斯，你眞是我的英雄。」

鋁箱內是上了油的HK MP5衝鋒槍，放在泡棉內固定，還附上四個彈匣，彈匣內各裝了三十顆九釐米子彈，一一排好。另外還有兩顆手榴彈，就放在衝鋒槍兩側。

詹特利在衝鋒槍上裝了彈匣，上膛，然後把槍和三個備用彈匣都丟到副駕駛座上。

第二個鋁箱裡有兩顆手榴彈、兩顆閃光彈、兩個破門裝置、賽姆汀塑膠炸藥，還有遙控引爆裝置。寇特．詹特利把這些東西暫時留在後車廂。

第三個鋁箱內有一個手持GPS、兩支對講機，以及一台筆記型電腦。他把這些設備全放到後座。

詹特利在最後一個鋁箱內找到兩把九毫米格洛克19手槍，以及四個裝好子彈的彈匣。

鋁箱內還有一個槍帶以及兩個大腿固定帶，一個用來把手槍綁在右大腿上，另一個可以把衝鋒槍和手槍的彈匣固定在左邊大腿上。

出於直覺，詹特利掀起後車廂底部的墊子，底下果然還有武器，是一把AR-15卡賓突擊步槍（carbine assault rifle）。備胎旁有個塑膠箱，裡面有三個已經填好彈藥的彈匣，一共九十顆。

寇特．詹特利花了幾分鐘替衛星電話充電，他利用空檔練習GPS的使用方式。於此同時，在不到四百公尺的範圍，他依然能聽見警察、消防員和救護車的聲音。

看著巨大的武器庫，寇特．詹特利明白了兩件事。首先，雖然莫里斯已經不在中情局服務，過著平凡人的生活，但他還是認為自己有一天會遇上麻煩，需要衝鋒陷陣。

其次，從轎車和武器的品質來看，詹特利知道外界的謠言果然沒錯。

莫里斯應該挪用了中情局帳戶的公款。

莫里斯明知詹特利會發現這件事，但他還是把物資給了學生。垂死的那一刻，莫里斯的遺願是讓詹特利使用這些物資順利逃難、好好完成任務，他肯定不希望詹特利太過苛責他挪用公款的事。

詹特利駛出車庫，從有色車窗看出去，車輛行經準備前往主教路（Rue de l'Evêché）處理事故現場的人。詹特利的情緒很複雜，他此生從未挪用公款，就算替壞人、藥頭當打手，或是進行祕密調查工作時，他也不會刻意抬高日薪。詹特利是殺手，不是小偷。莫里斯挪用公款讓詹特利相當失望，但是他會好好利用莫里斯偷來的龐大物資。寇特．詹特利雖有理想性格，但也是個務實的人。偷竊固然不對，但是詹特利告訴自己，不要對老前輩太過苛刻。詹特利反而要替他爭光，用光每一把槍裡的每一顆子彈，拯救諾曼第的三位無辜受害者，並取回中情局特種行動作戰單位的人事資料和財產。

里格爾站在技師身後，洛伊站在里格爾的左邊，頭戴耳機、綁著馬尾的技師坐在電腦螢幕前。光看技師的表情，他們就知道大事不妙。

技師說：「根據地方情報，南非人全數身亡。案發地點發生大規模爆炸，看來是瓦斯洩漏，因為開槍或其他武器而引爆。消防員還在努力滅火，目前尚未統計死亡人數，他們只說現場沒有生還者，死亡人數眾多。」

洛伊說：「詹特利呢？」

技師搖搖頭，說：「爆炸發生的前幾分鐘就有人看到他離開了。」

「誰看到他的？」

「跟監的人，但在人群中跟丟了。」

洛伊大吼：「搞什麼啊！非要我親手殺他嗎？」

里格爾掏出口袋中的手機撥打電話，等了一下才開口。「嘿，是我。幫我調一台直升機，天黑前把以下物資送來，拿筆寫下來，記好：熱成像設備、動態偵測設備、遠端感應設備、監視器、線材。這些你們都有吧？

「把賽吉（Serge）和艾倫（Alain）也找來，他們就跟直升機一起來吧。告訴他們要在羅蘭莊園建起三百六十度零死角的電子屏障，記得把需要的東西都帶上。」里格爾掛了電話。

洛伊盯著里格爾，說：「你要幹嘛？」

「電子監控設備，還有安裝跟監控的人力。」

「這是要做什麼？」

「今晚，我要逮到詹特利。」

「現在詹特利在五百公里之外，三十五名槍手也嚴陣以待。你眞的覺得他到得了這兒嗎？」

「我的任務是成功殺死詹特利，不管他最後是死在日內瓦、阿爾卑斯山上，還是這裡的草坪。我的工作就是要搶救這個行動，無論是他目前所在地點還是他要前往的目的地，我都會緊密部署設備、科技、人力以及我有的所有槍械，無所不用其極。」

技師抬頭看身後的兩名男子，他第一次展露名爲恐懼的情緒，他說：「沒人跟我說過他的目的地是這裡，我可不是第一線的作戰人員，幹！」

里格爾嚴肅地看著技師，他說：「恭喜你升職囉。」

技師轉回去工作檯。

接下來，里格爾打給塔台，要白俄羅斯籍的狙擊手到後院和他們碰面。噴泉旁，狙擊手抱著一支超大的SVD狙擊步槍。三人緩步走過沾滿血跡的草坪，朝著後院的蘋果園走了數百公尺，一直到了圍住莊園的高聳石牆。里格爾和狙擊手嗅了嗅空氣，接著跪到草坪上，用手深深摸索，仔細檢查了周遭環境。洛伊看起來不耐煩又惱火。

洛伊盯著果園。里格爾用俄語與狙擊手交談，他說：「你知道規矩吧？」

「只要有人靠近莊園就開槍。」

「對。」

「簡單。」

里格爾的登山鞋陷進修剪整齊的草坪。他再次嗅了嗅空氣的味道，說：「今早有起霧嗎？」

「有。能見度不到兩百公尺，一直到早上十點才看得到蘋果樹。」

「那應該還好，如果他眞的能到莊園，也大概是日出前。」

狙擊手從狙擊望遠鏡掃視果園，他點了點頭。里格爾說：「你不該開槍射殺那個父親。」

白俄羅斯狙擊手一邊檢視周遭環境，一邊聳肩，說：「如果你當時在場，我就不會開槍，畢竟你是上司嘛。總之我當時的決定是開槍，在場也沒有人叫我不要開槍。」

里格爾點頭，他盯著狙擊手一會兒，說：「我看過屍體上子彈射入的地方，先不論開槍的決定是否正確……你的射擊能力非常優秀。」

狙擊手的目光移開狙擊望遠鏡，但他仍持續監視著果園，臉上沒有任何情緒，他說：「是（俄羅斯文），我的能力很不錯。」

洛伊被晾在一旁，他實在忍不住了：「里格爾！你在浪費時間。就算詹特利眞的到了莊園，你覺得他會直奔後院嗎？」

「不無可能。他會依據現況做出最合適的決定。」

「太蠢了！他不可能隻身闖進莊園！」

「我必須假設他會，因爲他現在也沒有太多選擇了。」

「既然如此，那你幹嘛不乾脆在花園埋地雷？」洛伊故意諷刺他。

里格爾盯著他：「那你知道哪裡能取得地雷嗎？」

就在此時，洛伊口袋中的手機響了。

「喂？」

「我是技師。詹特利打到唐納爵士的手機，我可以轉給你。」

洛伊按下了擴音鍵，說：「轉過來。」

「喂，洛伊。」詹特利的聲音聽起來很疲憊。

「看來你又成功逃出來了。我本以為今晚可以踩在你燒焦的屍體上。」
「我沒死，但你僱來的小混混殺了一個七十五歲的美國英雄。」
「嗯，罹患絕症的退休老間諜。等我一下，我擦個眼淚喔。」
「去死吧你。」
「你在日內瓦？」
「你知道啊。」
「你他媽是要我傳眞地圖給你嗎？諾曼第在北法，也就是法國北部，不是瑞士。我不懂你幹嘛去找莫里斯。錢、文件、武器，還是再多一個槍手，我不曉得，但這些對未來他媽的一點幫助都沒有。你唯一要擔心的只有時間，因為明天早上，時針指到八、分針指到十二的時候，這裡會出現一堆英國妞，準備和我開性愛派對！」
「你不用擔心，我馬上就到。」
「所以你打電話來幹嘛？」
「我這不是怕你開始鬆懈了嘛，我想說你大概以為我已經在爆炸中身亡。一想到你可能正在享受悠閒的午後，我實在不爽，所以想說打個電話，讓你替我留盞燈，我今晚就到。」
洛伊對著電話吸了口氣：「原來你只是想確認我沒有誤以為任務完成，就此解除任務。你也要確認我還沒下樓殺掉費茲羅伊一家，因為我還需要他們。」
「這也是其中一個原因。我不知道你還部署了多少打手，但是就算你讓全世界的打手同時追殺我，再過幾個小時，我還是會親手割斷你的喉嚨。」
技師跑到後院找他們。上氣不接下氣的技師拿著一張紙，上頭是他匆忙寫下的幾個字：「衛星電話，無法追蹤」。

洛伊皺起眉頭，說：「寇特．詹特利，你必死無疑。乾脆替大家省點時間、省點力氣，趕快自殺，然後把你的腦袋放在冰櫃裡寄給我。」

「那我們談個條件好了，我提供腦袋，你準備冰櫃。我很快就到，你自己把兩個東西放在一起。」

「這個條件不錯，我喜歡。」

「到了明早，朱留斯．阿布貝克可得找隻新的走狗來幫他做交易。你贏不了的，洛伊，我會幹掉你，而且就算我不殺你，也會有別人幹掉你。」

憤怒的洛伊面目猙獰，他說：「我不是走狗，你這個野蠻的混帳。我看過太多自以為聰明的獵人，你就只是這種貨色罷了。你最好給我記住，雖然你名氣很大，還有個嚇人的稱號，你不過是個被過度抬舉的普通打手。再過幾個小時，你難逃一死，在蛆蟲吃光你的屍體之前，我就已經忘記你了。」

此時，電話兩頭都停頓了一下。「洛伊，你爸應該是個很有權勢的人吧。」

「你說對了，我父親確實很有權勢。」

「我想也是，待會見。」詹特利掛了電話。

里格爾背著洛伊偷笑，技師雙手撐在膝上，站在原地喘氣。技師說：「詹特利真的要過來。」技師的喘氣聲充滿恐懼。

洛伊對技師發飆：「回去工作。我要看到直升機，火車上給我部署人力，詹特利到巴黎之前，讓他變成一具屍體！」

一小時後，里格爾站在莊園後方屋頂的平坦堡壘上。午後的天氣晴朗寒冷，他從漂亮的垛口向外看，一共有三組白俄羅斯狙擊手在地面上繞行巡查，一組兩人，每人都配有突擊步槍和無線電。高塔上，狙擊手和監視者站在里格爾的左側，從這個制高點看出去，可以看到前院和後院的草坪，視野全無死角。載來熱成像所有設備以及兩名工程師的直升機也以無線電回報，他們正離開巴黎準備前往莊園，不到一小時就可以把設備安裝好。

技師也在前往日內瓦的TGV高鐵列車安置了一組打手。打手回報，車上沒有詹特利的蹤影。另外，三組打手以及其他跟監人力都在阿爾卑斯山的公路上就定位，如果灰影人開車或騎車過來，必定經過這條路線。巴黎還有三組小隊駐守，在巴黎部署兵力很合理，因為詹特利在巴黎有很多眼線，他也很熟悉這個城市，可能會在巴黎進行補給或尋找支援。

里格爾這時能做的不多，只能等待。

但有件事讓他心煩。

起初，里格爾只是隱約覺得不踏實，但是當他把自己能做的都做了，能用的都用上了，不安感就越發強烈。里格爾已經窮盡各種方法，不安感卻不曾消滅。

最後，里格爾似乎找到了不安的來源：灰影人對洛伊說的話。詹特利當然知道這次行動與他殺害亞薩克．阿布貝克有關。但灰影人為什麼說洛伊是阿布貝克的走狗？詹特利怎麼知道洛伊不只是阿布貝克或中情局的人？他怎麼知道這項行動背後的其他原因，也就是洛伊和某人達成了交易？當天稍早，里格爾讀了技師的手抄紙，內容記錄了詹特利和洛伊的通話，兩人打電話時里格爾還沒進辦公室。通話內容中，洛伊不曾提到羅蘭集團與費茲羅伊的關係或是行動背後的眞正目的，但灰影人卻用了「交易」這個詞。他為什麼會發現這項行動背後與交易有關？他為什麼知道洛伊的性命取決於任務是否成功？

里格爾左思右想了一分鐘，得出了答案。里格爾就像草原上追趕獵物的獵人一樣，他嗅到了不尋常的氣味。追捕獵物時，經驗老道的獵人會從獵物足跡來尋找線索，從這些跡象便可看出牠們正在被追殺，因爲獵物一旦發現了動靜、感覺被威脅時，牠們的步伐會改變。只有經驗老道的獵人才能從獵物足跡中看出那些細小的變化。

庫爾特·里格爾就是這種獵人。

作爲獵物，詹特利發現了這個行動以外的可疑氣味。里格爾想明白了，詹特利之所以會知道這些細節，只有一個可能。

庫爾特·里格爾在莊園平台上繞來繞去，之後便走回莊園，遇到剛從廁所出來的洛伊。里格爾繞過他，像個步兵一樣，步伐沉重地走向走廊的另一頭。

洛伊察覺他的決心，說：「幹嘛？怎麼了？」

里格爾不發一語。到了走廊盡頭，他走下寬廣的地毯階梯，來到二樓。里格爾憤怒的步伐經過了一盞盞壁燈和掛畫，經過了愛麗絲·費茲羅伊的房間，經過了囚禁孩子們的上鎖臥房。洛伊緊跟在後。里格爾走過負責守門的里瑞，他是洛伊從倫敦羅蘭集團找來的北愛爾蘭幫派分子，里格爾用肩膀用力撞開了那道房門，門板就這麼彈開了。大房間中，唐納·費茲羅伊爵士面對門躺在床上，他身上蓋著一條白色被單，唐納爵士盯著闖入他房間的人。

里格爾憤怒地穿過房間，走到唐納爵士的床邊。之前會面時，里格爾對唐納爵士還有一絲禮貌，這下都不見了。里格爾的臉上寫著「我知道你把我當白癡戲耍，現在，我要來報仇了」。

里格爾態度粗魯，但聲音卻如此細小，形成一種反差，他低聲問：「在哪裡？」

洛伊和里瑞站在遠處。他們對視一眼，想要搞清楚到底發生了什麼事。

唐納問：「什麼在哪裡？」

里格爾掏出斯泰爾（Steyr）手槍，抵在唐納爵士光禿的前額：「我只問最後一次。在哪裡？」里格爾的聲音還是很弱。

唐納爵士愣了一下，雙手緩緩地伸到床單下方，拿出一隻手機。爵士把手機交給里格爾。

里格爾看都沒看，就把手機放進口袋，他又用冷靜而憤怒的口氣問：「是誰？」

唐納爵士不發一語。

「我找出手機主人只需要幾秒，你現在告訴我，下場就不會那麼慘。」

唐納爵士把視線移開，他望向洛伊，眼神飄到了派翠克·里瑞的身上。

「很久以前，里瑞曾是我的手下，那是在伯發斯特（Belfast）的時候了。派翠克啊，當時你真的是我手下最厲害的線人。」

爵士的目光重新看向里格爾：「我只是想打幾通電話，這臭傢伙威脅我，還索求一筆巨款。」

里格爾的憤怒轉向了里瑞，唐納·費茲羅伊看著傻在原地的里瑞：「抱歉了，一萬元英鎊我真的拿不出來。請記得自己是貴族的忠僕吧。」

里瑞看著里格爾：「他媽的，他胡說！都是這個蠢英國人自己幹出的好事！他說謊！我這兩天都沒跟這個糟老頭見上一面！」

里格爾掏出手機，拿在手上問里瑞：「這是你的手機嗎？」

里瑞盯著手機看了幾秒，接著朝費茲羅伊的床邊走去。

「你這皺巴巴的手到底怎麼拿得到我的——」

小房間內傳來一聲槍響。里瑞向前倒在里格爾腳邊。一陣混亂中，里格爾單膝跪下，舉高武器。洛伊站在房間中央，伸出手臂，他握著一把小小的銀色自動手槍，槍口仍舊對準里瑞原本站的位置。洛伊射了一發.38中空彈，里瑞後腦杓中彈，因此往前撲倒。

里格爾用德語大喊：「不！」

洛伊揮舞手槍，他說：「外憂已經太多了，沒心力擔心內患。」洛伊拿槍的手臂在房內亂揮，里格爾仍蹲低在地，他的眼神緊盯著槍。接著，那把手槍指向里格爾，洛伊說：「你想對老唐納以禮相待，看吧，這就是他給你的回報。你太軟弱了，所以他才利用你。我從娘胎出生之前，他就懂得如何利用身邊的人了。他就是這樣的人！現在去查出他打給了誰、說了什麼。馬上去！不然我會打給馬克·羅蘭，告訴他你在干擾行動！」

洛伊放下槍，轉身離開房間。里格爾維持了幾秒跪姿，持續掃視可能的危險，接著站了起來。他把槍插回腰間槍套，重新看向唐納·費茲羅伊，里格爾說：「你讓我很失望。」

費茲羅伊的語氣異常強勢：「我看出你們眼睛裡的氣急敗壞，里格爾，還有洛伊也是。這不只是運送天然氣的暴利，阿布貝克還在羅蘭集團隱瞞了一些事情。這些事情中，有些是你的黑歷史和你幹的壞事，一旦見光，你的組織會完全崩解。」

里格爾看著衣櫃上掛著的鏡子，他用指尖整理了漸漸變得灰白的金髮，他說：「唐納爵士，你說的沒錯。我們的確捲入了麻煩事。我父親曾說：『如果跟狗一起在地上打滾，起身後你會滿身跳蚤。』這麼多年來，我們跟好多隻狗一起打滾。阿布貝克是其中最糟的，他知道馬克·羅蘭會為金錢與權勢做出多麼可怕的事。自從非洲脫離殖民後，只要願意跟著獨裁者搞事，就可以任意掠奪非洲大陸的資源。這麼多年來，我們一直監視著阿布貝克……現在被他利用了。他威脅我們，說要抖出馬克·羅蘭為了取得非洲資源幹出的勾當和骯髒事。我們希望即將卸任的總統可以閉上嘴巴。」

語畢，里格爾走向房門口，頭也不回地對囚犯說：「我會找人來清屍體。」

「不用麻煩了，等寇特·詹特利一到，莊園內還會有更多屍體。」

26

沙烏地阿拉伯情報總局（General Intelligence Directorate）派了五名軍人，搭乘偷來的歐直EC145直升機（Eurocopter EC145），在阿爾卑斯山上方往西航行。這台直升機本來屬於當地的店主，他會載一般滑雪客和極限滑雪客上去白朗峰（Mont Blanc）或是其他一般人上不去的山區，靠著這項業務，店主賺了不少錢。

如今這個富裕的店主已成一具屍體，靜音手槍的子彈打入他的心臟，他就這麼死在自己的庫房。阿拉伯人正在高速公路上方北側駕駛直升機，下方的公路蜿蜒起伏，時而交織，時而消失在高山的隧道。直升機有時經過蓊鬱的綠色森林，有時經過藍得不可思議的湖面，湖水之美，連藍天也相形失色。

直升機上的五個人中，只有駕駛會說英語。駕駛頭上戴著雙向通訊設備，在綿延起伏的兩側山間飛航，並斷斷續續地與技師保持著聯繫。技師也同步在該區部署槍手，同時負責轉達公車站、計程車站監視者傳來的情報。然而，自從灰影人被人看見溜出大財主莫里斯在日內瓦的家之後，就再也沒有關於灰影人的線索了。

如果要從瑞士日內瓦進入法國西南部，並抵達法國中心，A40公路是最佳選擇。如果從維里亞（Viriat）出發，可以在A40公路接上A6公路，或是往東北開上A39公路，一路會開到第戎（Dijon）。

不管選擇哪一條路線，至少要開車五小時才能抵達巴黎，如果避開這幾條路，那車程就是六小時起跳。

沙烏地阿拉伯人知道要上哪兒尋找目標。如果灰影人選擇開車，就一定會經過直升機底下的A40公路。

不過阿拉伯人並不知道灰影人開的是哪款車，所以在高架橋、休息站和公路路肩上，一共部署了三十名穿著帽T的監視者。他們都坐在車內，一些監視者在車陣中行駛。路上還部署了街頭藝術家當眼線，盡可能仔細觀察每台車裡的人。這個超大型計畫不能讓警方知道，再加上種種因素，里格爾只能單打獨鬥。里格爾發現詹特利不在火車上，他也沒有搭巴士，於是里格爾打算把所有監視者與殺手小組調回巴黎。里格爾確信灰影人一定會經過巴黎，洛伊對他的判斷沒有意見，寇特．詹特利在日內瓦和中情局前財務官莫里斯碰面，他大概獲得了對方提供的裝備、武器、車輛、醫療照護，可能還有現金。而且里格爾有預感，如果灰影人還有時間可以接唐納．費茲羅伊爵士的電話，那他應該也問到一些人的聯絡資訊。寇特．詹特利若要去接人或取什麼東西，因爲時間考量，他只能去本來就會經過的地方。

巴黎是路途中最後一個大城市。在巴黎，槍手、僞造文書的人、槍枝黑市、前中情局機師……等壞蛋隨處可見，灰影人可以雇用這些人，幫助他救出費茲羅伊一家，並取回洛伊竊取的情報。

里格爾希望把資源集中在巴黎，但是洛伊下令在往北的主要公路上多設立一個埋伏點，以免詹特利接近莊園。

但是，詹特利沒有從A40公路接A6公路，也沒有接到A39公路。這幾條公路最快，但是寇特．詹特利心想，所謂的最快有個前提：駕駛不須面對沿路埋伏數十名的殺手。

因爲這項針對他的行動，他只能頂著疲憊負傷的身體，多開兩個多小時的車。要開整整七小時的車才能到巴黎，這實在惱人，但也沒有辦法。他的後車廂裡有一堆裝備，不可能搭巴士或火車，只能開車。

但至少他開的車很帥。賓士S550拉風又耐操，內裝也幾乎全新，他一直聞到眞皮的奢華氣味。車子搭載三八二馬力的引擎，最快速度可達每小時一百四十公里。還有衛星音響系統陪著他，他會切換電台，吃力地聽著法文，稍微了解位於布達佩斯、瓜爾達、洛桑的槍戰事件，還有日內瓦舊城區的建築爆炸案。

到了下午五點，疲憊不堪的詹特利不得不在路邊停下。他在聖迪吉耶（Saint-Dizier）不遠處的休息站停車。詹特利替車子加滿油，買了法國到處可見的超大火腿起司三明治。他灌了兩罐汽水，上了廁所，然後買了一大瓶水。十五分鐘後，詹特利再度上路。儀表板上的衛星導航系統顯示晚上九點才能到巴黎。詹特利算了一下前往諾曼第之前要完成的事，他覺得自己應該凌晨兩點半才到得了莊園。但他也知道，這個估算的大前提是他在巴黎不會遇上任何麻煩。

里格爾說：「該把所有人調回首都了。」他花了兩個小時跟法國安全工程師處理好莊園的電子圍籬，現在剛回到控制室，就站在洛伊和技師身後。

洛伊只是點點頭，把這句話複述給一旁的技師。接著，洛伊轉頭看向安全風險管理行動部副總。

「媽的，他到底在哪？」

「他可能走別條路，畢竟路線選擇有千百種，如果走鄉間小路，雖然不會是最快抵達巴黎的路線，但也不是到不了。」

「前提是如果他眞的要去巴黎。」

「我們不覺得他會隻身一人攻擊到處都是槍手和人質的堡壘。他過來之前會先安排支援，而他在巴黎認識的人最多，如果要停下來補給，他一定會選擇巴黎。我已經和我們認識的人談好了。更何況他受傷了，所以我在巴黎每一間醫院都設了眼線。」

「他不可能去醫院。」

「我也覺得他應該不會去醫院，因爲這樣會自曝行蹤，他不可能去的。」

「他也許會去找費茲羅伊認識的醫生？」

「有可能，但巴黎到處都有街頭藝術家，他們緊盯著每個已知與灰影人有關係的人物。」

「我要他死在巴黎。」

「我能做的都做了，洛伊。」

27

週六晚上剛過九點，寇特．詹特利抵達巴黎東部。他的腳、膝蓋、大腿、腰部和肋骨還在抽痛，渾身的疲憊幾乎讓他不堪負荷，隨著時間過去，痛苦只增不減。但寇特．詹特利還是進了城，把車子停在巴黎聖拉扎爾車站（the Gare Saint-Lazare）附近收費過高的地下停車場。他把所有的槍枝放到後座，鎖上車門後走向街道。

時間還很充裕，他計畫好巴黎任務的細節，還有餘裕用GPS在附近找幾家合適的店。寒冷多霧的晚上，詹特利走了好幾分鐘，到了一間麥當勞。他穿過一群來自各個國籍的小孩，走向餐廳廁所。他用九十秒把臉洗乾淨，將毛躁的頭髮向後梳，上了廁所，又用清新凝膠擦拭自己的衣服。

這種清理方式很陽春，也沒什麼太大的改善，但總比完全不整理好一些。

五分鐘後，他走進羅馬路（Rue de Rome）上的男性服飾店，當時正準備關店，店員正要將門上的「營業中」告示牌轉成「休息中」。詹特利抓起一件昂貴的細條紋黑色西裝、一件白襯衫、淡藍色領帶、腰帶和一雙鞋。他在櫃檯結完帳，提著幾袋新衣服穿過街道，又走進一間運動用品店。他買下一整套簡單耐穿的卡其色戶外運動服。

所有營業時間較晚的服飾店都關門了。寇特．詹特利回到街上，他在車站對面的藥局買了電動刮鬍刀、折疊式剃刀、剪刀、刮鬍泡和幾條巧克力棒。他從架上取下一副黑框眼鏡試戴，這副鏡框正符合他的需求。寇特．詹特利準備結帳，走向櫃檯那位閒得發慌的亞裔店員時，他瞥見架上有把別緻的黑色長柄傘，那把傘的做工相當考究，一下子引起了他的興趣。寇特．詹特利翻了翻自己購買的東西，最後抓起那把傘，花錢買下它。

十點剛過，寇特．詹特利帶著採購品回到火車站。他緊挨著牆邊，盡可能低著頭，避開沿著走道裝設的監視器。他視而不見地經過五六個乞討的波士尼亞（Bosnian）人，末班車還停在月台。詹特利進了走道底端的廁所，鑽入一間隔間，卸下身上所有的大包小包，開始動工。

詹特利迅速脫下貼身內衣，開始修剪頭髮。他打算將剪下的毛髮聚集在馬桶裡，到時候一起沖掉，但他也在地板上鋪了裝衣服的塑膠袋以防萬一。

他用電動刮鬍刀剃頭，直到頭皮上只剩些許短硬的毛髮，最後用剃刀和刮鬍泡剃成光頭。爲了確認新造型，他跑出來照了兩次鏡子，再迅速返回，避免被人撞見，引起懷疑。

一切都搞定之後，他沖走馬桶中的毛髮，頂著新剃好的髮型，在洗手台清洗自己，才迅速地穿上西裝、襯衫、領帶和皮鞋。他戴上黑框眼鏡，拿起那把別緻的黑傘，收拾其他散落的袋子。

十八分鐘前，寇特．詹特利走進廁所。現在，一個截然不同的男子走了出來，外表、裝束和原來的樣子完全不同。

毫無疑問地，他的髮型和衣著都變了，不僅如此，他也拉長了步伐，盡力改掉走路時右腳微跛的習慣，讓身姿看上去更加挺直。西裝筆挺的詹特利走回到停車場，把提袋放在車上，他取出一把格洛克手槍，再次走回街道上。他看起來就像是個穿著講究的巴黎人，剛在一間很棒的餐廳吃完晚飯，在十一月的薄霧中獨自沿街散步回家，手上的黑傘隨著步伐輕輕擺動。十一點三十分，他在聖拉扎爾路（Rue Saint-Lazare）招了一台計程車，以不太流利的法語指示司機，請他開到左岸的聖日耳曼德普雷社區（Saint-Germain-des-Prés）。

金宋朴在巴黎聖母院鎖定了那群哈薩克人，毫無疑問地，這是一群獵人，目標對象還跟他完全一致。在金宋朴銳利的目光下，他們無所遁形，灰影人絕對也能輕易看穿這群人的意圖。金宋朴經過路邊幾個默默監視的探員，他受過訓練，因此能在週六晚間的人群中辨認出這些人，但他也必須承認，這些探員其實非常高超。

金宋朴很了解自己的目標。如果灰影人決定在巴黎停留幾天，現在他應該已經抵達了。金宋朴的感官異常敏銳，每當技師沒用的報告從耳機傳來，他總覺得格外刺耳。金宋朴穿越大街小巷，他看上去若無其事，卻依然留在幾個已知地點的附近。

他悄悄走在空無一人的大街上，前方只有一間愛爾蘭酒吧的燈光微微照在卵石路上，除此之外，周遭只有一片漆黑。在黑暗的掩護下，金宋朴像個夜行狩獵者，迅速又自在地行進著。在聖米歇爾大道（Boulevard Saint-Michel）和索默拉德路（Rue du Sommerard）的街角，他低身閃進一條小巷，找到之前到處漫步時發現的消防梯，翻身攀了上去，攀爬時，裝著衝鋒手槍和備用彈匣的背包沉甸甸地垂下，在背後晃盪著。金宋朴一聲不響地向上爬到大概是六樓的高度，翻過逃生梯頂端後來到建築物的屋頂。他站在高處，艾菲爾鐵塔就在幾公里之外，右手邊是塞納河，左手邊是拉丁區。聖米歇爾大道上屋頂綿延，形成一條街道之上的道路。

這條路就是金宋朴今晚行動的起點。如果左岸有寇特．詹特利的動靜，金宋朴就能在屋頂上悄悄地迅速移動。要是灰影人出現在塞納河右岸，金宋朴也能立即跳下屋頂、回到街道，穿過橋、再跑過幾個街區，幾分鐘內就能到達北邊。橋面之下是濕冷湍急的塞納河，水面映著巴黎的點點微光。

寇特．詹特利在聖日耳曼大道的一間網咖下車。他點了雙份濃縮咖啡，外加一小時的網路使用服務，他在櫃檯付了帳，有禮地越過一群學生，走向後方已經開機的電腦。他的眼鏡低低地架在鼻梁上，手上端著咖啡杯，那把別緻的雨傘掛在手臂上。

詹特利在搜尋框輸入「羅蘭集團在法國的資產」。他點擊開網站，跳出各個不動產的資訊，包括港口、辦公室、農場和度假別墅。他在網站上找到了羅蘭莊園，這是一座隸屬羅蘭集團的家族產業，位於下諾曼第的邁松（Maisons）。他接著搜尋更多關於羅蘭莊園的資訊，他點開一個展示歐洲私人城堡的網站。這座古老大宅的歷史可追溯到十七世紀。詹特利將重要的資訊記在腦中，選擇略過其他瑣碎的細節，例如前法國總統法蘭索瓦．密特朗（Mitterrand）曾在這裡打獵，或是德國名將艾爾溫．隆美爾（Rommel）的手下曾在這裡安置妻小。

詹特利向鄰座那位黑黑瘦瘦的男孩借了筆，之後繼續瀏覽羅蘭集團的官方網站。他花了幾分鐘，才在公司控股列表中找出地址並記錄下來。那棟建築被列為附屬辦公室，而非度假別墅。他也找出羅蘭莊園的電話號碼。詹特利本想把查到的資料寫在前臂上，這時借他筆的男孩笑了，遞來一張紙，但他婉拒了對方的好意。

詹特利繼續瀏覽莊園周圍的衛星地圖，包括周遭的樹林、小溪、後方的果園，以及牆外的石子路。

他又仔細地看了照片中的建築架構。羅蘭莊園的制高點是一座塔樓，他知道這裡會安插幾個神射手潛伏。羅蘭莊園和後方果園之間有一片約二百公尺的空地。建築前方的空地較小，但是石砌圍牆更高，光線也比較明亮。他猜測那裡會安排警衛帶著警犬巡邏，以及守夜人，甚至是一架在上空盤旋的直升機。

顯然，洛伊．韓森擁有足夠的資源，能好好保護羅蘭莊園，不容糟糕又跛腳的不速之客侵犯。羅蘭莊園的防禦並非完全無法突破，對詹特利來說，他絕對有辦法入侵，但如果他立刻離開巴黎，便無法在凌晨兩點前趕到貝約。洛伊設置的最後期限是八點，他還有一點時間去拯救費茲羅伊一家，但他不能因此大意。他必須在夜深人靜時行動，此時守衛們昏昏欲睡，反應也變得遲鈍。只有這個方法，他才可能有一絲成功的機會。

因此，即使有辦法入侵羅蘭莊園，詹特利知道這整個過程必定十分艱難。他勢必要花幾小時準備，還得研究保全裝置。

他沒有這麼多時間，只有天亮前的幾個小時。

再者，如果要完成任務，他現在就得離開巴黎，但他並不打算現在離開。

凌晨一點，寇特．詹特利坐在盧森堡咖啡（Café le Luxembourg），喝著第二杯雙份濃縮咖啡，索弗洛路（Rue Soufflot）上都是青春亮麗的年輕人。火腿三明治在盤子上原封不動，口中的咖啡越來越苦，但詹特利知道咖啡因能幫他撐過接下來的幾個小時。除了咖啡因，他還需要充足的水分。寇特．詹特利一面假裝閱讀過期的法國世界報（Le Monde），一面灌下第二瓶礦泉水。他掃視周遭，視線卻一直被對面的建築吸引。建築的門牌號碼是二十三號。

老實說，寇特．詹特利眞的很想一走了之，離開巴黎，放棄目標人物。如果直接去拜訪對面的住戶，他會面臨相當巨大的風險，但他實在需要幫手，不僅僅是爲了自己，也是爲了費茲羅伊一家。住在對面建築的荷蘭男人叫做凡・詹恩（Van Zan），他是個擺渡人，曾跟中情局簽約合作，他也善於駕駛小型螺旋槳飛機。詹特利打算臨時拜訪他，把一疊現金湊到對方鼻子底下，要他清晨五點前往貝約，將費茲羅伊一家四人和寇特・詹特利本人接出來，載著他們飛過英吉利海峽，前往英國。他已經顧不得行動的危險性了。凡・詹恩是洛伊・韓森的舊識，行動開始沒多久，洛伊想必早已監聽他的電話，還安排人監視他家大門。詹特利不能直接打電話給凡・詹恩，但他倒是可以躲過一兩個警衛，走進房屋內拜訪。

沒錯，這是個好計畫。詹特利這麼告訴自己，他大口喝著苦澀的義式咖啡，雙眼失焦地盯著面前的報紙。

但他漸漸意識到，這根本不可能。

當然，他知道自己能夠繞開幾個看守的傻蛋，也能見到凡・詹恩。

一、兩個守衛，不成問題。

但六個人就行不通。

寇特・詹特利一邊啜飲咖啡一邊觀察，他至少得跟五個守衛交手。這還不包含其他人，附近閒晃的人群裡，有一個人顯得格格不入，好像在監視。

去他的，寇特・詹特利暗暗罵道。他意識到自己不僅沒辦法走進詹恩的住處並提出邀約，還被六雙如鷹般的視線困在中間。他無法動作，事態極度危險，隨時可能被逮住。

街道對面的漢堡店有一對年輕情侶，他們查看著每一個路過的白人男性，再轉頭確認凡・詹恩的家門口。停在路邊的車裡，一名中東男子獨自坐著，他漫不經心地用手指敲著儀表板，假裝自己在聽音樂，眼睛則盯著每一位經過的路人。第四個人站在盧森堡花園前的公車站牌，他好像在等公車，卻從未正眼瞧過來來去去的公車。

第五個人在二樓陽台，他手上有臺相機，鏡頭跟法式長棍麵包差不多長。他裝作拍攝熙來攘往的街口，但寇特．詹特利壓根不信他是單純的攝影愛好者。那人的拍攝角度奇怪，上下檢視人行道和凡．詹恩的家門口，完全無視左側燈光燦爛的巴黎萬神殿，還有獨具特色的蔬果攤販，以及環繞盧森堡花園的鑄鐵欄杆。

第六個人是個女子，她獨自一人坐在咖啡館裡，就在寇特．詹特利前面，兩人的距離只有幾張桌子。詹特利坐在窗邊，位子靠後。他用報紙隱藏起自己的臉，從這個角度，他可以盯著餐廳裡的每一個人，又能看向對面凡．詹恩的住處，以及周遭的監視者。這名女子做了同樣的選擇，她就坐在詹特利的前方，看來她相當聰明、熟練，百分之八十的時間裡，她低頭看著奶泡濃厚的摩卡咖啡，而不是頻頻瞄向對面的窗戶。然而，她的衣著打扮和態度卻是個失誤。從她的服裝和神情來看，寇特．詹特利判斷她是法國人，但她卻獨自一人，看起來不認識咖啡館裡的任何人。星期六晚上，亮麗的二十多歲女孩獨坐在陌生的咖啡館，身邊沒有任何朋友。她隻身一人，卻一直在人群之中。

寇特．詹特利斷定，她可能是個「街頭藝術家」，負責監視兼跟蹤。她收了錢，睜著那雙大眼睛暗地觀察。

詹特利解決掉三明治、喝光咖啡，同時也放棄了他的計畫。救出費茲羅伊後的逃跑計畫實在太難了。他改變主意，決定先離開這個城市，抵達貝約再想其他辦法。昨天早上開始，他的情緒就一直在谷底，甚至比呆坐在斯札波那兒的坑洞裡還要糟糕。但寇特．詹特利知道，現在最不該做的就是按兵不動、光生悶氣。他在桌上放了幾張歐元紙鈔，走到餐廳後方的廁所。完事之後，詹特利繼續朝後走，他若無其事的走進廚房，一副本來就常出入的樣子。然後直直從後門離開，走到王子先生路（Rue Monsieur-le-Prince）上。

詹特利穿著一身黑西裝，沒有引起廚房裡任何員工的注意。灰影人就是有這種本事。

五分鐘後，庫爾特．里格爾再次站上屋頂走道，他的目光越過城牆垛口，凝視著月光下的莊園。遠處蘋果園的香氣與寒冷的夜晚氣息揉合在一起。里格爾想讓自己的腦袋更加清醒，好擺脫洛伊．韓森、技師、白俄羅斯人，以及守衛和暗殺小隊不斷從巴黎傳來的無線電報告。迄今爲止，他們還沒發現任何動靜，也還沒處理掉任何人。手機在口袋中響起，他的第一個直覺反應就是假裝沒聽到這通電話。這八成又是某個外國情報局長官打來關切，想知道爲何自己的手下還沒有回報，還有他們辦事效率太低，實在無能、該死，應該通通被開除之類的。里格爾知道他要花上好幾個月、甚至好幾年，才能擺平這場災難，但前提是拉哥斯的合約能順利在早上八點簽好。如果沒有談成，後果不堪設想，要是眞的失敗，他勢必會丟了工作，或至少被調職。羅蘭集團太過仰賴這些行動，因此所有可能的風險都讓他們無法承受。

里格爾感覺自己彷彿被押上了斷頭台，就像洛伊．韓森一樣，但也不完全一樣。里格爾很確定，要是任務眞的失敗，羅蘭集團終究會下令解決洛伊．韓森。他可不想跟那個年輕人一樣死於這次的慘敗。結論還是一樣，要是那個無恥的雜種朱留斯．阿布貝克揭發公司在非洲的惡行惡狀，里格爾的職業生涯恐怕就全毀了。

電話再度響了起來。

夜晚的空氣寒冷，他嘆了口氣，好似吐出一團白霧。他從口袋中撈出手機，接了這通電話。

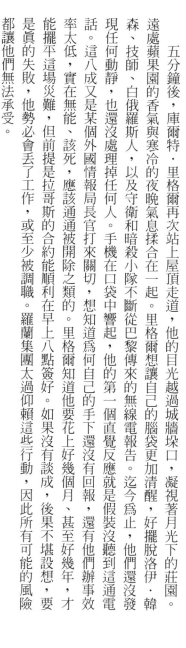

「我是里格爾。」
「里格爾先生，我是技師。座機上有一通電話找您，我可以直接轉接到你的手機。」
「有線電話？你是說羅蘭莊園的電話嗎？」
「是的，先生。但對方不肯透露身分，他說英語。」
「謝謝你。」一聲轉接提示音之後，里格爾問：「請問您是？」
「我是你沒本事殺掉的那個人。」
冷顫從里格爾的脊椎向上竄。他完全不知道費茲羅伊已經把他的名字透露給了灰影人。他花了點時間讓自己鎮定，他說：「詹特利先生，能和您說話眞是我的榮幸，長久以來，我關注著您的事蹟，您一直是令人相當敬畏的對手。」
「阿諛奉承並沒有用。」
「我一直查閱您的檔案。」
「如何？有趣嗎？」
「相當有趣。」
「那趁現在多讀讀吧，因爲我可不打算讓你這冷酷無情的傢伙擁有我的檔案資料。」
庫爾特．里格爾大笑。「我能爲你服務什麼嗎？」
「出於禮貌，我只是想打電話打招呼罷了。」
「我這輩子都在狩獵各種獵物，獵物有大有小，除了動物，也有一些是人類。這是我第一次跟即將殺死的獵物進行談話。」
「彼此彼此。」
一陣短暫的沉默後，庫爾特．里格爾大笑。他的笑聲傳到莊園後方漆黑的空地。「哦？現在我才是你的獵物嗎？」

「你知道我是衝著你來的。」

「你不會成功的。即使你在諾曼第僥倖成功，但在我這裡是行不通的。」

「等著看吧。」

「我們知道你在巴黎。」

「巴黎？你在說笑吧？我現在就站在你的背後。」

「你眞是有趣，著實出乎我的意料。」庫爾特·里格爾輕笑，但他無法克制地看了看背後，只見到了空蕩蕩的走道和屋頂。「我在你所有已知的同伙周遭安插了數十個守衛盯梢。」

「哦？是嗎？我不知道呢。」

「沒錯，你想必會去拜訪一個個老朋友。優秀如你，一定會注意到我的團隊。就算你再厲害，也不可能完全隱形。然後你會轉身離開，放棄尋求那些可能的幫助。你是個口渴的人，身陷汪洋、四周都是水，卻不能解你的渴。」

「你很自豪呢。」

「只要我們的人一發現你的蹤跡，就會直接逮住你。在巴黎監視的手下差不多與我收藏的槍枝數量相當。」

「哇，還好我目前不在巴黎。」

庫爾特·里格爾停頓了一下。當他再次開口，語氣都變了。「我希望你能理解，菲利浦·費茲羅伊的死是一次令人遺憾的意外。我當時並不在場，這件事本不該發生。」

「別拿你那些所謂的職業道德來騙我，等我出手時，這救不了你。對我來說，你和洛伊·韓森就跟死了沒兩樣。」

「你繼續嘴硬吧。你得知道，我取回了唐納爵士從護衛那兒拿走的手機。你從羅蘭莊園內部得到的那些情報資料已經被銷毀了。」

寇特．詹特利什麼也沒說。

「情況看來挺不利的，我的朋友。」

「是啊，也許我會一走了之，就這麼放棄。」

庫爾特．里格爾早就料到這句話。「我可不這麼想。你前往日內瓦的時候，我曾想你會離開這場競逐，但你不會這麼做。你跟我一樣，是個獵人，這已經深植於我們的天性，不是嗎？你不可能轉身離開。你有你的獵物、你的目標，你存在於世的理由。要是沒有我或洛伊．韓森當你的目標，你顯然就是個毫無價值的人。你不會就這麼離開，迎向明日的太陽。你會爲我們而來，然後在過程中死去。你知道這是必然的事實，但你寧可被獵物殺死，也不願放棄這場狩獵。」

「也許我們可以討論出一個替代方案。」

庫爾特．里格爾微笑。「啊，終於談到這通電話的眞正目的了，不只是寒暄應酬。我洗耳恭聽，詹特利先生。」

「你的合約注定談不成。接下來的七小時內，只要我還活著，亞薩克．阿布貝克會把天然氣生意交給你的競爭對手，他會傾盡羅蘭集團的所有資源，不擇手段地對付你，你絕不可能全身而退。在我明天抵達之前，如果你願意放了那些女孩和她們的母親，把她們安置在安全的地方，一過了約定的時間，我會殺了洛伊．韓森，替你完成工作，並放過你。」

「放過我？」

「我可以向你保證。」

「在我的想像中，你是個沒什麼深度的掠奪者，不過是一名槍手。但你眞是個機靈的傢伙呢。在其他情況下，你跟我可能會成爲朋友。」

「你在跟我調情嗎？」

「你讓我很愉快呢，寇特．詹特利。但站在你屍體旁邊的時候，我肯定會更開心，因爲你會成爲我的戰利品。」

「你該好好考慮我的提議。」

「你太看得起自己的談判力了，詹特利先生。幾小時之內，我們就會逮到你。」

一陣靜默。「你就期待著吧。祝您今晚安睡，里格爾先生。」

「我大概會熬夜一會兒吧，我很期待同伴們從巴黎傳來的好消息。祝好夢，寇特。」

「再見（法語），庫爾特，待會見。」

「對了，最後我想問，基於個人專業上的好奇，基輔那件事……跟你無關，對吧？」

電話斷線了，四公里外的北方海岸吹來一陣寒風，庫爾特．里格爾在寒冷中不住地顫抖。

28

監視者漸漸感到無聊，不過他其實頗適應無聊的狀態。他已經在同一個街角守了十二個小時，喝了三間不同咖啡廳的義式濃縮咖啡。在前兩間咖啡廳，他坐在戶外的座位上，一次是晴朗的早晨，一次是天色稍暗的微涼午後。在第三間咖啡廳，他坐在店裡靠窗的位置，當時空氣中籠罩著霧氣，最後一抹陽光的溫暖漸漸在街頭巷弄間褪去。

九點，他起身走向車子，小小的雪鐵龍轎車就停在路邊的計時收費器。那台機器像隻飢腸轆轆的寵物，他一整天都忙著用錢幣餵飽牠。

但監視者是一名優秀的探員，即使感到有些無聊，也不會影響他的工作表現和能力。他發動引擎，出風口吹出暖氣，但他沒有打開收音機。他很清楚，若要察覺獵物的動靜，耳朵跟眼睛一樣重要，收音機會阻礙感官的敏銳度。他得讓自己保持在最佳狀態，才能從來來往往的數千人中挑出自己從未見過的那個男人。

監視者並不清楚計畫的全貌，只知道自己的角色。他是定點監視者，小隊的其他監視者紛紛被派到已知的相關地點，但他的任務是靜靜盯梢，看守著一個大致的出入口。他手上有張年代稍久的照片，方便確認那男人的長相。一整天下來，監視者拿著那張巴掌大的照片，對照眼前正在走動的人群，企圖在人潮中找出相片裡的男人。不僅如此，他知道對方受過完整的反偵察訓練，又擅長躲藏在人群之中。熙來攘往的人潮成了避開監視的絕佳障眼法。

但監視者依然抱持正向態度，心態正確也是恪盡職守的唯一辦法。他很清楚，要是開始懷疑自己能否看見這個男人，自己的步調會被打亂，應該保持敏銳的感官也會被干擾，他便無法專注在任務上。

監視者並不是殺手，他們只是受過專業訓練、眼睛極端銳利的人罷了。許久以前，他曾在尼斯當警察，後來又轉到法國的反情報組織，喬裝成街頭藝術家一段時間。他的工作內容是加入監視小組跟監幾個俄羅斯人或是一些牛鬼蛇神，也可能要負責執行特務行動的基層工作。前陣子，他還在里昂擔任私家偵探。但如今他主要在巴黎工作，聽從庫爾特．里格爾的命令，執行各種差事。里格爾需要人在歐陸進行偵察工作，這名監視者常常參與其中。他比別人稍微年長一些，但通常不是任務的主導者。頭腦清醒時，他在工作上的表現比隊友更加傑出，但他偶爾會因爲醉酒誤事，而無法擔任長期主導的可靠角色。然而，今晚他到目前爲止一直滴酒未沾，專注地守著自己的崗位。

監視者又低頭看了一眼手上的照片，這大概是他第一千次確認那個男人的長相。他不在乎這個人做過什麼事，也不在乎這個人被認出來之後會面臨什麼命運。

對他來說，這不是一個活生生的人，只是一個任務目標。

這張照片上的人沒有生命。他不會呼吸、不會思考，也不會受傷；他沒有知覺、沒有任何需求，也沒有情感。

照片上的這張臉只是一個任務目標，不是一個活生生的人。

若能在路上辨識出任務目標，庫爾特．里格爾會給予一筆豐厚的額外報酬。對監視者來說，這只是份差事，**完全不會**感到一絲後悔或罪惡感。

剛過一點半，監視者一滴不漏地直接尿在一個寶特瓶中。在此同時，聖日耳曼大道上體面的人群如常在街上穿梭，對車裡的事情渾然未覺，雖然如此，他也絲毫不覺得羞恥。監視者接著擰緊瓶蓋，將溫熱的瓶子扔到地上。當他重新抬起頭，正好瞧見一個男人出現在昏暗的街燈下。他和另一群普通的行人一樣沿街走著，但不知怎的，在監視者眼中他顯得格格不入。那個人看上去比其他人年輕，也沒有像其他人一樣成雙成對。他身上的西裝也有種不協調感，比起其他路人輕鬆隨意的打扮，他的穿著略顯突兀。監視者開始注意到這個人的時候，那人距離雪鐵龍轎車還有二十五公尺。那人愈走愈近，他的眼鏡、短髮和臉部特徵也愈來愈清晰。

監視者一動也不動，只是定定地盯著手上發皺的照片。緊抓著照片的手開始冒汗，然後他再次抬眼，看著那個人影在晚間霧氣中逐漸走近。

也許是他吧。那男人走到了距離十五公尺處，監視者瞇起眼睛。他發現那人走路時有點跛腳，沒錯，那人走路時特別護著他的右腳，盡量避免用右腳施力。技師整天都在追蹤監視者的情況，他提過目標對象的特徵，說那人其中一側的大腿可能受傷了。

沒有錯了。目標對象走到了最靠近雪鐵龍轎車的位置，兩者距離不到五公尺。監視者更加確定了，自己選擇看守這個出入口的決定非常正確，長達十二個小時的站崗終於等來回報。監視者看著那個男人，他的臉上有兩個露出破綻的特徵。第一個，那男人的右腳一觸碰到地上，臉上就會出現細微的表情紋路。

第二個特徵則是他的眼睛。監視者受過專業訓練，觀察能力極佳，他發現那個人走路的時候眼睛也會迅速移動。從那男人的整體肢體語言來看，他好像在塞納河左岸輕鬆漫步，但他的眼睛卻悄悄地掃視周遭。這個人正在警戒身邊可能的監視。雪鐵龍車裡的監視者注意到了這點，他立刻收回目光，低頭望著自己的手，直到那人走過他的車子。他忽地緊張起來，心跳加速，等了幾秒鐘後，他才望向後照鏡。監視者完全沒有轉動頭部，或是動一動肩頸之類的。他只用眼睛迅速地掃過後照鏡，看著那個穿西裝的男人繼續朝聖日耳曼大道西側走去。

監視者一邊開動車子，一邊按下耳上通訊裝置的按鈕。一聲訊號後，他的電話接通了。電話那頭的人說：「我是技師，說吧。」

監視者接受過訓練且能力出色，但他的聲音依然難掩興奮。工作賺到的報酬再多也沒用，成就感才能讓他感受到自己的價值。

他說：「技師，這裡是六十三。」他非常短暫地停頓片刻，「我看到他了。他正往東走。」監視者無須多說，技師自然會用GPS找到他的所在位置。

因爲這種激動人心的關鍵時刻，他能長時間不碰酒精，堅持到底、完成任務。他知道自己表現極佳，現在他可以回家好好放鬆休息，開瓶好酒來慶祝一番。

慶祝時，他還是和工作時一樣形單影隻，身邊沒有旁人。

監視者的電話很快地傳遞到整個內部網絡，在巴黎的五個殺手團隊都能同時接收到最新資訊。這倒是技師的失誤，因爲此舉會加重同業間的競爭與不合，且沒有考量到如何安排後援團隊和逃生路線。但他克制不住自己。他們花了大半天的時間都沒等到目標出現的跡象。此外，他們不確定目標對象眞的會在巴黎停留，這原本也僅僅出於推測。因此，一旦目標對象眞的現身，他就要傾盡全力，派出所有持槍的人手前往該地點。

自從目標對象的蹤跡在日內瓦消失，技師就陷入愈來愈強烈的恐慌。但他絕對不會向里格爾或是洛伊承認這件事。他曾參與過各式各樣的行動，包含祕密暗殺行動，以及監督高價資產的統籌安排，但這些任務從未爲他帶來任何危險。上級第一次爲他安排了這樣的情境。目標人物正被眾人追捕，但他本人也是一個超級殺手，根本對整起行動瞭若指掌，他知道控制中心的位置，也知道如何前往。這簡直就是把鑲了金邊的邀請函交給那個惡徒，歡迎他前往技師的所在位置，眞的是蠢透了。即使如此，綁著馬尾、坐在科技控制中心的技師也只能承認，他確實因此更專注於手上的任務，傾盡自己全力，只爲逮到那傢伙。

除此之外，因爲另一個私人原因，技師亟欲抓住這個男人，最好在這個雜種抵達莊園之前抓住他。所以當他確認過情報，就立刻將目標的所在座標發送給所有人。

他正暗自反省自己作了愚蠢的決定，洛伊忽然出現在他身後。上級突然現身，技師嚇得跳了起來。說實話，整個行動都讓他心驚膽戰。

「里格爾從無線電收到情報了！我們逮到他了嗎？」

「一個在聖日耳曼大道的資深監視者通報，他在出入口認出目標物了。老實說，我們很難逮到他，因爲根本沒人知道他到底會往哪裡去，即使拿著他的熟人清單對照也無從得知。」

「我們不會讓他逃掉吧？不會吧？」

「我會再派一些監視者過去，但不會太多人，如果技術不夠好，一定會被灰影人識破。」

「了解。那你打算派哪個刺殺團隊前去逮他？」

技師猶豫地愣了一下。要是洛伊發現所有人都已經被派出去了，一定會大大震怒。但在技師開口之前，洛伊說：「去他的。現在這一切都該結束了。把那些天殺的槍手都派去對付那個死傢伙，就算搞得亂七八糟，誰在乎啊？我們就是要在這裡逮住那個混帳東西。」

技師如釋重負地呼了口氣，他幾乎把肺裡的空氣全吐了出來。「收到，長官。」

波札那人和哈薩克人最靠近關鍵地點。他們分別從拉丁區的兩端出發，移動時雙手垂放在身體兩側，避免大衣在奔跑時掀了起來，暴露身上的武器。他們一面盯著前方路徑，隨時避開阻礙，一面聽著無線電裝置傳來的最新情報。技師告知目標對象最後現身的地點，那人現在已經完全離開最初被發現的地點，遠離監視者的視線範圍，但還有幾個街頭藝術家正在前往該區域，他們會提供位置資訊。

五個波札那人都隨身攜帶.32口徑的槍，子彈威力相對較弱。但他們本身的技術與策略夠強，不必擔心武器的火力不足。這些人接受過嚴密訓練，能夠連開三槍，也就是莫三比克射擊法（Mozambique Drill）：先迅速對胸口連射兩槍，第三槍直中額頭，給予最後的致命一擊。這個術語起源於莫三比克的戰爭，某個羅德西亞士兵正要槍決一名非洲人，小口徑手槍射擊胸口的威力不足，為了保險起見，他往對方額頭再補上最後一槍。

四個哈薩克人各配了一把小口徑英格拉姆衝鋒手槍，連同金屬折疊槍托一起藏在冬季厚大衣之下。這些人衝向街道另一側，引起一名警察的注意，警察喊著要他們停下來。他以為他們是一群不幹正事的外國人，比手畫腳地要他們放慢速度。

每個刺殺小隊都有一人隨身攜帶錄影相機，透過藍芽連接到他們的行動電話。如此一來，他們能將影像傳給指揮中心，證明他們是殲滅目標對象的團隊，以便贏得最大賞金。

整體來說，這件任務是一場競賽。

兩個團隊都能從耳機掌握對方的動向，他們知道對方從反方向出發，朝著目標對象的最後現身地點前進。因為要和其他團隊競爭，他們加快速度，這股壓力不亞於深怕追丟目標對象的急迫感。這不僅僅是一場狩獵，還是一場競爭激烈的比賽。對所有團隊來說，他們要藉機證明自己的專業能力和榮譽，這個重要性和贏得巨額賞金不相上下。

「各位，這裡是技師。兩位監視者守在最後目擊地點以東三個街區的位置，他們尚未回報任何目標對象的相關動靜。他可能已經走進某間旅店或咖啡廳，往南走向拉丁區，或是往北走新橋（Pont Neuf）越過塞納河。」

收到技師傳來的最新資訊後，分別從相反方向出發的兩組人馬紛紛放慢前進速度，開始商討下一步行動。接著他們繼續前進。波札那人跑向聖日耳曼大道東側，哈薩克人據守西側。他們分散開來，三三兩兩包圍街道的兩端，每個人緊盯街上所有的建築大門、巷弄、咖啡廳與旅館出入口。

金宋朴沿著建築屋頂奔跑，他已經超越獵物最後被目擊的地點。耳上的裝置有了動靜，根據那道特殊的提示音，金宋朴知道這個消息並沒有傳達給所有團隊和監視者。他是唯一收到這條訊息的人。

「技師呼叫女妖一號（Banshee 1），聽到了嗎？」

「我聽到了。」

「找個地方跳下屋頂，回到路面，我會把他的方向給你。他一定會認出其他刺殺小隊和監視者，然後企圖避開他們。那些人會逼著他必須逃走，他想不到還有一個單獨行動的殺手，這樣你就有機會逮住他。」

「收到。」

金宋朴越過六層公寓的屋簷，順利在窗台上找到落腳之處，他低下身子，伸手抓住排水管，雙腳盪了過去。水管相當不牢固，因此他只是稍稍借力，只為抓到消防逃生梯。金宋朴爬下梯子，離地幾公尺時便縱身一跳。不到一分鐘，金宋朴已經從六層樓的高度回到地面。

「技師，女妖一號已經抵達街上。請指引目標方向。」

「女妖一號，現在有兩個小隊比你更靠近目標。我們認為目標已經彎進布馳路（Rue de Buci）並躲到街道人群之中。你先往北移動兩個街區，並在定點等候。萬一其他小隊錯過目標，你能在那裡攔截他。」

「收到。」金宋朴嘴上回應著，心裡卻不打算遵照這個指示行動，金宋朴覺得自己能掌握灰影人的思考模式。他曾多次被追捕，因此他感覺自己能預測這個男人的下一步動作。如果在週六晚上有一群外國特務團隊在巴黎市中心跟了金宋朴一路，他絕對有所察覺，灰影人想必也一樣。如果有人在金宋朴原訂的路徑上部屬了數十個監視者，他絕對也會有所察覺，灰影人想必也一樣。他可能無法辨別出所有敵人，但技師安排了這麼多人參與這次任務，灰影人這種老手絕對會發現自己已經被殺手包圍。當攻擊者無所不用其極，一切作戰常規都不再管用，藏在人群之中也不再安全了。那些槍手大概早就被灰影人察覺，一抓住機會，這些槍手勢必會採取行動。在這個時候，明亮的燈光以及路人更像是灰影人的妨礙物，而不是保護。

沒錯，金宋朴可以感覺到灰影人現在的感受，他決定忽略技師的指示，任由這種同感引導他。這個思考方式揉合了獵人金宋朴與獵物灰影人的視角，韓國殺手穿過霧氣瀰漫的夜晚，向東走了三個街區，來到一條陰暗的窄巷，這裡距離鬧區、燈光和歡聚的人們不過半個街區。塞納河就在北方一百公尺左右，如果灰影人發現戒備森嚴的監視團隊，他必須往南移動，躲入黑夜中。北邊只有一兩座橋能走，河流構成一個天然出入口，而灰影人一定會設法避開這條路線。

窄小的巷弄裡，金宋朴找到最陰暗的角落，位於聖日耳曼大道北邊二十五公尺處，也是布馳路以南二十公尺的地方。要是監視者在附近發現目標，無論在哪個方向，他都可以迅速移動。但金宋朴有個預感，這條窄巷會是他與對手最終交手的地方。幾公尺之外，有好幾家擠滿顧客的餐館和俱樂部，附近還有相互競爭的刺殺小隊。他不想用槍，因爲槍聲會引起太多注意，於是他把MP7衝鋒槍留在肩上的背包，從胸前口袋抽出一把折疊刀。他彈開黑色的磨砂刀鋒，再往後退了一些，藏身於黑暗中，等待獵物到來。

布馳路上，寇特．詹特利朝東移動，他的背已經被汗水浸濕。他的右手拿著傘，隨著前進的步伐擺動。前一天在布達佩斯受傷的那隻腳痛得要命，但他依然努力堅持，不把傘拿來當枴杖支撐身體。

但令他汗流浹背的原因並不是難以行走的腳，而是前方街道的情景。二十幾公尺之外，一對年輕情侶在長椅上依偎，他們看似在交談，但其實正仔細地檢視所有經過的男性路人。詹特利跟在一個和他年紀差不多的禿頭男子後面，他的視線越過前方的人，特別留意他的外表是否會引起不尋常的關注。監視者如果對相似的外貌特徵有所反應，這就表示詹特利的裝扮已經被認了出來，且透過無線電通知所有的偵察小隊。

忽然，那對年輕情侶盯著那個禿頭男子，他們看了幾秒鐘，其中一人似乎說了些什麼，兩人悄悄討論後一起移開目光，似乎確定對方並不是他們的偵查對象。詹特利立刻曉得自己的模樣已經被人認出，消息也已散布出去了。到目前爲止，他發現了至少十個監視者，而且他相當確定自己並沒有引起他們的注意。但顯然他漏掉了一個人，那個人可能靜靜待在深色窗戶之後、路邊暫停的車上，或是其他詹特利看不到的地方。那個人認出了他，然後把他的外表特徵和行進方向透露給城市裡所有的監視者和狩獵者。

詹特利冒著被發現的風險，迅速地朝身後瞥了一眼。身後不到二十公尺的地方，三個膚色較深的男子迅速行走，他們在街邊張望，檢查商店的窗戶。對街還有兩個人，看來這五人屬於同一個小隊。兩人正在檢視這條街的另一側，迅速察看在咖啡廳用餐的人群。

該死，詹特利心想。他向左轉，離開老喜劇院街（Rue de l'Ancienne Comédie），走進一條窄小的通道。小路一片漆黑，只有二十公尺外的安靜巷道微微透著燈光。只要監視者還不知道自己已經被詹特利發現，左岸主要街道以外的巷弄就不會有太多他們的人馬。

詹特利走進黑暗，他的眼睛盯著前方的光亮，傘尖輕輕擦過濕漉漉的路面，細瑣的聲音迴盪在黑暗通道。

他必須攔下一台計程車回到聖拉扎爾車站，取回他的賓士汽車，直接前往貝約。他在巴黎停留了幾小時，但就像昨天下午在布達佩斯、晚上在瓜爾達一樣白忙一場。至少這次詹特利得以全身而退，這已經很了不起了，但是他依然需要找到更多幫手，才能提前布局——

黑暗中，附近有什麼東西快速閃動，就在一個瞬間，一名男子出現在詹特利左方。詹特利還沒來得及反應過來，他便察覺出更多動靜，一隻手臂倏地揮向他。詹特利試著舉起右手架開對方，但他卻慢了一步。

他的反應不曾慢過任何人。

寇特．詹特利感覺到一把刀刺進腹部，直直切開左髖骨上方柔軟的肌肉。

29

凌晨兩點，一道光射進漆黑的二樓臥房。胖唐納爵士躺在床上睡不著。其他家人被移到他的房間，以便由一名守衛統一監視。克萊兒躺在祖父的左邊，輾轉反側；凱特在祖父的右邊睡得香甜，甚至打起鼾來。愛麗絲被下了藥，癱在房間另一側的扶手椅和擱腳凳上，看不出精神狀況如何。

唐納．費茲羅伊看著那個名叫麥斯貝登的守衛，他是個蘇格蘭人。費茲羅伊猜測他在這場行動裡充當打手，但他不知道對方有沒有更多能耐。

麥斯貝登走到床邊，他沒有理會床上的兩個女孩，而是小聲向費茲羅伊說：「老頭子，我們來做個交易。工具包裡有一支電話，把它挖出來。他們現在全在戰鬥位置，只有我一個人留守。」

「滾。我想睡覺。」費茲羅伊說。

「如果早上你死了，就有很長的時間可以睡覺。」

「你以為我猜不到你的詭計？你以為我不知道像你這種笨蛋為何要給我一支該死的手機？」

「因為……因為這件事之後，我需要……想一想。」

費茲羅伊移動肥胖的腦袋，他的頭深深壓進枕頭，將注意力集中在站在身邊的男子。「你要想什麼？」

「聽說……灰影人負責基輔，我還聽說他也負責了其他行動的一半任務，他可能也負責布拉格、布達佩斯，還有瑞士的人馬……該死，他可能也負責這裡。如果眞是如此，我可要跑路了。我才不要和那個冷血的混蛋硬碰硬。世界上還有很多值得我活下去的事，我是認眞的。好，只要他一出現，我就開溜，我可不想被天殺的唐納．費茲羅伊或他的瘋狗追殺，懂嗎？」

麥斯貝登把手機拿給費茲羅伊，他接下了。

「眞的嗎？」費茲羅伊問。

「唐納爵士，到了早上，誰知道你是死是活。我不想冒太大的險。但如果你成功了，記得我幫過你，我叫做伊旺．麥斯貝登。」

「我會記得的，伊旺。」

「告訴你的跟班，如果他成功了……我是那個穿著綠色襯衫和黑色長褲的傢伙。我會棄槍，叫他不用擔心。」

「你是個好人，伊旺．麥斯貝登。」

麥斯貝登在黑暗中遠去，那道光再次出現，在他身後漸漸變窄，最後消失了。

那把刀深深插在詹特利的腹部。那種痛苦極爲駭人，他的膝蓋顫抖，腸胃虛脫無力。詹特利搞不清楚發生了什麼事，他往下看，不知怎地，他的雨傘鉤住了襲擊者的手腕。他拉扯傘柄，雖然沒力氣把刀子拔出來，但至少穩住了刀刃，沒有插進更深的皮肉。痛死了，劇痛讓他咬牙切齒，但至少不是整個刀柄插入體內，也幸好不是將魚去骨一樣開腸剖肚。

詹特利使盡全身力氣，他的右手拉扯雨傘，左手抵擋攻擊者。他槌打對方的胸口，但力道很弱，在右手使力和腹部受傷的疼痛下，他的力氣所剩無幾。殺手立刻回拳，想使出頭槌攻擊，但詹特利及時閃開了。

詹特利的左手伸向腰帶，虛弱地抓住那把格洛克手槍，正要想辦法掏出來時，攻擊者撞了過來，剛好讓他將手槍從腰帶上扯下來。

鋼鐵製的槍械落在街道上的鵝卵石，在黑暗中鏗鏗作響。

他們赤手空拳搏鬥，在黑暗中你來我往。攻擊者擋住了詹特利的戳眼攻勢，詹特利也擋住了對手襲擊喉結，但還是被槍柄打了一記。

攻擊者試圖將插在詹特利體內的刀子上拉到他的胸骨，或是推得更深，但徒勞無功。他的手臂被傘鉤住，使他無法完成這兩個動作。然而刀刃還是深深切進詹特利的下腹，剛好卡在他的髖骨上。

詹特利忍住叫聲。他痛得幾乎失去理智，但他知道幾公尺外有更多的殺手。那些人一旦聽見他的叫聲，即使他能頂住刀刃帶來的疼痛和殺手的攻擊，也不可能有任何生還的機會。

詹特利改變了策略。他向前走，將胸膛推向攻擊者，他終於看清對方的臉，那是張亞洲面孔。詹特利把對方撞向牆壁，但身體裡的刀子因此刺得更深了。

緊接著，詹特利使出一記頭槌。兩人的額頭撞在一起，敲出「叩」的一聲，從這場打鬥開始到現在，這是最響亮的聲音。那把雨傘仍然勾在攻擊者的右手上。詹特利再次用身體一推，亞洲殺手一個踉蹌，撞在小巷另一側的牆上。那人手上還握著插在詹特利體內的刀子，詹特利不得不跟著一起移動。這裡的光線更好。經歷了差點讓他不省人事的痛苦，詹特利看見那個背包的帶子，他發現這個男人正用另一隻手抓身後的東西。

詹特利抓住對方的手腕，一把按到磚牆上。

「你在拿什麼？」詹特利問。他的聲音因痛苦和疲累而顫抖。「背包裡有什麼？」在小巷的光線中，兩人四目相接，他們的眼瞼都因用力過度而抽搐了幾下。攻擊者試圖往前撲，被詹特利推了回去。「包包裡面有什麼？」

詹特利猛踐雨傘，對方立刻失去平衡。他趁機把手伸到那人身後，抓著壓在牆上的背包。做這個動作時，他不得不收緊腹部，痛苦地呻吟著，聲音都啞了。

攻擊者趁機轉動了插在詹特利體內的刀，兩吋深的傷口就此裂開，詹特利感覺到鮮血汩汩流過褲襠，滑到兩腿內側。

「啊。」這聲慘叫沒那麼大聲，卻依舊迴盪在小巷裡。詹特利拿到包包了，他把手放在拉鍊上。金宋朴想用頭推開詹特利的手，卻被詹特利的一記頭槌撞暈。詹特利迅速打開背包，左手伸進背包裡。

「這是什麼？這是什麼？」他一邊問，眼淚一邊順著臉頰流下，淚水和唾液混在了一起。他說著話，淚水和唾液飛濺到攻擊者的臉上。「這就是你要的？這就是你們追著要的？嗯？」詹特利從包包裡抽出一把黑色小衝鋒槍，他凝視著對手眼中的恐懼。金宋朴向後伸手，抓住了槍枝前端的消音器，然後用力推了刀柄，詹特利試圖擺脫，但刀柄又被推得更深，往他的腸胃再深入一毫米。

詹特利將手指伸進扳機護圈，扣了扳機。金宋朴將火力開關留在半自動的模式，詹特利也會這麼做。槍管對著金宋朴身後的磚牆，子彈將磚石炸開，碎片如雨般在周圍落下。詹特利以最快的速度扣動扳機，發射子彈的後座力讓詹特利的身體震了震，他肚子上的刀子又插得更深，戳進了其他肌肉和骨頭。一發、五發、十發、二十發。由於連續發射，槍管上的消音器熱得發白，金宋朴痛苦地尖叫，放開了消音器。他用燒傷的手包住握刀的手，他握緊了雙拳，集中了全身的力量，最後一次將刀刃快速又狠戾地捅入灰影人的脊椎。

詹特利的血在燒焦的指間四濺。

詹特利握著沒有子彈的HK半自動手槍，炙熱的槍管砸在金宋朴的臉上，打斷了他的鼻子。

兩人倒在街道上，糾纏許久的他們終於分開了。金宋朴仰面躺著，他的頭靠在滿佈彈痕的牆上，鮮血從鼻子裡汩汩流出，燒傷的手垂在腿上。他在打鬥中用盡氣力，現在氣喘如牛，胸口不停地上下起伏。詹特利側臥在巷子中央，他也氣喘噓噓，小腹上插著黑色的刀柄。

詹特利試圖把刀拔出來，他一邊拔，一邊嘶喊。亞洲殺手因爲腦震盪而筋疲力竭，他雙膝跪地，死命地在冰冷的路上爬行，試圖靠近詹特利。

他在距離詹特利約一公尺的地方縱身跳起，在灰影人拔出那把刀之前，他要搶到那把刀，不顧一切。

即將達成目標的前一刻，整支刀被拔了出來，在昏暗的光線下，只見光滑的刀刃上沾滿了鮮血。當他撲下來，詹特利舉著刀，反手劃過對方的喉嚨。那人瞪大眼睛，動脈的鮮血噴湧而出。

金宋朴重摔在小巷裡，下半身壓在了灰影人身上。幾秒後，他死了。

詹特利把刀子丟在路上，又將金宋朴死後仍在抽搐的雙腿從身上移開。屍體無知覺地翻了面，臉部朝上，沒有任何動作。詹特用一隻手解開對方的領帶，並把布料揉成一團。他深吸幾口氣穩住自己，將領帶按壓在腹部的傷口，鮮血順著白襯衫流到人行道上。

「媽的！」他尖叫出來，他的臉因痛苦而扭曲，還沾滿眼淚、口水和鼻涕。極度痛苦下，他感到一陣噁心，但藉由專注於其他工作來緩解。平常，他總是格外注意，不要留下自己的DNA，但現在他不管了。如果要清理現場，可得動用一浴缸的漂白劑、五個清潔員，還得花上一整天的時間，但詹特利完全沒有這些援助。

用揉成一團的領帶在傷口上加壓確實減輕了彎曲腹部時的疼痛，不然他根本站不起來。他一拐一拐地站了起來，在牆邊穩定身子，然後拖著腳步往前走。他聽見身後的聲音，打鬥的聲響驚動路人，警察和殺手很快就會抵達。他跌跌撞撞走過街角，進到一條商店街。商店晚上都關門了，街上也沒有四處逛逛的人。他全身無力，臉色慘白，跟跟蹌蹌地離開身後的血泊。

他向北移動，走進了寒冷的夜晚。生命之血沿著腿流下，滴在腳下的鵝卵石上。

三十秒後，一名波札那刺客推開驚慌的人群，發現了那個韓國人的屍體。黑暗的小巷裡，他手上的強力手電筒照亮了血淋淋的恐怖場面。他打了通電話給技師。

「這裡有一個人死了。一個亞洲人。他幾乎被斬首。」

波札那刺客帶著口音的英語從話筒中傳出。洛伊和里格爾站在技師後面。菲利克斯先生走進房間，他站在黑影之中，專心地注視著。

技師打開電子設備庫的開關。「女妖一號。你在嗎？女妖一號，你聽得到嗎？」

喇叭傳來一陣窸窣。洛伊和里格爾滿懷希望地抬起頭。

「他現在不能接電話，別白費力氣了。」帶著非洲口音的人嘲諷道。看來那位波札那人從死掉的韓國人身上掏出無線電，並對著它說話。

里格爾說：「這次行動中，這韓國人是我們遇過最厲害的殺手。如果他的組織得知他在這次行動裡陣亡，他們肯定會抓狂。」

「他們該死。」洛伊沒好氣地大聲說：「他們應該多派一些人來完成任務，但他們只給了一個人，代表他們的心思不在這裡。」

「你這白痴，洛伊。你知道他的殺手生涯多厲害嗎？」

的。」

「我當然知道啊，他就在巴黎的小巷裡留下一條油膩汙漬而已嘛，其餘的我才不想知道，他媽的。」

就在這時，那位波札那人又出聲了。「有一條往北的血跡。我們要跟蹤下去，我們會找到他的。」

「看吧。」里格爾說：「女妖一號發揮了功用。」

三分鐘後，一名監視者上線了。「五十四號呼叫技師。」

「請說。」

「我在聖米歇爾廣場（Place Saint-Michel）附近的四樓窗戶。我這邊的監視器正在追蹤那個目標。我可以寄給你確認。」

他們花了十秒建立連線。控制室的電漿螢幕亮起，只見巴黎一片燈火通明，映照出巴黎聖母院的輪廓。塞納河像一條閃爍的絲帶，將城市一分爲二。監視器沒有對準任何特別的事物。

「他在哪裡？」焦急的里格爾喊道。他漫無目標地瘋狂尋找獵物。「五十四號，聚焦在那個人身上！」

「是的，先生。」五十四號用法語回答。影像轉到橫跨塞納河的新橋，這座橋會通往巴黎聖母院。一個形單影隻的人穿著深色西裝，那人步伐蹣跚，踉踉蹌蹌地弓身走在橋上。他顯然受了傷，正在逃跑，要從左岸前往塞納河中央的西堤島（Île de Cité），巴黎聖母院的大教堂就矗立在那座小島之上。

「看看他那模樣。他完了！」洛伊興奮地喊道：「附近有哪些人？」

在洛伊丟出這問題之前，技師便做出了回答。「哈薩克人還有三十秒能到。他們會從橋的南邊過來。波札那人緊跟在後。玻利維亞人在塞納河北邊。斯里蘭卡人在西邊，十分鐘能趕到。」

影像被放大，可以看清塞納河左岸上奧斯定堤岸（Quai des Grands Augustins）的建築物。幾個人沿著馬路狂奔，右拐上橋。有一人在濕漉漉的鵝卵石路上滑倒，其他人穩健地在新橋的斜坡上奔跑。

「就是這樣！」里格爾宣告勝利：「叫他們幹掉他，把屍體裝進車裡，然後載到直升機停機坪。把屍體運到這裡，讓菲利克斯先生親眼看看。」

「這個安排非常令人滿意，謝謝你，里格爾先生。」菲利克斯說，他面對一排螢幕，身前是幾個熱血賁張的人，好像一尊雕像。

監視者的鏡頭重新對準了詹特利。他轉身面對哈薩克人，兩方現在相距不到四十公尺。負傷的詹特利直挺挺站著，但顯然這個姿勢讓他痛苦。他回頭看向橋的另一端。

洛伊說：「你不會成功的，詹特利。你跑不了了。你死定了。」他的聲音裡帶著竊笑。

但這時里格爾喃喃罵了句髒話：「幹。」

「怎麼了？」洛伊問。

「幹。」里格爾又用德語罵了一聲。

這時，灰影人走到水泥欄杆。他回頭看著不斷靠近的人，距離拉近到二十五公尺。

「不！」洛伊說，他理解里格爾剛才的憂慮了。「不不不不——」

里格爾從技師的桌子上把麥克風拉過來，他按下按鈕，在激動中用德語大喊「立即開槍！」他改用英語大叫：「趕快，現在開槍！」

但爲時已晚。詹特利縱身一躍，翻過了欄杆，掉進波光粼粼的河水。入水時，水晶般的河面濺起大片水花，隨著水流，水面重新回復成快速流動的鏡子。那人深色的身影就這麼消失了。

洛伊別開臉，不再看著監視器畫面。他抱著頭，滿臉震驚。他轉向依然靜靜站在後面的菲利克斯。

「你看到了！你看到了！他死了！」

「掉進水裡不會死人，我的朋友。對不起。我需要替總統確認這件事。」

洛伊轉身面對技師。他大聲吼叫，整個莊園都能聽見他的聲音：「該死！叫他們跳進水裡搜查！我們必須找到他的屍體！」

螢幕上，哈薩克人還在新橋上，他們五個人聚集在目標剛剛消失的地方。他們看向了同一邊。兩個人跳過欄杆，跳進冰冷的河水，三個人跑回左岸。

里格爾向技師發出指令。「他受了重傷，掉到水裡沒什麼好處。把波札那人帶過去，也立刻調動玻利維亞人和斯里蘭卡人。叫一個人開船在河上搜索，他的身體可能不會立即被沖到岸上。趕快下令，每個人都要下去搜索河岸。所有負責監視的人把監視器聚焦到下游，尋找他在哪裡上岸。我們要找到他的屍體，現在立刻！」

30

兩點三十分，天空下起了小雨。蒂諾羅西花園（Jardin Tino Rossi）位於塞納河左岸，就在巴黎聖母院大教堂東南東四百五十公尺處。黑暗中，蒂諾羅西花園看起來相當荒蕪。距離鵝卵石碼頭十五公尺處，有一條長滿草的堤岸，旁邊緊挨著一堵低矮的石牆。在樹木和石牆之間，一個人仰面躺著，他的膝蓋微微抬起，手臂彎曲。那人的身軀被水淹過，誰都看得出來他顯然剛從河裡出來。也許因爲置之死地而後生的念頭，那個人生出力量，用虛弱的手臂爬出河邊，鑽進柔軟潮濕的草叢中。說不定他曾經試圖站起來，但支撐身體的手腳完全癱軟，讓他撲倒在冰冷的地面上。

這副身軀完全沒有動靜，也沒有發出聲音。一道電子音開始嗶嗶作響，那股聲音被悶在浸濕的衣物中。

這副軀體沒有動作。突然間，他的肩膀抽搐了一下，頭部微微轉動，重新打量周圍的環境。嗶嗶聲又一次響起，這個人將手緩緩伸進外套口袋，掏出一個塑膠盒翻弄著。塑膠盒突然打開，衛星電話掉進了草叢。這個人仍然盯著天空。

詹特利跳下了那座橋，他重重地撞擊在水面上，寒意吸走了肺部殘留的氣息。他沉到水下很深的地方。重回水面時，他已經到了新橋下游，繼續往西漂流。他在水裡浮浮沉沉了約一分鐘，吸進了一些空氣和水。他看到一艘小型房屋型駁船往上游駛來。詹特利很虛弱，隨時可能失去知覺，但是當那艘緩慢移動的駁船經過他身邊，他用一隻手臂勾住了懸掛在船側的梯子。當船慢慢開過他剛剛跳河的橋下，他低著頭，躲進船尾的水花。他聽到潛入水中的男子大聲叫喊，他們在尋找屍體，或者在調整手電筒的照射角度，試圖在橋的四周全力搜索。

十分鐘過去，還是沒有人發現詹特利。他幾乎用盡最後的力氣，雖然試圖爬梯子上船，但還是摔了下來。他的雙腿虛弱、腹部疼痛，濕透的鞋子以及令人麻木的寒冷都不利於他。他又跌回冰冷的水流中。他再次伸手抓駁船，卻只抓到河水，船已經逆流而上，漸漸遠去。

幸運的是，詹特利離水邊不遠。他順利上了左岸，掙扎著上了人行道，雖然試圖爬起來，但又跌在蒂諾羅西花園某棵樹旁邊的濕潤草叢中。

他在這裡躺了二十分鐘，他睜著眼，但目光無神。柔軟的雨滴落在臉上，輕輕打到瞳孔，四散開來。

電話再次響起，他從草地上撿起電話，眼睛仍然盯著被城市燈光照亮的積雨雲，天上的雲朵低得不可思議。

他的聲音微弱而疏離。「喂？」

「晚安。我是克萊兒．費茲羅伊。請問你是吉姆先生嗎？」

詹特利眨了眨眼，擠出了雨滴，眼眶裡卻蓄滿了淚水。他盡可能控制自己的聲音，掩飾疼痛、疲憊、絕望和徹底的失敗。「你的就寢時間已經過了。」

「是的，但是唐納爺爺說我可以打給你。」

「你還記得我？」

「是的，先生。我記得你會開車送我們去上學。你會睡在大廳的小床上，但媽咪說你沒有睡，而是整晚看顧我們。你會喝咖啡，也喜歡吃媽咪煮的蛋。」

「沒錯。她會加很多起司。」詹特利的腹壁和髖骨被刺傷。刀子沒那麼長，不足以切開腸子，但他身體中央有一股灼燒般的疼痛，難以形容。他猜自己還在流血，他在約一小時前掉進河裡，沒辦法繼續加壓止血。

詹特利的右手邊響起救護車的鳴笛聲。他躲在石牆的黑暗處，不讓人看見。

「吉姆先生，唐納爺爺說你會來救我們。」

淚水流下他的臉頰。他沒死，卻覺得跟死了一樣。他知道自己去不了貝約，就算眞的到了貝約，也只會在莊園門口流血而亡。他還能做些什麼？

「你爺爺呢？」

「他在臥房。他現在不能走路。他說他從樓梯上摔下來，但那是在說謊，他被這裡的人弄傷了。他把電話給我，要我到浴室的櫃子裡打電話給你。」她停了下來。「所以我只能小聲說話。你就要過來了，對吧？拜託，你已經在來的路上了，對嗎？如果你不來……你是我們唯一的機會，因爲我爸去倫敦了。吉姆先生……你還在聽嗎？」

費茲羅伊的典型手段。如果是唐納爵士本人打了這通電話，詹特利會告訴他一切都完了。但這個狡猾的混蛋早就知道詹特利身陷困境，只有雙胞胎能激勵他繼續戰鬥。

「我盡量。」

「你保證嗎？」

衣冠不整的詹特利躺在黑暗中，濕透的西裝冰冷地貼在身上，冷硬的泥土壓在後頸和剃光的頭上。他用微弱的聲音緩緩地說：「我很快就會到。」

「你保證嗎？」

詹特利低頭看著腹部上的傷口。他現在正用力壓在傷口上面。「我保證。」他說，彷彿卯足最後一點力氣擠出這些聲音。「我到了之後，你要記得做一件事。」
「什麼事，先生？」
「當你聽到很多聲響，趕快回去你房間，爬到床底下待著。你能幫我做好這件事嗎？」
「聲響？什麼聲響？你說的是槍聲嗎？」
「對，我說的是槍聲。」
「好的。」
「待在那兒，直到我來接你。也幫我轉告凱特，好嗎？」
「謝謝你，吉姆。我就知道你會來。」
「克萊兒。」詹特利的聲音多了一絲新力量：「我需要你偷偷把電話還給你爺爺。我必須問他一個非常重要的問題。」
「好的，吉姆。」
「克萊兒，你還在嗎？謝謝你打電話給我。我很高興能聽到你的聲音。」

十六分鐘後，詹特利踉踉蹌蹌地走在紅衣主教勒莫因街（Rue du Cardin Lemoine）上。又開始下雨了，周遭一個人影都沒有，這對灰影人來說是件幸事。他雙手按在左腹，走路時無法彎曲左腿。他每隔二十多公尺就得停下來，靠在牆上、汽車上，或是路燈上，蜷起疼痛的身體，幾秒鐘後再向前走，然後又因爲失血的疲憊停下休息。
他到了費茲羅伊提供的地址。正如他所料，門關著，還上了鎖。他躲進隔壁房子的暗龕，像流浪漢一樣坐在硬紙板上，頭靠在台階上休息。約一公里多之外，遠處傳來起起伏伏的警笛聲。警察、打手和盯著監視器的人都沿著塞納河找他，希望他們往下游搜索，而不是上游，也希望他們相互阻撓。

他的拳頭按在滿是鮮血的肚子上，他剛要打瞌睡，這時費茲羅伊說的那棟建築傳來一聲聲響。他向外張望，原本上鎖的門緩緩打開。他本以爲會有人開車過來，但看來在這裡工作的人剛好就住在樓上。

二十公尺之外的路燈下，一位女子出現在人行道上，幾乎看不清她的身影。詹特利站起身，踉蹌地走過去。

「加油！」她輕輕用法語喊道：「快一點。」

他走路時仍然一拐一拐地，他跟在她後面，來到了長長的走廊。他虛弱搖晃的身體靠在走廊牆上，這時他才看到自己一邊走路，一邊抹著自己的血。女子趕緊蹲下身，用肩膀撐起他的胳膊，把他攙扶起來。她又高又瘦，但很強壯。每走一步，他就把更多重量壓在她身上。

他們穿過一道門，進入黑暗的房間。她背著七十多公斤的詹特利，打開燈之前，詹特利被狗的狂吠聲嚇了一跳，那隻動物好像很近。又一隻開始吠叫，十隻以上的狗同時在他周圍吠叫。

上方的燈突然亮起，他立即意識到唐納說的急診診所其實是一間獸醫院。他的膝蓋一軟，重心落在了女子身上。她發出一聲孩子氣的咕噥，把他推到了小椅子上。

「你會說法文嗎？」她低頭看著他，用法語問道。他抬頭一看，毫無疑問地，她相當漂亮。

「你會說英文嗎？」他用法語問。

「會一些。你是英國人？」

「是。」他撒了謊。但他不想假裝英國口音。

「先生。我跟費茲羅伊先生說過醫生出城了，但我已經打了電話給他，他現在正在趕來的路上，幾個小時內就會到達。對不起，我不知道你傷得這麼嚴重。你需要去醫院。我幫不了你，我會幫你叫救護車。」

「不。既然你在費茲羅伊的聯絡網中，表示這裡至少有藥、血漿和綳帶。」

「這裡沒有，眞的很抱歉。勒班（LePen）醫生能去附近的診所，但我不行，我只在這裡工作。你需要去醫院急救。天啊（法語），你的體溫好低。我幫你找一條毯子。」她轉身離開了房間，回來時拿來一條聞起來有貓尿味的厚羊毛毯子。她把毯子披在他的肩上。

「你叫什麼名字？」詹特利問道，他的聲音不曾這麼微弱。

「潔絲汀。」

「好的。潔絲汀，看來你是個獸醫，差不多可行。我需要一點血和——」

「我是獸醫助手。」

「嗯，差不多嘛。請你幫幫我，我們合作就可以做到的。」

「我平常只會幫動物洗澡，或是幫醫生按住小狗！我幫不了你。醫生已經在路上了，但你的狀態可能無法等了。你整個人非常蒼白，你需要輸血和打點滴。」

「沒時間了。聽著，我懂一些戰地急救手術的知識。我們需要幾個單位的RH陽性O型血和一些抗生素，你也要下手幫忙。如果我太虛弱、太疼痛，就沒辦法做事。」

「戰地急救手術？這裡不是戰地，這裡是巴黎！」

詹特利哼了一聲。「這句話得去跟對我做這件事的人說。」他打開毯子，挪開在傷處上加壓的手。他的血壓已經太低，腰部沒有血液噴出來，但血液依然緩慢滲出，在治療室的光線下亮得刺眼。

潔絲汀喘著氣。「看起來很糟。」

「這並不是最糟的。傷口穿過肌肉，很血腥，但如果輸入一些RH陽性O型血就不會有事。如果你幫了我，我就能繼續趕路。麻煩你了，費茲羅伊會付錢給你和醫生。」

「先生。你沒聽見我剛剛說的嗎？我治療的對象是狗！」

他閉上眼，似乎有些猶疑，但他說：「想像我身上有毛吧。」

「你怎麼還開得出玩笑？你就要失血而死了。」

「如果我們繼續爭執，我才眞的會死。你說的那間診所在哪裡？我們可以去拿我需要的東西。我不能去醫院，只能這樣做了。」

她長嘆一口氣，點點頭，將棕髮紮成馬尾。

「先在傷口上纏一圈繃帶吧，這樣你才不會流更多血。」

狗的吠叫聲漸漸平息下來。

獸醫院的小手術室很髒，週五結束營業之後並沒有好好清理。

「對不起，先生。如果我知道你會來——」

「沒關係。」詹特利努力將自己撐在手術室中間的金屬手術台上，但潔絲汀阻止了他。她抓起噴霧瓶，開始擦拭鋁製表面。她的病人暫時靠在繃帶架上。她跑出去，從候診室的沙發上拿來墊子。

「你的雙腿必須掛在一側，這個架子不是爲人類製作的。」

「好的。」

他用盡最後的力氣撕開襯衫。鈕扣在貼著瓷磚的房間裡彈飛。潔絲汀脫下他被雨水浸得濕透的鞋子，用剪刀剪開他的褲子，他只穿著一條內褲。

「我……我對於照護人類沒什麼經驗。」她說。

「你做得很好。」

她克制內心的膽怯，從頭到腳打量著詹特利。

「你出了什麼事？」

「我的腿中彈了。就在前幾天。」

「被槍打到？」她低頭看著他大腿上的傷口，然後是血淋淋的臀部。她趕緊戴上橡膠手套。「我的天啊（法語）。」

「後來我的腿和腳被碎玻璃割傷了。」

「我看見了。」

「然後我從瑞士的山上滾下來，摔斷了一根肋骨。」

「你是說一座山嗎？」

「是的。然後為了從手銬中掙脫出來，我的手腕也廢了。」

潔絲汀沉默了，她微微張開下巴。

「你的肚子呢？」

「刀傷。」

「在哪裡受傷的？」

「在巴黎。大概一個小時前吧，我猜。然後我跌進塞納河裡。」

她搖搖頭。「先生，我不知道您的工作是什麼，我也不想知道。但無論如何，我認為您應該尋找其他類型的工作。」

詹特利輕笑了一下，刺激了刀傷。「我的技能不適用於正常工作。」

「對不起，我聽不太懂這句。」

「沒關係。潔絲汀，雖然繃帶多少能止住血，但如果不趕快輸血，我很快就要昏倒了。」

「那間診所就在附近，但已經關門了。」

「我們去打開它的門。」詹特利說：「走吧，我需要在一小時內出動。」

潔絲汀在詹特利的腰上纏緊壓力繃帶，把厚厚的方形紗布固定在傷口上。「出動？你根本不能移動！好幾天都不能移動。你不知道自己受的傷有多嚴重嗎？」

「**你**才不明白。我必須去一個地方！我修整一下，就可以離開了！」

她咬緊牙，瞪大了眼睛。「先生，我雖然不是醫生，但我可以保證，除了接受治療，你不需要去任何地方。你可能會在一小時之內死掉。」

「我沒事的。我必須過去。」

潔絲汀蹲下，打開一個矮櫃，從裡面取出設備。「那是不可能的！輸血之後，只要你一移動，血液就會從你的胃裡流出來。你需要進行縫合手術。縫線之後，若你移動身體，縫好的傷口就會再次裂開。」

詹特利想了想。他低頭看看手錶，已經凌晨三點了。「我……我要去貝約，就在諾曼第。」

「這個晚上？你瘋了嗎？」

「這事攸關生死，潔絲汀。」

「沒錯，**您的生死**，先生。」

詹特利從口袋掏出莫里斯裝了現金的信封。它濕透了，但能在河裡倖存就已是奇蹟，和他的車鑰匙一樣。他把濕漉漉的信封遞給潔絲汀。「裡頭有多少錢？」詹特利在她查看的時候問道。

她的目光又回到他身上。「很多。」

「全是你的。只要你幫我在八點前趕到貝約。」

「你甚至不能開車。你到底想去那裡做什麼？」

「我可以開車，但在我開車的時候，你要幫我縫合傷口和包紮。我們可以在路上進行輸血。」

她慢慢站起來。一字一字地說：「縫——合——傷——口？在——車——上？」

詹特利點了點頭。

「在你開車的時候？」

「是的。」

她用法語咕噥了一些詹特利聽不懂的話。他聽到「狗」這個字，他猜她應該說的是這種時候她更喜歡四隻腳的病人。

她將繃帶綁在他的腰上，重新把濕漉漉的襯衫披在他肩上。她很專心，說話時連頭都沒有抬起來。「星期天早上貝約會發生什麼事，讓你絕對不能錯過？」

「如果我說要去參加教堂的唱詩班，你信嗎？」

她搖搖頭，一點都笑不出來。「不信。」

「好，那我就告訴你吧。」於是他說了自己的故事，以及他得在早上八點以前完成的事情，不過他刻意省去許多細節。他講到被綁架的女孩們，以及為了保護女兒而死去的父親；他講到追殺在後的外國特工。失血和疲勞使他的大腦變得混亂，他繼續說著克萊兒打來的電話，以及他必須保護這些孩子。

他談到殺手和殺戮，以及兩個女孩為了某個流氓公司的名譽而面臨的致命危險。潔絲汀面露驚恐，她在這間獸醫院工作，醫生偶爾會空出一些奇怪的時間段，與極為可疑的病人打交道。醫生常常跟她提起費茲羅伊和聯絡網的事，她因此非常清楚這些事，但她怎麼也無法想像有人能像這位陌生人的故事中所描述的那般殘忍、冷酷。

「所以……你覺得呢？」詹特利道。

「你爲什麼相信我？」

「可能是出於絕望吧。四十五分鐘前，我幾乎要死在河邊了。從那一刻起，你就成了我唯一的希望。就算你出賣了我，我的處境也不會比躺在河邊的時候更糟。」

「警察呢？」

「洛伊說，除非我出現，不然他會殺死人質。我了解他這種人，他們說到做到。我得單獨行動，但還是需要你的幫助。我的目的地在貝約北邊幾公里的地方，我會把你留在貝約，你可以搭第一班火車回到巴黎。我向你保證，你會離危險很遠。」

「我要怎麼稱呼你？」她問。

「叫我吉姆。」

「好的，吉姆。你要答應我一個條件，我才會繼續幫忙。」

「什麼條件？」

「我想給你一點止痛藥，這只是爲了程序上的方便。我會幫你輸血，讓你的血壓回升。我們會去診所找一些用得上的東西。我會先開我自己的車，讓你回去聖拉扎爾火車站取車，我們再坐你的車出發。離開城鎮後，一路上不會有車，我會在你開車時幫你處理傷勢。」

詹特利想了想。他的理智不允許他服用任何模糊思緒、麻木感官的藥物，這樣他就不能完全專注於手頭的任務。他覺得自己還能忍耐目前的疼痛。

不，他不喜歡潔絲汀的計畫。但出於某種原因，他**確實**信任她。他看著身邊瘦高的可愛女孩，她剛從床上起來，頭髮綁成凌亂的馬尾，她沒化妝，卻依然很漂亮。她正忙著讓一個可怕的陌生人活下去，唇上冒著薄汗。詹特利看著眼前的一切，他承認自己絕對沒有資格與她爭論。

潔絲汀扶著詹特利站起來，他們踉蹌地走出治療室，走到診所的後面。每走一步，詹特利都抽痛一下，他的頭一度低垂，好像要昏倒似的。

潔絲汀摸索著鑰匙，讓詹特利先靠在院子牆上。

「這到底是什麼？」詹特利問道。

「這是我的車。」

「這居然是一台車？」

「有什麼問題嗎？」

「它太小了吧。」

「我買這台車的時候可沒想過自己會需要運送病人。」

「這很合理。沒關係，這台車肯定不會引起太多注意。」

他們微微一笑，但當她試圖將他扶到座位上便沒了笑容。詹特利痛苦地大叫，淺淺地喘著氣。她花了快一分鐘的時間才發動引擎。這時詹特利已經睡著了。她把他的椅背放低，讓他幾乎平躺下來，又費了一番工夫將他的腿放上儀表板，這樣他才不會進入休克狀態。她在蒙格街（Rue Monge）向北轉，遠方的直升機在河上來回盤旋。

潔絲汀把車停在學府街（Rue des Ecoles）上，就在獸醫院附近。這時是凌晨三點半，周圍一個人都沒有。詹特利動了一下，他環顧四周，然後向她要了一支筆和一張紙。她在包包裡翻了一會兒，遞給他一個信封和鉛筆。

「我還需要你幫忙找找另一種藥，應該會和兒科的藥放在一起。」

「是要給雙胞胎女孩吃的藥嗎？」

「不，是給我的。」他寫下一些字，把信封還給了潔絲汀。她看了一眼。

「右旋安非他命（DextroStat）？它有什麼作用？」

「這對我有用。這個藥很重要，你要找到它。」

她聳聳肩，答應了下來。她沒有再對詹特利說什麼，而是走出小車，繞到後車廂。詹特利沒有轉身看她在做什麼，他也無法轉身。幾秒鐘後，她走到建築物的門前，左右快速地看了看。她拿著輪胎鋼圈，用力砸破了玻璃門，她將手穿過鋒利的碎片，從裡面打開了門。詹特利完全無能爲力，他看著她的身影消失在漆黑的診所。刺耳的警報聲響起，整條街都能聽見。

即使危險就在眼前，詹特利又在車裡睡著了。迷你車向前震動一下時，他才再次醒來。在閃爍的街燈下，他們逐漸遠離警鈴聲。詹特利瞥見年輕女子專注且堅定的表情。

「你拿了什麼？」他問。

「三袋一公升裝的RH陽性O型血、兩袋葡萄糖營養液、嗎啡、止痛錠、輸血設備、消毒藥水和縫合工具組。」

「還有？」

「還有你說的那個藥。」

「做得好。」

「是啊。」她微笑說：「很有趣呢。」

聖拉扎爾火車站下的停車場裡，兩人坐上了賓士汽車。詹特利握著方向盤，他光是坐著就覺得頭暈目眩，表情因痛楚而扭曲。他們一起坐在黑暗且空蕩蕩的停車場裡，潔絲汀開始爲他輸血，同時輸入營養液。她把血袋和營養液的袋子鉤在上頭的頂燈，讓液體滴滴落下。她跪在詹特利身邊，將消毒藥水倒在他的腰上，藥水滲入繃帶和傷口中。專注的她動作相當熟練。

潔絲汀指示詹特利躺下放鬆。她下了車。離開了他的視野。他獨自坐著，思考眼前的任務。因爲這些延誤，他知道自己無法在早上六點前到達，這樣就沒有時間探勘地形。不，按照現在的情況，如果他想在黑暗的掩護下開始攻擊，就只能即刻開車前往莊園。媽的。詹特利知道自己的境況從來都不樂觀，在巴黎遇刺後，成功的機會更是微乎其微。

就在這時，潔絲汀帶著一袋糕點和兩大杯咖啡回來了。詹特利從她手中拿過一杯咖啡，大口喝下時，嘴巴被燙了一下。

「停（法語）！」她叫道：「停下來，慢慢喝。」

詹特利用力地撕開牛角麵包。她想幫他塗上奶油，但他只是接過那塊奶油，一口吞了下去。

潔絲汀開始說教。「你媽媽肯定不會喜歡你這種吃法。放輕鬆。你所需的液體和營養液正在注入你的靜脈。因爲你打了嗎啡，如果吃太多的話會想吐。咖啡就慢慢喝吧。你能開車嗎？」

「我們很快就會知道了。」詹特利一臉破釜沉舟的樣子。他倒車出來，緩緩離開地下停車場，開進了一片夜色。

他們沿著A15公路一路往北，開出了巴黎。正如潔絲汀所說，週日凌晨四點的路上幾乎沒車。出城幾分鐘後，她發現血袋已經空了，不禁罵了一聲。她換上第二包一公升裝的血袋，然後再換上另一袋葡萄糖營養液，以便讓這些液體以最快的速度流入詹特利的靜脈。

A13是前往貝約的最短路線，但詹特利避開了這條路。通往莊園的主要道路很容易被監視。相反地，他選擇走小路，行車時間因此增加了約半個小時。

一小時之後，他們終於躲不開公路旅行一定會有的環節。潔絲汀開始聊到她的家人、朋友以及她養的六隻貓。她的聊天內容天馬行空，她的緊張顯而易見。距離莊園還有不到一小時的路程，潔絲汀安靜下來，她小心翼翼地在詹特利的靜脈中注射微量嗎啡。如果他的血壓太低，一如之前在獸醫院時的情況，嗎啡會使他的心臟停止跳動。但輸了兩公升多的血之後，考慮到他即將經歷必須咬牙忍耐的痛苦，她覺得應該給他注射少量的強效止痛藥。

他們在暗夜中穿梭，詹特利覺得好多了，在止痛藥、輸血和葡萄糖的作用下，他的體力和精神增強不少。他們討論了如何進行手術，潔絲汀花了幾分鐘準備縫合線和繃帶。她將鋒利的鉤針穿上縫線，浸入消毒藥水，然後放在無菌紗布上。她遲疑了一下。她打開他的襯衫，剪開繃帶，把瓶子裡一半的消毒藥水倒在他的肚子上。因為刺痛，詹特利縮了縮身體。

兩人都解開了安全帶，她跪在副駕駛座上。詹特利的手依舊緊握方向盤，只是將手臂抬高，讓潔絲汀進行縫合。他大口喝完冷掉的咖啡，將杯子扔到後座。潔絲汀用膠帶將詹特利的小手電筒固定在方向盤下方，光源完美地照亮即將進行手術的傷處，她只須留意自己不要擋到手電筒的光線。

「即使在正常的條件下，我也從未在人類身上縫過針。但我以前幫貓縫過傷口。」

「你會做得很好，」詹特利說。他們都很努力地想要安撫對方。

但潔絲汀先動搖了。她抬頭看他，問道：「你確定嗎？我的針得深入肌肉，這樣才能縫好傷口。如果只是刺穿皮膚層，縫線會隨著動作而裂開。」

詹特利點了點頭，他已經預期到接下來的疼痛，眼裡噙著淚水。「潔絲汀，」他輕聲說：「無論我說什麼或做什麼⋯⋯**你都不要停**。」

她點點頭，穩住自己。「你準備好了嗎？」

他很快點點頭，他將胸前的安全帶放到嘴裡，用力咬下去。

路面平坦筆直，車子的大燈照亮馬路。

血淋淋的刀傷上，潔絲汀的針線刺進了病患的皮肉一公分處。鉤針在男人的腹部肌肉深處找到了自己的路，穿過了傷口，手電筒的光束下，鮮血不斷湧出。帶著弧度的尖刺從傷口另一側的皮膚冒出來。

詹特利咬著安全帶，大聲叫了出來。

潔絲汀戴著手套，她用手接住線，將線向後拉，又穿了一針。她給病患注射了四分之一劑的嗎啡，但當她縫下第二針時，她感覺到男人的眼淚滴在她的手臂上。

接下來的十公里路程中，她繼續進行縫合手術，她不曾將目光從傷口上移開，但她一直用和緩的法語跟他說話，好像在治療一隻受傷的狗。在她的頭頂上，病患咬牙呻吟著。在她看來，他還能繼續開車簡直是奇蹟，不僅在彎道輕輕轉彎，甚至還能剎車。潔絲汀心想，他之所以能維持動作協調，應該只是因爲他全神貫注地開著車。

她一邊工作，一邊用紗布擦去血跡。她拿起放在他兩腿之間的瓶子，倒出消毒藥水，以便觀察泵血的傷口。

最後她說：「快好了。我只需要把縫線拉緊，之後還要綁起來。只要再等幾秒就行了。」她聽到他的喘息和抽泣。他的聲音有個韻律，讓她煩躁，因爲她怕他隨時可能會暈過去。「開始了……我會盡量輕一點。」她拉著線，傷口漂亮地合了起來，立刻止住最後一滴血。「太好了，完美。現在我要把縫線綁好，然後——」

輪胎碾過路面上的凸起。賓士汽車的懸吊系統很棒，她幾乎感覺不到路面的凹凸不平，但顛簸持續了好幾秒，她不禁抬頭確認病人的情況。

她驚恐地發現，他的頭低垂，雙眼緊閉。

吉姆已經昏過去了。

凌晨五點三十分，黑色賓士汽車衝出馬路，撞車了。

31

十名白俄羅斯守衛駐守在莊園周圍：六名在外面，兩名在一樓窗邊，兩名在樓上。兩位電子安全工程師賽吉和艾倫坐在一樓書房，他們布滿血絲的眼睛在螢幕上來回掃視，注視著建築物周圍的紅外線影像。每隔五分鐘，他們就用對講機與巡邏人員通話。

這個地區僅剩的殺手小隊由利比亞人組成。他們開著廂型車在貝約巡邏，早已精疲力竭。他們確信自己拿不到那筆酬勞了。附近的其他小組和街頭藝術家已經被派往巴黎。之前在瑞士的時候利比亞人曾有個絕好的機會，但他們失敗了，所以現在他們聽從命令，在這裡按兵不動、守株待兔，他們最多只有百分之一的機會能再次挑戰灰影人。

沒人能料到詹特利會選擇現在前來貝約。

里格爾、洛伊、技師和菲利克斯坐在燈光昏暗的控制室裡，他們喝著咖啡，看著電腦螢幕。這是巴黎的監視者和殺戮小隊用數位錄影機拍攝的直播影像，螢幕上的影像不斷晃動。技師仍在統合並指揮塞納河周邊的搜索行動。到目前爲止，里格爾和洛伊都承認，詹特利一定從下游爬回路面，一跛一跛地離開，所以他們的搜索範圍從河的兩岸不斷擴大。

凌晨五點三十分，巴黎傳來新的消息，在整個莊園引起騷動。一名監視者竊聽到警察無線電，據傳第五區一家小型診所遭到闖入。診所位於目標跳河地點的上游，但技師依然派了一名監視者前往，看看有什麼發現。後來他們得知診所的主人已經到了現場，主人宣稱被盜的藥品、血漿和設備都是處理傷口的必備物品。

里格爾站在技師的身後。「我們必須分頭搜索。玻利維亞人和斯里蘭卡人留在巴黎。叫波札那人從高速公路過來，看他們會不會在路上發現他。派直升機去接哈薩克人，他們是最高明的槍手，我要他們過來，在莊園周圍的小路巡邏，檢查任何會動的東西。還要提醒在貝約的利比亞人！他們得留在那裡，注意觀察火車站和馬路的動靜。如果灰影人還在做最後的垂死掙扎，天亮前他會出現在莊園。」

技師自言自語地說：「我們看到他了。我們看到他受傷了。我們看到他掉進水裡了。」

衝出房間之前，洛伊掌摑了技師的後腦勺，他下樓通知監視紅外線攝影機的人員，目標可能正在過來的路上。

「拜託！拜託，吉姆！你必須醒過來！」

寇特．詹特利睜開了眼睛。一個人影在眼前若隱若現，他本能地伸出手，一把抓住人影的脖子，他抓得很緊，把這個人摔到旁邊，想把對方壓制在地上。

詹特利壓在潔絲汀身上，兩人躺在高長又潮濕的草地。

「對不起。」他從法國女孩身上爬起來。他的動作遲緩，藥物明顯妨礙了身體的靈活度。

女孩起身的速度也很慢。天色還很暗，他只能勉強看清她睜大的眼睛。她終於在他身邊坐起身，他不自在地移開了視線，開始打量周圍的環境。

他坐在濕漉漉的草地上，兩人的背靠著賓士汽車。附近是一片田野，黑色轎車的車身卡在一片灌木叢中。詹特利猜測馬路在灌木叢的另一邊。薄霧遮住了月光，但他依然看見附近的田野裡，幾隻乳牛正緩緩地移動。

空氣很冷。

「怎麼……這是怎麼……我們在哪裡？」

「我叫不醒你。我們在卡昂（Caen）西邊，距離貝約還有三十分鐘的路程。」

「幹。現在是幾點？」被藥迷昏的大腦一片模糊，詹特利花了一點時間，才想起他的任務。

「快七點了。日出就在一小時之內。」

「我們撞車了，對嗎？」

「不，先生。不是**我們**撞車，是**你**撞車。」

他正在回神，但速度很慢。他把手放在受傷的腹部上，這時幾乎不會痛了。他穿著乾淨的棕色襯衫，襯衫下的繃帶纏得很緊。

他低頭看自己的新褲子。「你幫我穿上的？」

潔絲汀瞥開臉，看向漆黑的田野。「我在車上的袋子裡找到了衣服。發生事故以後。」

「你受傷了？」他問。

「還好，只是一些瘀傷。我們很幸運。車子衝出馬路，穿過樹籬，撞進了這些樹，車就被卡在那裡了。撞車後，我給你用了一點藥，幫你包紮並換上新衣服。從那以後，我們就一直在這裡。剛才有一架直升機飛過，嚇死我了。我想也許他們正在找我們。」

詹特利的大腦愈來愈清醒，現在終於回神了。「我絕對趕不上了。」

「你跟我說的是早上八點。我們能夠在八點前趕上。」

「我得在太陽升起前就定好位置。」詹特利嘆氣，算了吧。他慢慢地站了起來，發現沒有想像中難以行動。「你給我用了什麼藥？」

「一些止痛藥，我還把繃帶綁得很緊，以減輕腰部的疼痛。」

在她說話時，詹特利檢查襯衫下的包紮。「很好。我覺得不算太糟。」

「這不會持續很久，很快你又會開始痛了。我沒有用上那個右旋安非他命。我看了瓶子上的說明，那是非常強的安非他命。只要服用一顆，血壓就會升高。如果我的縫線不夠完美，你會流很多血，可能還會內出血。對你來說，吞下一顆右旋安非他命實在太瘋狂了。」

「我不會吞一顆，我會把三顆藥丸敲碎，將粉末倒進一杯熱咖啡裡。這會破壞藥丸的膜衣，我能馬上得到全部的藥效。」

「那是自殺！」她說：「我不是醫生，但我知道你的身體會有什麼影響。」

「這會幫助我維持半小時左右的敏銳度。如果我之後失血而死也沒關係，我只要先完成任務就好。」

她開始抗議，但他打斷了她。「我們需要新的交通工具。一些可以融入當地且不會引人注意的交通工具。」

潔絲汀沮喪地搖搖頭。「那邊有一間農舍。也許你可以跟他們借車。」

詹特利從樹籬旁探頭，約七十公尺之外的農舍窗戶亮著一盞燈。一台老舊的白色四門轎車停在窗外，在窗戶的光線下微微發亮，車身上有一條齊腰的泥土和肥料噴濺痕跡。「是啊，我去**借**車。」他慢慢地把手伸進賓士汽車的後車廂，取出第二把格洛克手槍。他在巴黎巷道裡丟失過一把格洛克手槍。他看都沒看，把手槍滑套向後拉了一吋，用指尖確定手槍已上膛。「我馬上回來。」

日出前一個小時，里格爾將全部的武裝力量集中在莊園的戰鬥位置。他相信灰影人會在這時前來，如果他眞的要來的話。來自明斯克的十名槍手被分到不同區域：六人分成三組，每組兩人，他們手持卡拉什尼科夫衝鋒槍，在花園和大門車道上巡邏；兩人配備AK-47，負責莊園一樓的安全；一個人看著面向車道的窗戶；最後一個人看著面向後花園的窗戶。

兩名白俄羅斯人在莊園上方的塔樓，一名狙擊手拿著德拉古諾夫狙擊步槍（Dragunov scoped rifle），他和那把槍就是殺死菲利浦·費茲羅伊的凶手；一名觀測員揹著AR-15，用雙筒望遠鏡四處張望。

洛伊手下除了十名白俄羅斯人，還有三名來自倫敦的打手，他們分別是一個北愛爾蘭人和兩個蘇格蘭人。另一個北愛爾蘭人已經死了，他的屍體和菲利浦·費茲羅伊的屍體並排放在地下室。兩個蘇格蘭人在廚房，他們的耳朵戴著無線電，腿上放著衝鋒槍，等著里格爾派遣。第三個打手就是麥斯貝登，他在二樓臥房外面的走廊上，掩護費茲羅伊一家。

一樓書房還有兩位法國工程師，他們正在觀看架設在院子周圍的紅外線攝影機畫面。他們以前曾經當過步兵，約四十多歲，手槍就掛在臀部。他們相當熟悉槍枝的操作。

最後，技師、洛伊、菲利克斯和里格爾在控制室。四個人之中，只有里格爾算是眞正的槍手。他把手槍放在麂皮夾克下的肩背式槍套。不管是否對他人造成危險，洛伊都帶著小型自動手槍，技師的電腦桌上放了一把裝滿子彈的烏茲衝鋒槍，但他其實不曾這麼靠近過裝好子彈的武器。

從這些布局來看，十九個人防守僅僅一名進攻者，但這還只是莊園的內部防備。利比亞民眾國安全組織（Libyan Jamahiriya Security Organization）的四名人員就在十公里外的貝約，用無線電與技師保持密切聯繫。他們監視從城鎮到莊園的道路，和即將開始營業的火車站，如果要從巴黎過來，這是唯一的合理路線。流線型的黑色歐直直升機載著五名沙烏地阿拉伯人，在高空以8字形路徑緩緩飛行。直升機監視著從卡昂過來的路，以及從北方海岸過來的濱海公路，以防灰影人自己重演諾曼第登陸，神奇地出現在諾曼第海灘上。

還有剛從巴黎趕來的四名哈薩克人，他們開著小型的藍色雪鐵龍，卡拉什尼科夫衝鋒槍放在他們的腿上，槍托折了起來。他們的車子在鄉間巡邏，要求每個早起的駕駛停下車，檢查他們的車牌、往車廂裡照射明亮的燈光，查看車上每一個乘客。

哈薩克人不使用無線電。他們還是會聽技師與其他團隊的對話，但他們從不確認或回覆技師要他們應答的要求。他們來這裡只是爲了殺死灰影人，拿到鈔票，然後回家。當他們將詹特利的屍體丟在莊園前門，索取他們應得的報酬時，他們才會與莊園裡的人交談。

里格爾在三樓控制室監控整個行動。他承認這不是一場公平的戰鬥，畢竟現在是三十多名武裝人員對付一個受重傷的對手，而且對手的資源有限，還睡眠不足。

但里格爾是個獵人，他奉行的策略並不是公平戰鬥。

32

清晨的陽光下，英吉利海峽閃閃發亮。潔絲汀沿著濱海公路西行，她開著車身泥濘的白色四門轎車，晨曦的彩光掠過她的肩膀。她讓車速保持在標示牌上的限速內，並注意沿路的路標。

副駕駛座和後座上只放了幾個鋁製手提箱，沒有其他東西了。

她獨自開車，在濱海隆蓋村（Longues-sur-mer）左轉。一架黑色直升機從上方六十公尺俯衝下來，但她既沒有加速，也沒有減速。直升機飛過第二次，然後是第三次，之後便朝西南方飛過去，從視線中消失了。

這段時間裡，路上只有她這輛車，但直升機離開後不久，一輛藍色的雪鐵龍從她左邊的車道開出來，跟在她的車後面，行進時揚起一堆塵土和廢氣。她偷偷瞥了一眼後視鏡，只看到很亮的大燈。他們緊跟在她的車子後頭開了幾百公尺，才把車子開到她旁邊。當手電筒的光束照向她，並掃過她身後的後座，潔絲汀用力握住細細的方向盤，力道大得好像快要折斷了。接著手電筒的光束暗去，雪鐵龍開到她前面，她以爲那台車會煞車，迫使她停車。但車子加速離開了。又過了一分鐘，雪鐵龍的車尾燈消失在前方的迷霧。

向南開了幾公里後，她低頭看放在大腿上的地圖，尤其注意吉姆用鉛筆畫的標記。地圖上的標示提醒她在前面左轉，她打了方向燈，車子向左彎進一條狹窄且筆直的道路，兩邊是濃密的樹籬，植物已經長得很高了。在黑暗中行駛三分鐘後，路徑向南延伸，但她放慢了速度，將汽車開上人行道，並踩下油門，車子開進深深的灌木叢中。

灌木叢的另一邊是一堵巨大的石牆，約有三公尺高。從擋風玻璃看出去，石牆擋住整片視野，似乎向上無盡地延伸。她將轎車的前保險桿輕輕頂住石牆，然後熄滅引擎。

狹小的道路上，兩側都是高大的樹木，這裡看起來一片漆黑。她迅速從駕駛座爬出來，小心地關上身後的門。她在後車廂慢慢敲了四下，這是之前他們先講好的信號，表示一切很好。

片刻後，後車廂打開了。蜷縮的吉姆抬頭看著她，他身邊放著一個空的紙咖啡杯，胸前抱著一把黑色步槍。

「沒問題吧？」他問，慢慢爬出來後車廂。動作壓迫到了傷口，他的表情看起來很痛苦。他把步槍留在後車廂裡，繞到車子旁邊伸懶腰，他在狹窄的空間待了太久，終於可以伸展身體了。

「附近有人，他們在車上和直升機上。我確定莊園裡還有更多人。他們一定認爲你是一個非常危險的人物，所以安排了這麼多人等著你。」潔絲汀站在汽車後面說。

詹特利推開副駕駛座那一側的高大灌木叢，拉開後座的車門。「我的名聲過於浮誇了。」

「什麼？」

「這不重要。我要感謝你爲我做的一切，酬勞的每一分錢都是你應得的。如果沒有你，我不可能完成這件事。」

潔絲汀在昏暗中微笑。「你尚未完成任何事情，吉姆。」

「你說得沒錯。」

「現在感覺如何？」她問。

「我感覺自己剛剛喝下的雙份濃縮咖啡和三劑右旋安非他命正在發揮作用。你縫的線很牢固。」

毫無預警之下，一輛車的大燈掃過潔絲汀。她轉身看向光源，迅速回過頭問吉姆該怎麼辦，但他已經不見人影了。

幾秒鐘後，藍色的雪鐵龍在她身後停下，四個男人迅速下車。

潔絲汀站在刺眼的燈光前，舉起一隻手遮住眼睛。極亮的光束打在她身上，她覺得自己好像要被看穿了。四個男人走到車燈前，光線框出他們的剪影，以及他們抱著的長槍輪廓。有一個人對她大喊，但她聽不懂，也說不出話來。她左右張望，四周只有一片昏暗。

她知道吉姆已經跑走，設法翻過了石牆，到了遠離光束的安全地方，從面前這些男人的手中逃脫了。他把她留在這裡，自己想辦法解釋車上一箱箱的槍枝設備，並想出合理的理由，解釋她爲何現在出現在這裡。

驚恐之下，她感覺心臟彷彿隨時會在胸膛內炸開。

「日安（法語）。」她對著四個人影打招呼，溫順的聲音像似嗚咽。

四人同時向她靠近，槍口仍然對著她。

十五公尺、十公尺，這些人逐漸接近，黑影匯聚在一起。

這時，一道快速的身影從左邊飛了過來，原本平穩前進的四道影子隨著突然出現的身影移動，長槍的槍口也往上抬。接著，一個高大的影子滾到地上，幾個惡煞驚呼出聲。

潔絲汀連忙後退，直直撞上汽車的後車廂，眼前的明暗光影不斷移動。一陣陣拳打腳踢中，她聽見男人的叫喊聲以及拳頭打在肌肉和骨頭上的撞擊與碎裂聲，槍枝飛到空中，然後掉在塵土飛揚的碎石上，碰撞時鏗鏗作響。在這場混戰裡，她只能辨認出手臂和腿的輪廓。

第二個人倒下來，一動也不動，平躺在車燈的光束下。她看出那人不是吉姆。在揚起的塵雲中，多道人影打成一團，一個男人的手臂繞在另一個人的頭頸上，然後將那個人從人行道上抬起來，手臂用力一轉，頸椎發出一道聲響，就此破碎。

潔絲汀曾在電視上的動作電影中看過鬥毆場景，但現實與影片完全是兩回事。眞實的打鬥中，人們的動作更快、更野蠻且更殘忍，毫無詩意或美感可言，也沒有所謂的武術設計。什麼都沒有，只有硬碰硬。猛烈的攻擊、回防、野獸般的哀嚎聲，以及因精疲力竭和恐慌而上氣不接下氣。破碎的撞擊聲中，激烈的戰鬥如此無情，她覺得這幾個男人最後都會被撕成碎片。

現在已有三個人倒下了，倖存的第四人跑著離開光束，去撿打鬥時掉在地上的步槍。潔絲汀現在看到吉姆了，他在塵土飛揚的街道上追趕那人，並從後面撞倒他。雙方一來一往地出拳，瞬間吉姆被打倒在冰冷的地上，仰面朝天。潔絲汀迅速轉過身，拿起後車廂裡的步槍，但她根本不知道如何使用槍枝。她的視線暫時離開戰鬥現場，幾秒後卻聽見一聲痛苦的叫喊。她舉起步槍轉身，吉姆跪在地上，第四個人滾到一旁，雙手摀著眼睛。吉姆站起身來，把長槍舉過頭頂。當著潔絲汀的面，吉姆一次次用槍托重擊在地上扭動的男人，像用斧頭劈柴一樣擊打掙扎中的男人。男人舉起雙手抵禦，但槍托揮向流露驚恐的眼睛，撞擊下他的眼睛噴出鮮血，碎裂的下巴令人作嘔地張開。吉姆無情地重擊腦袋碎裂的男人十幾次，終於讓他倒在寒冷的路上，潔絲汀在一旁看得目瞪口呆。

當一切慢慢地結束，潔絲汀靠著汽車的保險桿，跌坐在地。她把步槍放在前面，雙手顫抖，捂著臉哭了。

寇特．詹特利清除路上的四具屍體，換氣異常急促。清晨的天空愈來愈亮，他聽見空中一架直升機正在接近。由於兩邊的樹籬和羅蘭莊園四周的高牆，直升機必須飛到他的正上方才能發現他，但詹特利知道，在塵土飛揚的道路上停留的每一秒都會賭上性命。

他迅速查看了雪鐵龍的後車廂，檢查是否有任何裝備可以使用。他立刻找到了四套3A級防彈衣，這種防彈衣完全無法阻擋步槍子彈，但能夠有效阻擋手槍的射擊力道。他迅速穿上防彈衣，用魔鬼氈把防彈側板緊緊地黏在腰上。後車廂裡還有硬殼戰術護膝和護肘，他把這些也穿上身，雖然接下來的幾分鐘內手肘估計不會受傷，但防護裝備留在車裡也沒什麼意義。

接著他坐上雪鐵龍的駕駛座，發動引擎，駛進濃密的樹籬，將車子盡量藏好，以免被空中的直升機發現。他低頭一看，肚子上的縫線整條都被撐開了。刀傷流出鮮血，弄濕了防彈背心下的繃帶和襯衫。鮮血從腹部滲出，順著褲子流到汽車座椅上。「幹。」他大聲說，又得跟老天爺搶時間了。

他藏起屍體和車輛，並把AK步槍扔進灌木叢，之後就去找潔絲汀。她還跪在車子旁邊，她擦去眼角的眼淚，撥開凌亂的頭髮，慢慢站了起來。

她看著那些草率地藏在灌木叢裡的屍體，屍體像垃圾一樣被丟在那裡，手臂和雙腿不自然地張開。「他們是壞人，對嗎？」

「對，他們很壞，我必須這麼做。現在我要翻過那堵牆，再去殺掉一些人。」

潔絲汀不回應。

詹特利打開鋁箱，將工具腰帶緊緊地繫在腰間，腿掛槍套扣在右大腿上，裝了備用彈匣的袋子綁在左大腿上。「沒時間了，我得走了。」他將M4突擊步槍斜套在脖子和左臂上，小型HK MP5衝鋒槍的槍口朝下，固定在他從藍色雪鐵龍上拿的戰術胸掛。他將格洛克19手槍放進腿上的槍套，兩顆手榴彈用魔鬼氈固定在防彈衣上。他從汽車的前座拿起衛星電話，塞進臀部口袋。

不到三分鐘，他便準備就緒。他轉身看向潔絲汀，她靜靜地站在他身後，依舊看著四具屍體裸露在外的腿。「我需要踩著汽車的引擎蓋翻過柵欄。我翻過去之後，我要你迴轉，沿著濱海公路往回開。往西走，不要往東走。把這輛車停在第一個經過的火車站，你可以搭第一班火車回到巴黎。再次感謝你為我做的一切。」

潔絲汀的目光看向遠方。詹特利在她面前殺了四個人，這場肉搏戰對她造成極大的震撼。他知道這會讓正常人心煩意亂，畢竟正常人不會過著像他一樣的生活。

「你自己一個人做得到嗎？」他輕輕地問。

「你是壞人嗎，吉姆？」她問道，她的瞳孔擴大，還沒有從剛才的打鬥中恢復。

他握住她的手臂，動作溫柔又有些彆扭。「我不覺得我是壞人。有人教我做這些不好的事情。我會做一些……不好的事。但只針對壞人。」

「好的。」她說。似乎回神了一點。「好的。」她抬頭看著他說：「祝你好運。」

「當我處理完這些事情，也許我們可以談一談——」

「不。」她打斷他的話，眼睛看向別處。「不，我會試著忘記的。」

「我明白。」

她輕輕擁抱他，但詹特利只感覺到她的心煩意亂，在他施展殘酷且暴力的一面之後，她現在只把他當作某種動物。她只想遠離他，以及所有的瘋狂。她不再說話，坐上汽車的駕駛座。詹特利爬上引擎蓋，潔絲汀給他的止痛藥發揮了緩解的作用，但對於腹部嚴重受傷，且手腕、腿部和肋骨也受傷的人來說，爬牆依舊讓他痛苦萬分。

詹特利滑過石牆頂端，他垂下雙腳，落入柔軟的草叢。他聽見四門轎車在路上迴轉的聲音。詹特利低頭看了看手錶，現在時間是早上七點四十分。

濃霧完全籠罩在這座莊園。他的面前是一片蘋果園，他只能看到果園的前緣。一排排果樹下，掉了許多鮮紅的果實。

詹特利最後一次檢查裝備，他深吸一口氣，控制身體上的各種疼痛。然後他邁開腳步，穿越果園，跑進灰色的濃霧。

33

「把它關掉。」里格爾說。

連續盯著書房螢幕長達十二小時的兩個法國人照做，他們把開關從左撥到右，關閉了莊園周圍紅外線攝影機的影像。

洛伊出現在他們身後，他站在書房門口，問道：「你們在做什麼？」

里格爾回答：「紅外線攝影機是晚上用的，洛伊。現在已經不是晚上了。」

「你說他晚上的時候會過來。」

「我的確這麼說過。」

「但他晚上時沒來。他還是會過來的，對吧？」

「我覺得可能不會。」自詡爲獵人的里格爾回答，聲音裡夾雜困惑和沮喪。

「僅剩的十五分鐘內，我們一定得爲菲利克斯找到一具屍體。我們他媽的該怎麼辦？」

里格爾轉向洛伊。「頭頂上有一架直升機在巡邏，我們還派了一百多名手下去找他。莊園裡有三十把槍等著他。我們對他開過槍，刺傷過他。我們把他推下山又推下橋。我們殺了他的朋友。我們讓他的血幾乎流乾。我們還能做什麼？」

就在這時，技師的聲音從他們的手機上響起。「我們遇到兩個問題。」

「什麼問題？」里格爾問。

「玻利維亞人已經離開這場競賽。他們剛從巴黎打電話來說要退出。」

「走得好。」洛伊厲聲說。

「哈薩克人沒有應答。」

里格爾從腰帶上拿起手機。「他們從不應答。」

「沙烏地阿拉伯人的直升機找過一圈，他們也不在路上。」

洛伊對著手機說話：「如果他們曾與灰影人交手，我們早就能聽到槍聲。別擔心，這些混蛋可能像玻利維亞人一樣跑走了。」

洛伊和里格爾走樓梯回到三樓。兩個人都快累死了，但都不想讓對方看出自己的軟弱。相反地，他們繼續爭論哪些做法可以帶來更好的結果，以及現在還可以採取哪些行動。

他們進入控制室，菲利克斯就站在窗邊，手機貼在耳邊。幾秒後，西裝筆挺的男人掛斷電話，轉身面向房裡眾人。他已經好幾個小時沒有說話了。「先生們，很抱歉，你們的時間到了。」

洛伊睜大眼，他衝向菲利克斯。「不！還有十分鐘，你得給我們多一點時間。你親眼看著他掉進河裡，他媽的，我們已經殺死了他。我們只是需要時間找到他的屍體。你去告訴阿布貝克，你親眼看著他倒下——」

「你收到的指示是交出一具屍體，而你無法完成這個任務。我已經將這個情況報告給總統。對不起，但這是我的職責，你明白的。」

里格爾像洩了氣的皮球，他移開視線。他不相信，灰影人如果還活著，他怎麼可能會不來救孩子們。

洛伊說：「他隨時都會出現。阿布貝克一小時之後才會離開辦公室，在那之前他還不必急著簽署合約。」

「這點不需爭論。我已經把你們的進展知會給總統……也就是毫無進展。和總統通話時，他已和你們的競爭對手簽署合約。我現在奉命返回巴黎，等待進一步的指示。」

里格爾緩緩點頭。他對菲利克斯說：「你可以和法國工程師一起飛回去，他們將在一小時後出發。」

菲利克斯禮貌地點頭，向里格爾表示感謝。「這次你任務失敗，我非常遺憾。我很欣賞你的專業精神，希望未來還有合作機會。」兩人互相鞠躬。菲利克斯不理會洛伊，逕自出了房間，準備離開莊園。

里格爾望向技師。「通知各路人馬，任務結束，他們都失敗了。我今天下午會聯繫他們的頂頭上司，談一些……撫恤問題。」

技師按他的吩咐完成工作，然後關掉面前的螢幕。他摘下耳機，慢慢放在桌上，並用手梳理長髮。

控制室裡的三個人各自坐著，整理腦中萬千思緒。晨光透過窗戶照進來，從地板上爬向他們，好像在嘲弄他們的失敗。他們本來打算在日出前抓到那個人，現在日出正嘲笑著他們。

洛伊低頭看了看手錶。「距離八點還有五分鐘。再拖下去也沒有意義。」

庫爾特．里格爾盯著咖啡杯底。他已筋疲力盡，心不在焉地問道：「拖延什麼？」

「二樓的包袱。」

「你是說唐納爵士？」里格爾直起身子：「我會處理的。你會搞上一整天。」

洛伊搖搖頭。「不僅僅是唐納．費茲羅伊，是全部四個人。」

里格爾抬起頭。「你說什麼？你想殺了那個女人？還有那些孩子？」

「我告訴過詹特利，如果他不出現，她們就會死。但是他並沒有現身。你爲什麼如此驚訝，一副死樣子。」

「他沒有出現，代表他已經死了，你這個白痴。爲什麼要懲罰一個死人？」

「他應該更努力一點。」洛伊從臀部口袋掏出那把銀色自動手槍，握著槍的手臂垂在身側。「別礙事，里格爾。這是我的任務。」

「很快就不是了。」里格爾語帶威脅。

「不管怎樣，」洛伊說：「我還有工作要做，而且我不知道你爲什麼要阻攔我。你可以對那家人裝出僞善的樣子，但你知道他們認得出我們的臉，甚至能指認出羅蘭莊園。他們必須死。」他推開里格爾，走向走廊。

技師的桌上，唐納爵士的手機響了。洛伊立刻回到門口，技師迅速坐下，將耳機戴回頭上。菲利克斯好奇地走回房間，他拿著公事包，手臂上掛著一件駝色的防水外套。

技師接起來電，通話開了擴音，從頭頂的喇叭播放出來。洛伊說：「你是誰？」

「早安，洛伊。最近還好嗎？」

「你來得太晚了，寇特。我們失去了合約，你失敗了。我不再需要費茲洛伊一家當作我的人質。我正要下樓餵他們幾顆子彈。你想聽現場直播嗎？」

「比起之前，現在是你最需要他們活著的時候。」

洛伊笑了。「哦，眞的嗎，爲什麼？」

「你得保住自己的一條小命。」

「是嗎，寇特？昨晚我親眼看著你從那座橋上掉到水裡。我不知道你現在到底在哪裡，但你沒資格——」

「忘記與阿布貝克的合約吧，也別擔心你的老闆把你解僱，更不必憂心某個寒冷的夜晚里格爾的手下會出現在你家門口。先別想像你未來可能面對的所有麻煩。現在，你的世界裡唯一的危險就是我。」

「你算什麼危險——」

「我全副武裝，還氣得要命，而且我就在外面。」

控制室立刻掀起無聲的騷動。里格爾快步走到窗前，用指尖將蕾絲窗簾撥向一旁，掃視著後草坪上的濃霧。技師從桌子對面拿走手持無線電，焦急地向莊園的警衛低聲轉述這個消息。菲利克斯拿出手機，一邊衝進走廊，一邊按著手機鍵盤。

只有洛伊一人不動如山。他就站在那裡，彷彿雙腳被黏在地板上。「你不過是虛張聲勢。你以為你說自己在外面，我就會放過費茲羅伊一家人嗎？你把我當成什麼白痴啊？」

「一個有保存期限的白痴。我假設羅蘭集團的死神也在聽我們的通話。里格爾，你也一樣。如果你敢碰孩子們或費茲羅伊夫人的一根頭髮，你會死在這間房子裡。」

里格爾開口了。「早安，詹特利先生。如果你在外面，為什麼不到前門來呢？拉哥斯合約已經失效了，我們殺你的動機也不復存在。我們剛剛解散了刺殺小隊，遊戲結束了。如果你真的在這裡，為什麼不順便進來喝杯咖啡呢？」

「如果你懷疑我不在附近，也許你該確認駕駛那輛藍色雪鐵龍的四個臭傢伙還在不在。」

大家花時間消化了這句話。里格爾不知道哈薩克人開的是什麼車，但技師開始急切地聯絡他們。

當他發現自己得不到任何回應，他抬起頭，用驚恐的眼神看向兩位上司。

里格爾說：「太精采了。你現在的狀況不佳，但還是有能力殺死四名一級行動人員，甚至不曾發射一記子彈。就像我剛剛說的，我們和你之間已經沒有糾紛了。請進來，我們會——」

「我向上帝發誓，立刻釋放費茲羅伊一家，並交出特種行動作戰單位的檔案，否則我會殺死那間房子裡的每一個活人！」

原本洛伊靜默一旁，他的雙手扠在腰上，布滿汗漬的襯衫袖子捲到手肘。但現在他動了，他衝到房間另一頭，對著技師桌上的手機麥克風說：「他媽的，你放馬過來啊，你這個跛腳的垃圾！現在我要拿一把刀去解決樓下那兩個笨女孩——」

里格爾將洛伊從電話旁拉開，用力推向牆邊。他自己對著麥克風清了清嗓子。「你還在嗎，寇特？你能不能給我們一點時間討論你提出的建議？你知道我們公司的運作方式，每件事情我們都要開會討論。」

「當然，里格爾。我等一下再打過來。你們慢慢來，別著急。」電話掛斷了。

洛伊對技師大喊：「把所有團隊都召集到這裡，現在！」

里格爾舉起手阻止技師。他說話的語氣比洛伊來得理智。「爲了什麼目的，洛伊？這一切已經與合約無關了，遊戲結束了。」

「但灰影人還在外面！」

「這是我們的問題，不是羅蘭集團的問題。馬克・羅蘭不會花錢請外國殺手小隊保護我們。現在已經沒有兩千萬美元的賞金了。」

顯然，洛伊不曾想到這一點。他聳了聳肩。「我們不必跟他們說這些。」

里格爾搖搖頭。「所以與其對付一個受傷的人，你想要激怒的是馬克．羅蘭和六個國家的安全部門，讓他們之後跟你作對嗎？我知道你瘋了，洛伊，這是已知事實。但你想自殺嗎？」

技師回頭看著兩個上司，等待指示。他的頭突然轉向一邊，把手放在耳機上。「等等！所有隊伍都來了！」

「很好。」洛伊說，他很高興這件事順利解決了。

「怎麼會？」里格爾問。

「菲利克斯聯繫了他們。殺死灰影人的那支團隊可以得到阿布貝克提供的兩千萬美元現金。」

「太棒了！」洛伊喊道：「他們還要多久——」

「一點都不棒！」技師說：「菲利克斯要他們殺死任何擋路的人，包括其他隊伍！也包括我們。他們要在莊園裡爲詹特利的腦袋廝殺！」

庫爾特．里格爾毫不猶豫。「把明斯克所有的守衛都調進屋裡！警告賽吉、艾倫還有三個英國守衛。我們必須保衛莊園！不論是來自灰影人還是殺手小隊的威脅。」

技師抬頭看著里格爾。「利比亞人很快就會到達這裡！沙烏地阿拉伯人正在我們頭頂！」

里格爾最後一次看向窗外。「打電話給羅蘭集團總部。叫一架直升機立刻過來，帶我們離開這裡！然後聯絡殺手小隊，我們仍然可以跟他們合作。告訴他們寇特．詹特利就在外面，我們不會讓任何人進入莊園，但他們必須在他進來之前殺了他。」

坐在椅子上的技師轉身打電話到總部。

詹特利並不打算再次打給里格爾。進攻莊園的進度每延遲一秒，防守者就能多做一分準備，能進行地毯式搜索，或召集更多的增援人力，也有更多的時間對女孩們下手。

不，他必須立刻行動。當他躺在莊園後面的蘋果園裡，地面淹沒在早晨的陽光。隔著灰濛濛的霧氣，他只能辨認出一個若隱若現的巨大建築物，矗立在他面前。他翻牆過來之後跑了超過四百公尺，距離羅蘭莊園還有近兩百公尺。

前面的空地是他最擔心的部分。一旦他離開樹林以及濃霧的掩護，他會徹底暴露行蹤。一架直升機一直在高空盤旋，他看不到它，但從旋翼轉動的聲音判斷，直升機就在莊園上方。

就算他身上沒有多處重傷，這種情況本就非常棘手。但不管他個人情況如何，他知道自己已經沒有時間可以浪費了。他起身，慢慢蹲著，他感覺左腿上有血，看來鮮血又從刀傷處流了出來。他在血液裡加入高劑量的右旋安非他命，失血量因此明顯增加。

「去他的。」他大聲說。他解開M4，把槍抱在胸前。

他站直身體。

然後，他用盡身體裡的每一分力量，向前奔跑。

技師通報莊園周圍的安全警戒人員，告知他們灰影人就在外面，賽吉聽聞立即從廚房衝進書房，重新打開了監視器。他知道紅外線攝影機會捕捉到任何隱藏在濃霧中的人。他全神貫注地盯著一個又一個的螢幕，視線來回掃視。很快地，他的目光鎖定在一個畫面上。他的手伸向桌上的無線電，向莊園中所有的人廣播。

「後面有人影移動！後面有人影移動！只有一個人，而且速度很快，他正朝這裡跑過來！」

洛伊的聲音從無線電傳來。「哪裡？媽的，他在哪裡？」

「他穿過了果園。天啊（法語），他眞會跑！」

「果園的什麼地方？」洛伊在無線電裡大叫。

「他從正中間穿過去！」賽吉回報。

塔樓的觀測員打岔，他的白俄羅斯口音很重，語氣相當平靜，與洛伊的怒喊形成反差。「我看不到目標。我們沒有看到任何……等等。是的。有一個人，來得很快！我們要抓住他！」

莫里斯留下了大量武器給詹特利，但他顯然是個老派的人，這些裝備並不符合詹特利的需求，詹特利只好物盡其用了。他手裡的柯爾特步槍（Colt Rifle）配備的是機械瞄具，但詹特利平常喜歡使用配有瞄準器或全像照準器的高科技武器。當他衝破迷霧後，每踏出一步，面前的莊園就更清晰一些，也能看到上方塔樓的角樓。他知道那裡會是狙擊手的藏身處，這個狙擊手具備最佳的技能、最好的瞄準器、最好的步槍和最好的機會，他會阻止詹特利荒謬的單人突擊。

於是灰影人將步槍扛上肩，死命地奔跑。奔跑時，他根本不可能用機械瞄具瞄準目標並射擊，他的策略是盡可能地向塔樓發射子彈，讓敵人低頭躲避，直到他安全抵達建築物的牆壁。詹特利知道這裡的人不像他一樣擁有這麼多近距離戰鬥的訓練或經驗，他只需要活得夠久，便有可能以近距離的優勢，取得一絲成功的機會。

狙擊手看到目標從迷霧中衝出來。目標奔跑時，一縷縷晨霧在他身後形成漩渦。三十歲的白俄羅斯狙擊手調整靶心，將十字準線瞄準男子的胸口。他將手指放在扳機上，子彈快速地射向那人的軀幹。狙擊手注意到男人戰術背心下的防彈衣，便將德拉古諾夫狙擊步槍的槍托下移一毫米，將十字準線移到了男子的前額。當他的指尖正要按下扳機，他並不是看到，而是意識到目標舉起主要武器。緊接著，他看見槍口爆出閃閃火光，聽見步槍射擊的聲音。當高速金屬殼子彈與塔樓上數百年的磚石相撞，石頭和木頭發出爆裂聲，狙擊手的周圍瞬間煙霧瀰漫。觀測員在狙擊手的左手邊大喊，但狙擊手訓練有素，他的臉頰不曾從步槍上移開，他的眼睛不曾從瞄準鏡上移開。

他信心滿滿地對著向他衝過來的男人扣下扳機。

34

詹特利逐漸接近建築物，他用最快的速度對著上方隱約可見的塔樓，把彈匣中整整三十發子彈全部發射出去，清空了彈匣。他希望至少有幾發子彈會精準地射中塔樓，於是他將黑色步槍舉到眼前，試圖利用槍桿上的瞄準器。詹特利專心瞄準目標時，他的臉被步槍用力撞了一下，步槍從他的手中飛了出去。

詹特利空著手繼續往前跑。

剛踏出不到四、五步，他的臉感到一陣灼熱。剛剛他被槍托打到眼睛下方，看來他的M4剛才被威力強大的步槍子彈命中，雖然因此失去主要的武器，但那把槍恰好救了他一命，爲他擋住狙擊手的子彈。他持續向前奔跑，並伸手從胸前拔出MP5衝鋒槍。他現在和塔樓之間的距離已經不到一百公尺了，他再次開火。對於正在衝刺的人來說，MP5和蒼蠅拍一樣效果出類拔萃，因爲它的射程能夠覆蓋開闊的地面。雖然槍上沒有瞄準用的視窗，但他希望這把槍的火力能嚇得人抬不起頭來。

塔樓上，狙擊手看見那個正在狂奔的男人被子彈擊中，腳步踉踉蹌蹌，便從瞄準鏡上抬頭關心旁邊的觀測員。觀測員被一塊石磚砸中，他的眼鏡破了、額頭流血，但神智還算清楚，傷得不重。就在這時，更多的槍聲從後花園傳來。白俄羅斯狙擊手驚訝地回頭看，只見那個他以爲已經被子彈打死的人繼續在衝鋒陷陣。從槍聲來判斷，灰影人手上已換上一把九毫米衝鋒槍。他很快坐回德拉古諾夫狙擊步槍後，兩秒內就在瞄準鏡後面就位。突然，新的槍聲響起，這一次是來自他的身後，也就是莊園的另一邊。突然間，他不明白現在究竟發生了什麼事，直到桌子上的無線電傳來同胞的通知。

「是利比亞人！他們在前門！塔樓，把他們轟走！」

狙擊手不情願地拿起狙擊步槍，把槍口轉向塔樓前門。灰影人現在是別人的問題了，他現在得與遠方的利比亞人交戰。

灰影人已經近在咫尺了。

塔樓外面，黑色歐直直升機在屋頂的走道上方低空盤旋。四名穿著戰術裝備、全副武裝的沙烏地阿拉伯人跳了下來，在平坦的東邊屋頂上落腳。他們無視建築物前面的激戰，反而占據了裝飾性城垛的後面，俯瞰著後花園和那個向他們衝過來的孤單身影。

當詹特利愈來愈接近他的目標，他手上的衝鋒槍也換了方向，從塔樓移到一樓的窗戶，他看見那裡有槍枝火光。詹特利對著面前的窗戶發射出一整個彈匣的子彈，幾發子彈幸運射進了屋子，窗戶周圍的牆壁被炸裂，大塊花崗岩碎裂掉落，周圍塵土飛揚、玻璃破碎，蕾絲窗簾左右擺動。全力衝刺的同時開槍射擊不是件易事，無論誰都不可能準確瞄準目標。現在窗戶裡已經看不到發射子彈的閃光，但他注意到前方那架黑色直升機，以及從上面跳下來的人。

「幹！」距離掩體還有六十幾公尺。他加速狂奔，盡可能地靠近莊園，以免從黑色直升機出來的那些人向他大肆開槍。在這個平坦的草坪上，他會是一個非常容易攻擊的活靶。

詹特利一邊跑，一邊從背心上扯下一枚手榴彈，他用牙齒咬出安全插銷，讓保險桿飛起來。巨大的金髮男子出現在正前方三樓的一扇窗戶，那個人舉起手槍，子彈射穿玻璃。詹特利撲倒在潮濕的草地，及時躲開這一槍，他右肩著地，向前翻滾一圈後便站起身。奔跑和翻滾的動作恰好給他帶來一股推力，他便順勢將手榴彈扔得又高又遠。四十公尺之外，那顆馬鈴薯大小的手榴彈在空中劃出一道弧線，飛過護欄的邊緣，然後爆炸。那架直升機恰好躲過一劫，向遠處快速駛離。手榴彈在沙烏地阿拉伯人的上方爆炸，一名男子當場死亡、一人的頸部和背部受傷，其餘兩人及時找到了掩護，但他們因此錯過了開槍擊殺目標的機會。

在建築物的前方，兩名白俄羅斯人和兩名利比亞人已經死亡。爲了保護莊園而趕來的白俄羅斯守衛在前門不遠處被殺。當時來自的黎波里的利比亞殺手小隊衝破鐵門，從移動的車輛上開槍。車輛一停在礫石車道上，兩名利比亞人就被擊倒了。塔樓裡的白俄羅斯狙擊手用一發子彈擊中副駕駛座上的殺手，第一個下車的利比亞人被莊園外兩名白俄羅斯人攻擊，死在三發AK子彈下。

倖存的兩名利比亞人在車道上殺死了白俄羅斯人，並關閉通往莊園的前門。他們受過訓練，將蠍式衝鋒槍調到自動檔，瞄準兩側窗戶。兩人之間保持一定距離，重新裝彈和就定位時都會大喊，要對方找掩護。

二號利比亞人對著厚重橡木門上的兩個鉸鏈開火，分別發射了半個彈匣的子彈，然後一腳把門踢開。二號重新裝彈時，大門向內倒下。他在門廳裡被一名北愛爾蘭守衛攻擊倒地。最後一個活著的利比亞人用蠍式衝鋒槍回擊北愛爾蘭人，對方在門廳倒下，鮮血和組織液噴濺在後面的白牆上。

里格爾從未見過這樣的情景。灰影人一直在他的視線中。灰影人穿著一件深棕色的襯衫，腰部有血跡，右臂上掛著一個腿部槍套，左邊是一個裝了彈匣的袋子。他穿著黑色背心、手持一把衝鋒槍，留著平頭。即使在五十公尺之外，里格爾依然能看出他眼中的狠勁。

當里格爾拔出手槍，對準奔跑中的詹特利時，他知道這樣的距離對手槍來說太遠了，但他是個訓練有素的射擊手，應該不會失手。可是說時遲、那時快，詹特利正好低下身，躲過他的子彈，他翻了個身，站起來，並且向空中丟了一顆手榴彈。里格爾以爲那顆炸彈是爲他準備的，出於本能，他撲到技師桌子旁邊的地上。手榴彈在上方的屋頂爆炸，窗外傳來吶喊和尖叫，里格爾很快回歸位置，想在詹特利接近時再多開幾槍。

但是當他再次望向窗外，灰影人已經不見了。現在他已經無法阻止灰影人進入建築物了。不可思議。

正如詹特利昨晚在電話裡說的一樣，獵物最後竟變成了獵人。

詹特利的背用力靠在莊園的牆上，他從大腿上掏出一個新彈匣，重新裝填武器。正上方的兩層樓有個持槍的金髮大個子男人，再上去就是從直升機下來的射手。他猜測自己已經削弱了他們的團隊，但他知道屋頂上的威脅尚未完全消除。

他的左右兩邊各有一個齊腰的窗戶，窗戶玻璃被詹特利的HK半自動手槍打碎，若在毫無準備的情況下進入，會被碎玻璃割傷。左邊的台階能通往主要的後門，拐角處便是前門車道，那邊正在進行激烈的戰鬥。右手邊是長長的牆面，牆上有一排窗戶，然後是一扇小門。他蹲下身子，沿著牆壁往前衝，他的肩膀刮著牆壁表面粗糙的石頭，但他必須靠得這麼近，因爲只有這樣才能躲避上方狙擊手的視線。

這時門剛好向外打開，他已經到了門邊。就在門搖搖晃晃打開時，他舉起武器，準備打穿木門，但在最後一秒猶豫了。如果門後是費茲羅伊家的人該怎麼辦？詹特利明白，他不是救援行動的最佳人選，因爲在戰鬥情況中，他會出於反射地狙擊任何移動的東西。現在他必須多花一點時間來識別他的目標。

一個腦袋從門邊探出來。這顆頭很大，是個斯拉夫人，當詹特利看到步槍槍管掃過門邊，他滿意地確定了目標。他跑向門，對著門連射八發子彈。原本關上的門應該是上鎖的，但這名剛死去的笨蛋剛好成爲門擋，幫他撐開了門。詹特利走進一個黑暗的走廊。

一聽到後草坪上傳來的第一聲槍響，克萊兒和凱特就跑到熟睡中的媽媽身邊，她們搖著媽媽，還對著她大喊，試圖叫醒她。費茲羅伊太太站起身時差點跌倒，女孩們用雙手扶住她，把她帶到臥室的另一邊，讓她坐在唐納爺爺的床上。克萊兒轉述了吉姆的話，吉姆說希望他們都躲在床下，唐納爺爺也同意了。媽媽的臉朝下，她趴在硬木地板上再次睡著了。克萊兒和凱特嚇得縮成一團，她們從床下看著通往走廊的門，唐納爺爺此時仍然坐在床上。

屋頂上發出一聲巨響。唐納爺爺向守衛喊道：「麥斯貝登！麥斯貝登！」

克萊兒看著麥斯貝登的靴子走進房間。她聽見爺爺和麥斯貝登的對話，但她沒有完全聽懂每個字。

「小伙子，你現在最好趕快離開，但走之前行行好，留一把槍給我們。」

「去你的，唐納爵士。現在才跑已經太遲了。我需要槍來擊退你養的瘋狗。他們透過無線電告知大家了，灰影人已經進入了這棟屋子。」

「麥斯貝登，如果你真的看見他，你手中那把該死的槍是最不可能救你一命的東西。如果你還沒弄髒你的白色內褲，你可以把它脫下來，舉白旗投降。小伙子，你知道你面對的是誰，你如果要自救，唯一的方法就是幫助我們。」

克萊兒看見那個男人的靴子上下抖動，好像要跑走了，但他卻走回到爺爺身邊。他捲起一邊的褲管，從裡面抽出一把閃亮的銀色槍。

克萊兒把手放在凱特的嘴上，防止她尖叫出聲。

「我把備用槍留給你。這只是一把小小的手槍，子彈只有六發。」

「這把槍很好，小伙子。現在你退到門外看守，以防里格爾或瘋子洛伊過來。如果你看到灰影人，告訴他你和我是一起的。」

「是啊，但願他會想先和我聊天。我完蛋了，唐納爵士。」

守衛轉身離開了房間。幾秒後，唐納爺爺從床上滑下來，跟她們一起爬到床下，他肥胖的手裡緊緊抓著那把發亮的手槍。

「沒問題的，女孩們。不必等太久。吉姆快到了。」

里格爾、洛伊和技師留在三樓的控制室。洛伊站在通往走廊、敞開著的門邊，他的右手拎著手槍，深藍色的襯衫領口敞開，領帶掛在脖頸間。

里格爾和技師在電腦前面，旁邊是碎裂的窗戶玻璃，兩側分別是房間的兩個出口。他們使用無線電，與建築物內還活著的白俄羅斯人以及一樓的兩名法國工程師通話。一名蘇格蘭人失蹤了，但另一名蘇格蘭人和一名愛爾蘭人仍在崗位上。

屋頂上突然響起了槍聲。里格爾推測這是沙烏地阿拉伯人透過塔樓窗戶與狙擊手交戰的聲音，他打電話給蘇格蘭守衛，命令他到三樓掩護房間外的大廳。

就在這時，一名白俄羅斯人大喊斯里蘭卡人從前面車道過來了。他們打電話給屋頂上的狙擊手，但無人回應。

誰都不知道灰影人去了哪裡。

里格爾知道他現在唯一的任務就是讓自己活下去。他現在不需要灰影人死，因爲那個任務已經結束了。話雖如此，如果詹特利從右邊通往大廳的門或從左邊通往圓形樓梯的門口進來，如果任何人從任何地方進來，他都會在辨認出對方身份之前就用那把斯泰爾轟爛他們的臉。

他要撐下去，直到總部的救援抵達。

在屋子裡移動時，詹特利希望能盡量蹲低，但腹部的疼痛使他心有餘而力不足。如果事態緊急，他可以撲倒、翻滾、爬行，無論什麼動作都可以。但他擔心，如果他必須蹲低或匍匐在地板上，他可能無法再次站起來。所以他乾脆挺直身體，拖著麻木的左腿前進。

詹特利現在進入寬闊的廚房，他聽到頭頂上的槍聲，聽起來像是在三樓或屋頂上。灰影人的耳朵很熟悉槍聲，在他聽來，靠近門廳的地方剛剛結束了一場一對多的戰鬥，現在新的威脅已經到來，也許是四對四。他認出了AK-47和十二口徑散彈槍的槍聲，一方的喊叫聲聽起來像俄語。

詹特利穿過廚房。他走到了莊園後方的一扇門前，遠離槍擊現場，這時一個身穿棕色西裝的黑人出現在面前。

詹特利將MP5對準這個男人。「你是誰？」

「我只是個管家，先生。我與這些事情無關。」

詹特利抓住他的喉嚨，把他用力推在牆上。火熱的槍口抵在男子的脖子上，詹特利對他進行快速的搜身，但沒有找到任何武器，只有一支手機。詹特利把手機扔進了爐子的一壺水。他也沒有找到任何身份證件。

「你叫什麼名字？」

「菲利克斯。」

「讓我猜猜。你是奈及利亞管家菲利克斯？」

「不，先生。我來自喀麥隆。」

「你這傢伙。」

詹特利把他推向廚房後面的門。黑人走路時雙手舉在空中，詹特利走在他後面幾公尺。他們穿過一間華麗的餐廳，裡頭有一座鍍金壁爐，牆上掛著掛毯和肖像。他們繞過巨大的橡木桌子，踏進一條小走廊，左邊挨著一扇門。詹特利再次低聲問了男人：「裡面是什麼？」

一陣猶豫後，男人說：「這……這是一間臥室。」

「你不確定？你明明是個管家，卻不知道屋子裡有哪些房間？」

「我說了……這是一間臥室。我是新來的，先生。我很害怕。」

「把門打開。讓我們看看你是不是說對了。」詹特利的左手拔出格洛克手槍。右手拿著的MP5指著菲利克斯的腦袋。

穿著西裝的男子開了門，他轉身看著灰影人。詹特利越過他的肩膀往裡看了一眼，房間裡的架子上堆滿床單和毯子。這不是臥室，是一個很大的壁櫥。

「如果你真的是管家，那你的工作實力真的很差勁呢。」

菲利克斯沒吭聲。房子前面的槍聲停下。

詹特利把格洛克手槍插在腰間的槍套，從背心上取下最後一顆手榴彈。他拉下安全插銷並放進口袋，將保險桿朝下，放在菲利克斯流汗的手心裡。詹特利讓俘虜牢牢抓住它，並說：「不要放開。不要以為你可以用它來對付我。這顆手榴彈六秒後才會爆炸。我有足夠的時間先開槍打死你，再躲進房間保命。」

菲利克斯的聲音嘶啞。「我該怎麼——」

「你走在我前面，等我一找到目標，我就會把它收回，並讓你離開。別擔心，你很快就能回喀麥隆的老家。」

走廊向左延伸，走道盡頭是一面雙開的大門。詹特利催促男子往前走，他兩度想要說話，都被詹特利制止。「把門打開。」詹特利命令，他們站在通道的拐角處，詹特利依然走在男子後面。

「但是我——」

詹特利的衝鋒槍指著男子的腦袋。

菲利克斯慢慢地轉身開門，手榴彈藏在背後的左手。

同時間，門內傳來手槍射擊的爆破聲，橡木碎片從厚重的門上四處飛濺。菲利克斯原地轉了半圈，臉朝下倒在門口。

詹特利衝出火線，他咳了一聲，跪在護膝上，然後數了六秒。

塞爾吉和艾倫以戰鬥的姿態走向書房門口，他們握著貝瑞塔手槍的手臂指向前方。

艾倫認出他們剛剛殺死的那個人。「是那個奈及利亞人。」

「慘了。」塞吉說，他按下對講機的按鈕，就在此刻，屍體旁的手榴彈爆炸了。

洛伊和技師都被一樓手榴彈的爆炸聲嚇得跳起來。這不是來自門廳裡激烈的槍戰，而是來自建築物的後方。爆炸聲也透過無線電的喇叭播放出來。里格爾趁機快速看了一眼窗外，黑色直升機在晨霧中進進出出，朝南飛行。樓下花園的噴泉附近，兩個蹲伏的男人慢慢移動。這些身材矮小的黑人手持機關槍，穿著黑色滑雪夾克。

「看來波札那的小隊或是利比亞人已經到了。」面無表情的里格爾告訴房裡眾人。

「這裡是什麼模擬聯合國嗎？全世界的混蛋都到了。」洛伊說。

里格爾看著那兩個非洲人穿過草地，走向後門的台階。他沒有向他們開槍。由於灰影人正在這棟建築裡，他認爲這些波札那人的存在可能利大於弊。

里格爾說：「封鎖這個房間。在巴黎的直升機抵達之前，我們三個人得阻止任何人進來這裡。」

「就算我活下來，你也會殺了我，不是嗎？」洛伊問。

里格爾一邊回答，一邊將手槍放回夾克下的槍套。「詹特利說的對，你現在的煩惱比我更多。過來幫我。」他抬起一把椅子，放在通往螺旋樓梯的門前面。

「無論如何，」洛伊說：「我更想在最有利的機會下面對威脅。」

里格爾正背對洛伊。此時他停下動作，放下椅子後挺直肩膀，慢慢轉身。洛伊的銀色自動手槍對準了里格爾的胸膛，兩人相距約七公尺。

「放下那把該死的槍。來吧！我們沒時間吵架。離開這裡後，我們會有足夠的時間來處理後續的事情。」

技師坐在桌子前面，他目不轉睛地看著這兩個人，一句話也沒說。

洛伊說：「我本來可以抓到那個混蛋，我本來可以保住那份合約。是**你**失敗了，不是我。」

「你想這麼說也沒關係，洛伊。」

「不……我**要**你這麼說。你現在拿出手機，打電話給羅蘭先生，告訴他**你把你的計畫搞砸了**。扛下責任吧。」

「然後你會開槍殺了我？動動腦子，洛伊！他會知道我是在脅迫之下才說出這些話。」他們又聽到了槍聲。這是第一次來自三樓的聲響，就在遠處的走廊上。「我們要立刻封鎖房間！之後再談吧。」

「拿出你的手機打電話。不要搞怪。」

里格爾嘆氣，右手慢慢地伸進夾克，他瞇起眼睛看著洛伊。然而里格爾拿的不是電話，而是斯泰爾手槍。當他準備拔出手槍，並衝到一邊躲避洛伊決絕的子彈時，洛伊的目光已經從他身上移開，轉到他背後的某個東西上。里格爾趁機掏出斯泰爾，槍口對準了洛伊的胸膛。就在他正要向分心的洛伊開槍時，一個聲音從背後響起。

「哎呀，我來的不是時候嗎？」

35

「你流了好多血，詹特利。」洛伊說。他的手槍依然指著里格爾，背對通往三樓走廊的門，目光卻鎖定那個穿著戰術裝備、身上流著血的男人。灰影人悄悄地從螺旋梯這邊的門出現，而當洛伊緊盯著里格爾伸進夾克裡的手，詹特利已經把槍對準他，控制了整個場面。他抱著一把笨重的衝鋒槍，槍管位於他的視線高度，槍口對準洛伊胸部。

「把槍放下。」詹特利說。

「你在跟誰說話？」里格爾問，他仍背對著灰影人。如果要看到詹特利的臉，他必須把目光從洛伊身上移開，而他不會那樣做。

詹特利回答說：「如果你手裡拿著槍，混蛋，那我就是在跟你說話。」

洛伊說：「詹特利，老朋友，你的時日不多了。你臉色蒼白、非常虛弱，鮮血染紅了地板。」

「我死不了，甚至還能教訓你呢。放下你的武器。你，坐在桌子旁邊的那個。慢慢站起來。」

技師是第一個聽從詹特利指示的人。他站起身，高舉雙手，全身嚇得發抖。

洛伊開始放下他的手槍，里格爾也跟著放下。短短一秒鐘內，里格爾的目光從洛伊身上轉到了技師。

就在那一刻，洛伊的子彈射穿里格爾的胸膛。

里格爾抓著傷處，側身倒在地上，斯泰爾手槍在硬木地板上彈開。

技師嚇得尖叫。

灰影人朝洛伊開了一槍，但這時洛伊卻從通往大廳的門口消失了。

詹特利忍受著血壓下降帶來的頭暈目眩。他的膝蓋搖晃，眼神呆滯。他的大腦似乎在重新啓動，再次清醒時，他已經將MP5放下來。他很快再次舉起槍，指著坐在電腦桌旁那個紮馬尾、頭戴耳機的男人。他高舉過頭的雙手不停顫抖，其他的肌肉一塊都不敢動。詹特利可以在幾秒內擊倒這個人，還不用費任何吹灰之力。他很高興那個男人被嚇得完全不敢造次。

「你是誰？」詹特利問。

「我……我只是個技師，先生。負責操作通訊之類的東西。我和你無冤無仇。」

「至少你沒想騙我，說自己是什麼管家。」

「您說什麼？」

詹特利穿過房間，他一邊走向電腦，一邊繼續把武器對準敞開的門。經過里格爾的屍體時，他將斯泰爾手槍踢到一邊去。詹特利在技師的桌上發現了特種行動作戰單位的機密檔案。「這些是全部的檔案嗎？」

「據我所知是的，先生。」

「沒有備份？沒有副本？」

「應該沒有。」

詹特利把整個檔案扔進壁爐，命令技師點火把它燒了。文件開始燃燒，灰影人把技師推回座位，讓他面對房間裡的通訊設備。「你就是那個和所有追捕我的人通話的傢伙？」

「哦，不，先生！我不是！我只負責維修電子——」

「那麼我應該不需要你了，是嗎？」

技師的動作從搖頭迅速換成點頭，立刻服從地說：「先生！我負責街頭藝術家和殺手小隊之間所有的溝通和協調。」

「很好。呼叫所有人，告訴他們我剛剛跳出窗外，正從後面的果園逃走。」

「好的，先生。」技師的手劇烈顫抖，他撥動無線電控制台上的開關，開啓每個無線電頻道。

「所有人，這裡是技師。目標已經潛出莊園，正在向北移動，步行穿過果園。」

「做得很好。現在解下你的腰帶。」

技師迅速按照灰影人的吩咐做了，並把腰帶交給他。

「用力咬下去。」

「什麼？」

「我叫你用力咬下去！」

技師睜大眼睛，把腰帶放在嘴裡。

「咬好了？」詹特利問。

技師點點頭。

「很好。」步槍槍托砸向技師的太陽穴。技師從椅子上跌下來，但詹特利抓住了他的頭，讓他趴在前面的桌子上。接著，詹特利對著桌上的電腦和無線電發射了一整個彈匣的子彈。

詹特利再次暈眩，但他慢慢恢復過來，在步槍裡填入新的子彈。他檢查了壁爐裡燃燒的檔案，終於鬆了一口氣。他舉起步槍，慢慢退出房間，來到三樓走廊。

克萊兒·費茲羅伊是第一個聽到門外腳步聲的人。幾分鐘前，外面有一些近距離射擊的槍聲，但之後就很安靜。現在又有人來了。她很害怕，緊緊抓著唐納爺爺的肩膀。因為壓力大，她的小眼睛費勁地眨呀眨，但仍然專心地看著門縫。

她聽到金屬在木頭上的鏗鏘聲，接著是拖著腳步走動的聲音，然後是門閂的嘎嘎聲。門緩緩打開，克萊兒感覺到爺爺粗壯的手臂將槍握得更緊了，他正用槍指著進屋的兩個人的腳。

她發現後面那個人的左腳靴子又濕又紅。

「我是麥斯貝登，唐納爵士。不要開火。」

克萊兒想和唐納爺爺一起爬出來，但被爺爺推了回去。他還沒站起來，她就聽到幾人開始說話。爺爺說：「見到你太高興了，我的孩子！」

「女孩們呢？」

克萊兒認出了吉姆先生的聲音，現在沒有誰能阻止她從床底下爬出來了。她向他跑去，撞上他的腿和腰部，她緊緊抱住他，她從來沒抱誰抱得這麼緊過。過了幾秒，她才向後退，抬頭看著吉姆。吉姆穿著黑色背心，腰帶掛著槍和包包，腿上垂掛著一些袋子。他手裡拿著一支步槍，他的臉和光頭像烘焙用紙一樣白，棕色的褲子上沾滿血。

他眼睛濕潤，眼球布滿紅色的血絲。

他的臉上汗如雨下。
唐納爺爺也注意到吉姆衣服上的血跡。
「那是你的血嗎，小伙子？」
「不，不是我的血，是別人那裡借來的呢。」
「該死。你需要一個醫生。」
「我沒事。」詹特利指著站在旁邊的蘇格蘭守衛，他說：「這傢伙說他和你在一起。」
「麥斯貝登幫了我們很多忙。」
「你覺得他值得信任嗎？如果是，我可以給他一把槍。」
費茲羅伊稍微停頓後說道：「是的。」他接著說：「注意點，麥斯貝登。」
「好，先生。」
詹特利從脖子上解下MP5，把槍遞給麥斯貝登。詹特利從臀部拿出格洛克手槍。「洛伊在哪裡？我應該打到他了，但他跑走了。我以爲他會來在這裡劫持人質。」
「我沒看到那個賤人。」唐納爺爺說。詹特利低頭看著克萊兒和凱特。
「唐納，注意用詞。」
「抱歉。」
詹特利環顧四周。「愛麗絲呢？」
麥斯貝登和唐納爵士抓住費茲羅伊太太的手臂，把她從床下拉出來。麥斯貝登將她背上肩，在前面帶路，手上舉著HK衝鋒槍。唐納爵士一瘸一拐地跟著，手裡還拿著槍，兩個女孩跟在祖父後面。
詹特利墊後，他走得踉踉蹌蹌，一路上得靠在走廊的牆壁和樓梯的欄杆上。克萊兒想扶他，但他只是微笑說自己很好，叫克萊兒跟好祖父。

他們移動的速度很緩慢，因爲他們大多是老弱婦孺，還有一個人失去意識。一段時間後，他們來到一樓的門廳。詹特利從後面喊道：「女孩們！盯著爺爺的背，只能往前看，明白嗎？不要看四周。」周圍是一場大屠殺場面，入口處被炸開的門旁有四具屍體，房間中央有兩具血淋淋的屍體，他們下樓時發現旁邊的階梯上還有兩具。兩個小女孩哭了，燃燒的火藥味和炸開的石屑混合著燒焦的木頭，濃烈惡臭使凱特開始咳嗽。樓梯底下，一個匍匐的身影扭動著。那是個留著鬍子的中東人，他還活著，側躺在地上。麥斯貝登從他身邊經過，其他人也一樣。詹特利是最後一個經過的人，兩人的目光短短相接一秒，但詹特利並沒有停下來幫助他。

灰影人對敵人一向毫不留情。

他們走出門廳，進入開放的起居室，這裡沒有打鬥的痕跡。牆上掛滿了大型全家福。麥斯貝登暫停一下，把費茲羅伊太太背好，詹特利也趁機靠在牆上休息片刻。就在這時，一個光著膀子的男人從門口走了進來。這個白俄羅斯守衛的脖子受傷了，他用毛巾包著，右手依然拿著卡拉西尼科夫衝鋒槍。他被眼前的人們嚇了一跳，連忙舉起手中的武器。唐納爵士開了一槍，將光著膀子的人從門口轟出去，那人便躺倒在地上。

女孩們摀著眼睛尖叫。

等一切結束後，詹特利緩緩抬起頭，他甚至沒發現這個威脅。他很快地轉過頭，以爲洛伊就站在身後，但後面沒有人。

詹特利膝蓋一軟，向後倒去，他撞到一張狹長的桌子，桌子因此砸到了地上。唐納和兩個小女孩跑過去把他拉起來，讓他恢復平衡並站穩。

「我很好。繼續走吧。」

六人從側門出來，接到一條通往停車場的小路。麥斯貝登依舊在前面帶路，他背著失去意識的費茲羅伊太太。在霧濛濛的蘋果園遠處，他們聽到零星的槍聲，顯然幾個小隊還在迷霧中相互交戰。唐納爵士找到一輛黑色的大型BMW轎車，鑰匙還在車上，他指示大家盡快爬進去。詹特利落隊了，克萊兒轉身跑去扶他，這一次他不再拒絕克萊兒的幫助。詹特利兩度回頭，查看洛伊是否就在附近，但轉頭動作讓他暈眩不已。他現在只能倚靠一個八歲女孩的攙扶，以蝸牛的速度踽踽前行。

克萊兒努力地扶著吉姆。每走一步，他似乎都將更多重量放在她的肩膀上。當他們沿著碎石路走向黑色大驕車，他咕噥著並皺起眉頭。麥斯貝登把槍遞給唐納爺爺，把費茲羅伊太太安置在後座，凱特也一起爬進車裡。麥斯貝登坐上駕駛座，爺爺坐上副駕駛座。引擎發動了，吉姆把克萊兒推向前，催促她一起上車。她聽話地爬上後座，坐好後她轉過身，想把她的救命恩人拉進來。吉姆落後了幾步，但已經接近了。他們的目光相遇時，吉姆虛弱地笑了笑。

這時，城堡裡傳來一聲槍響。克萊兒看到吉姆的眼睛突然睜大，他的身體向前倒下，差點撲到車裡，但最後卻跪倒在路上。詹特利抬頭看著駕駛座上的麥斯貝登，他喊道：「快走！」

車子往前震動了一下，車門隨之關上。她轉身望向後方，一邊大聲喊叫，一邊用兩隻小手敲打著車窗玻璃。

身後的礫石路上，吉姆蹣跚站起身，卻又面朝下地重摔到地面上。

克萊兒無助地看著被拋下的吉姆，但車輪在砂礫中轉動，揚起的沙塵模糊了她的視線。

36

詹特利用雙臂撐著身體，可悲地將自己拖過碎石路面。他的雙腿幾乎動彈不得，小石子混在他前臂和臉上的血跡，以及他頭皮上的汗水裡。他距離潮濕的草地大約有五公尺遠，從那裡到蘋果園大約還有兩百公尺。以他現在移動的速度來看，到達任何有掩護的地方時太陽早已下山了。

一切無望了。但他靠的不是理性，而是本能。**他只想遠離殺戮區**。目的地已經不重要了。

「喲！你眞是條硬漢啊，要去哪裡啊？」洛伊的聲音從背後傳來，緊接著是鞋子在礫石上走動的唰唰聲。腳步聲很快停了。

「我必須承認……你果然名不虛傳。你燒毀了檔案，還救了費茲羅伊一家人。你成功拯救了所有人的小命，但你沒辦法拯救你自己。」

詹特利繼續用沾滿血的手臂前進，爬向寒冷又潮濕的草地。洛伊踩在他的背上，阻止他繼續前進。灰影人眉頭一皺，轉頭將視線越過自己的肩膀看著洛伊。洛伊亮出一把貝瑞塔手槍，左臂和肩膀流著血，看起來行動不便，但洛伊似乎對自己的傷口視若無睹。

「我朝著你的後背開槍，好像有點不高尚。我不知道你穿了背心，但我猜應該還是很痛，對吧？」

詹特利慢慢轉身，躺在了地上。他進入莊園後已經過了十五分鐘，早晨的天空變得湛藍。洛伊站在他身邊，從上而下看著他。詹特利倒下來時，他的格洛克手槍滑了下來，但他連抬頭找槍的力氣都沒有。

「我還是想不起你是誰，洛伊。」詹特利一邊咳嗽，一邊說。

「好吧，但你會在地獄裡想起來的，對吧？我的臉會是你看到的最後一樣東西。」

洛伊舉起手槍，對準詹特利的臉，然後響起一個槍聲。

洛伊歪著頭，一副不解的樣子。他踉蹌了半步，鮮血從嘴唇和鼻孔冒出來。他的眼睛仍然盯著詹特利，但眼瞼縮小了。他穩住自己，再次舉起槍，槍口對準詹特利的胸膛。

背後又是一槍，再一槍。隨著每一次槍擊，洛伊的身體開始痙攣。洛伊開槍了，但槍垂在他的身旁。子彈打在灰影人的兩腿之間，地面上的石子跳了起來。灰影人仰面躺著，旁觀這一切。

洛伊的手槍掉在碎石裡。洛伊倒在地上，死了。

幾秒鐘的時間裡，詹特利依然凝視著天空。最後他勉強抬起頭，回頭看向莊園。里格爾站在三樓的窗戶邊，窗戶的玻璃碎了。他的手槍對準了詹特利。

慢慢地，里格爾把槍放了下來。

兩人相視了幾秒。他們太過虛弱，無法言語，也因爲距離太遠而無法用眼神交流。但長長的凝視中，他們展現出對彼此的敬重，一致認可對方的奮戰精神。

里格爾向後倒下，消失在詹特利的視線裡。

詹特利躺下來，他的頭倒在草叢中。耳邊傳來直升機獨特的聲響，這不是剛才出現過的黑色歐直直升機，有一架更大的飛機正從東方過來。

他並沒有因此抬起頭來，但他及時將頭轉向右看。約七十公尺外，一架白色的大型塞考斯基（Sikorsky）直升機降落了，機身側面以藍字寫著「羅蘭集團」。大約六名武裝人員跳下直升機，小心翼翼地朝莊園前進。接著是三名身穿橙色夾克、背著背包的人，他們是醫生、或是急救人員。最後，三個西裝革履的男人走下來，他們稍微低頭，迴避旋轉中的直升機旋翼。一人拿著某種筆記本，另一個拿著兩個大公文包。第三個人年紀大很多，他披著西裝外套，像披風一樣。

他看起來像是法國人。

詹特利對他們的動靜毫無興趣，繼續悠悠地欣賞美麗的天空。一分鐘後，或許是十分鐘後，一名步槍手走進他的視線，但步槍手似乎對洛伊的屍體更感興趣。他對著無線電大喊。

不久，穿著西裝的三個男人出現了。他們走近時，詹特利用手肘撐起身子。

詹特利不認識那個披著外套的老人，但從他的舉止和他對另外兩人下令的樣子來看，詹特利猜測這位可能是馬克・羅蘭本人。

「我猜你應該就是詹特利先生吧？」

詹特利不吭一聲。羅蘭右邊那個拿著筆記本的小個子上前踢了他一腳，那人穿著看起來很昂貴的鞋子。詹特利完全無感，他整個人已經麻木了。「當羅蘭先生問你話，你就要立刻回答！」

「沒關係，皮耶（Pierre）。他狀況不好。」羅蘭環顧四周的屍體、碎玻璃和從城堡屋頂上的冒出濃煙。「皮耶？記下來。今年董事會的聖誕節度假地點要改到別處。我想我們來不及清理這座莊園。」

「是的，羅蘭先生（法語）。」

「原來年輕的洛伊先生在這裡啊，他還是老樣子呢，和以往一樣辦事牢靠。詹特利先生，你知道里格爾先生在哪裡嗎？」

詹特利說話的聲音很微弱，好像快睡著了。「洛伊殺了他。他殺了洛伊。就在你到達前不久，貴公司有一些部門間的競爭。」

「我懂了。」羅蘭聳了聳肩，彷彿人本來就會死，他並不會特別關心這些事。

「我對這裡發生的事一無所知。」羅蘭說，詹特利也不回應。羅蘭說這句話的方式就像一個有權勢的人在睜眼說瞎話。他也不在意灰影人是否相信他的話，彷彿只是爲了履行某種法律義務一般。充滿不可置信的否認句。

羅蘭接下來的話讓詹特利大吃一驚。「我需要一個幫手。」羅蘭看著明亮的早晨風景。「我遇到一個問題。你看，這個與我進行長期業務關係的人已經沒用了，更糟的是，他掌握的信息可能會讓我和我的目標陷入尷尬。如果讓他繼續以目前的行動方針行事，將會危害所有人的利益。」

馬克．羅蘭似乎覺得無聊了，他看著自己剛修剪的指甲。「而且就我所知，你碰巧就是看到這些問題的人。你有空搭把手嗎？」

詹特利的手肘撐在潮濕草地上。他轉頭看了看洛伊的屍體。

詹特利說：「我現在剛好有點忙呢。」

羅蘭不屑地揮了揮手。「哦，我看得出來。」

「很好。」詹特利輕描淡寫地回答道。

「另外，根據我的情報，你可能對之前擔任總統、現在不過是普通公民的朱留斯．阿布貝克很有興趣。聽說你殺了他的兄弟，現在他正安排人取你的性命。」

詹特利眨了兩次眼才回答：「我也聽說過這個謠言，羅蘭先生。」

羅蘭點點頭。「阿布貝克對我提出了一些指控。當然，那全是謊言。我經營的企業頗具誠信、無可挑剔，我們完全以誠實作爲企業核心價値。」

詹特利的臉色沒有任何變化。「這點毫無疑問。」

「儘管如此，聳人聽聞的指控可能會以訛傳訛，挑起不必要的誤會，並引來令人不舒服的審查。

如果可能的話，我想避免這種情況。」

「所以你要我殺了他。」

羅蘭點點頭。「我會爲你的服務支付一筆高昂的酬勞。」

詹特利猶豫了。「在我看來，你的提議有個小問題。」

法國人喜孜孜地揚起眉毛：「是什麼問題？」

「我快失血而亡了。」

羅蘭笑了一聲，他打了個響指，三個穿橙色夾克的男人抬著擔架出現了。

「沒問題，年輕人。」羅蘭說，這時詹特利的手肘一鬆，整個人倒在地上昏了過去。他在夢裡重溫了這段對話，日後還以爲這是他所做過最怪異、也最奇幻的夢。

後記

距離聖誕假期只剩下四天了。費茲羅伊太太曾告訴女孩們，她們可以等到新年後再回學校上課。凱特接受了媽媽的提議，但克萊兒拒絕了。規律對她來說很重要，她想讓生活重新回到正軌。

也許這樣能幫助她遺忘這一切。

她很想忘記爸爸的葬禮、法國的莊園，和那些嘈雜聲、恐懼、槍枝和鮮血。她很想忘記被丟下的吉姆先生。唐納爺爺向她保證，吉姆已經順利逃脫了，但她不再相信唐納爺爺說的任何事。

她知道吉姆和爸爸一樣死了。

她走進海德公園。她去學校總會抄近路，故意往東走到北馬車路（North Carriage Drive），再轉往北街（North Row）的人行道，很快就能抵達位在北奧黛麗街（North Audrey Street）的學校。媽媽想陪她上學，但克萊兒拒絕了。她希望一切都能和爸爸還在的時候一樣：她自己走路上學、自己走路回家。

一個男子坐在人行道旁的長凳上。她並沒有注意他，直到她經過時，他叫了她的名字。

「你好，克萊兒。」

她停下腳步，轉身看著吉姆。她震驚得兩腿發軟，連課本都掉在人行道上。

「我不是故意嚇你的。你爺爺跟我說，你不相信我平安無事。我只是想來告訴你我一切安好。」

她抱住他，她的大腦不太接受吉姆就在眼前的事實。

「你……你受了那麼嚴重的傷。你好多了嗎？」她喜極而泣地問道。
「我好多了。」他站起身來，笑著在人行道上走了幾步，然後回到她身邊。「你看，我不需要你扶我了。」
克萊兒笑了，又抱了他一次。她的眼眶蓄滿淚水。「你一定要馬上來我家。媽媽很想見你，她甚至不記得你去過法國。」
吉姆搖搖頭。「對不起，我得離開了。我只有幾分鐘的時間可以陪你。」
她皺起眉頭。「你還在為我爺爺工作嗎？」
吉姆望向遠方。「我目前為別人工作。也許有一天，唐納和我會把事情做個了結。」
「吉姆？」她在長凳上坐下來，他也跟著坐下。「殺死我父親的人，你也把他們殺了，對吧？」
「他們不會再傷害任何人，克萊兒。這點我保證。」
「我問的不是這個。我是問，你把他們殺了嗎？」
「很多人死了，這些人中有好人也有壞人。但現在這一切都結束了，我只能告訴你這些。我無法幫助你理解這一切，但我希望也許別人可以解釋給你聽，但我不行，對不起。」
克萊兒環顧整個公園。「關於你的事，我很高興唐納爺爺沒有說謊。」
「我也是。」片刻安靜後，吉姆在長凳上挪動一下。
克萊兒說：「你現在得走了，是嗎？」
「對不起。我得去趕飛機。」
「沒關係。我也得去學校了，規律很重要。」
「沒錯，」他停頓了一下，說：「我也這麼覺得。」
他們兩人站起來，再次擁抱彼此。「好好照顧你妹妹和媽媽，克萊兒。你是一個堅強的女孩，你沒問題的。」

「我知道，吉姆。聖誕快樂。」她對他說，然後兩人互道再見。

詹特利慢慢地走出公園，來到上格羅夫納廣場（Upper Grosvenor）。他努力在克萊兒面前掩藏的跛行再次原形畢露，他每走一步就皺一下眉頭。一輛黑色的寶獅（Peugeot）轎車停在大門外，他不發一語地鑽進後座。

兩個西裝筆挺的法國人從前座轉身。當汽車駛入車流，一個人遞給他小型背包。詹特利靜靜地打開，檢查裡面的東西，然後拉上拉鍊。

副駕駛座上的中年法國人說：「飛機在斯坦斯特德（Stansted）機場等著。飛行時間三個小時。你會在下午三點前到達馬德里。」

詹特利沒有回應，只是看著窗外。

「阿布貝克將在六點抵達他的飯店。你的準備時間是否足夠？」

他還是不答腔。

「在他套房正下方的樓層，我們幫你安排了一個房間。」

經過公園時，詹特利只是不發一語地凝視著公園。公園裡孩子們和父母一起散步，戀人們手挽著手。

副駕駛座上的法國人在詹特利面前粗魯地打了個響指，彷彿在警告一個心不在焉的僕人。

「先生，你聽到了嗎？」

灰影人慢慢地轉向那個人。他終於聚焦目光。

「知道。沒問題。時間很充足。」

年長的法國人咆哮道：「你不准把這件事搞砸。」

「我不需要你的建議。這是我的局，時間和地點也是我的決定。」

「你是我的財產，先生。我們在你的醫藥費上花了很多錢。我們說什麼，你就做什麼。」

詹特利想抗議，也想把手伸到前座，打斷那個人的脖子，但他抑制住自己的衝動。里格爾的繼任者是一個比里格爾更糟糕的混蛋，但他同時是詹特利現在的老闆。

但願只是暫時的老闆。

「是的，先生。」雖然詹特利還想說些別的，但他只簡短回答了對方。他把頭轉回窗外，瞥向公園的南邊角落，以及那些戀人、孩子、家庭，這些人的人生與他截然不同。

寶獅汽車在皮卡迪利大街（Piccadilly）左轉，公園被拋在後面。車子就這麼鑽進了倫敦早晨通勤車潮的繁忙之中。

故事盒子　71

灰影人
The Gray Man

作　　者　馬克・格雷尼 Mark Greaney
譯　　者　李函、高霈芬、張韶芸、陳柔含、游淑峰、聞若婷

野人文化股份有限公司
社　　長　張瑩瑩
總 編 輯　蔡麗真
副 主 編　徐子涵
責任編輯　陳瑞瑤
協力編輯　聞若婷
行銷經理　林麗紅
行銷企畫　蔡逸萱、李映柔
封面設計　萬勝安
美術設計　洪素貞

讀書共和國出版集團
社　　長　郭重興
發行人兼出版總監　曾大福
業務平臺總經理　李雪麗
業務平臺副總經理　李復民
實體通路組　林詩富、陳志峰、郭文弘、王文賓、賴佩瑜
網路暨海外通路組　張鑫峰、林裴瑤、范光杰
特販通路組　陳綺瑩、郭文龍
電子商務組　黃詩芸、李冠穎、林雅卿、高崇哲、沈宗俊
專案企劃組　蔡孟庭、盤惟心
閱讀社群組　黃志堅、羅文浩、盧煒婷
版 權 部　黃知涵
印 務 部　江域平、黃禮賢、李孟儒
出　　版　野人文化股份有限公司
發　　行　遠足文化事業股份有限公司
地址：231 新北市新店區民權路 108-2 號 9 樓
電話：（02）2218-1417　傳真：（02）8667-1065
電子信箱：service@bookrep.com.tw
網址：www.bookrep.com.tw
郵撥帳號：19504465 遠足文化事業股份有限公司
客服專線：0800-221-029
法律顧問　華洋法律事務所　蘇文生律師
印　　製　博客斯彩藝有限公司
初版首刷　2022 年 7 月

ISBN：978-986-384-747-2(平裝)
ISBN：978-986-384-756-4 (EPUB)
ISBN：978-986-384-755-7 (PDF)

國家圖書館出版品預行編目（CIP）資料

灰影人 / 馬克・格雷尼著 ; 李函, 高霈芬, 張韶芸, 陳柔含, 游淑峰, 聞若婷譯. -- 初版. -- 新北市 : 野人文化股份有限公司出版 : 遠足文化事業股份有限公司發行, 2022.07-
冊；　公分

譯自 : The gray man

874.57　　　111009940

野人文化官方網頁　野人文化讀者回函

灰影人

線上讀者回函專用 QR CODE，你的寶貴意見，將是我們進步的最大動力。